“台湾三部曲”之三

三世人

施叔青 著

生活·讀書·新知 三联书店

目 录

下　卷

序一： 记忆的救赎

——台湾心灵史的巨著诞生了

南方朔

施叔青的“台湾三部曲”终于在完结篇的《三世人》里达到它的高潮。它已无所回避地碰触到了那个最难碰触的“台湾认同”问题。就如同书的下卷里所说的：

从日本投降到“二二八”事变发生，短短的十八个月，施朝宗好像做了三世人。从日本的志愿兵“天皇的赤子”，回到台湾本岛人，然后国民党政府接收，又成为中国人。到底哪一个才是他真正的自己？

“哪一种身份才是真正的自己？”这实在是个对台湾的大哉问。因为任何社会的成员，“归属感”乃是成员间心理感受的终极家乡，这就是“身份”与“认同”。也因如此，近代国家在从事“国族建造”时，都会以共同的血缘及文化等“起源”（origins）的要素为根本来建构神话俾整编社会，当代法国女性思想家克里斯特瓦（Julia Kristeva）即将这种认同建构称为“起源崇拜”（cult of origins）。

不过，以古代某些共同性作为“认同建构”的基础，近代已受到愈来愈多质疑。例如，过去所谓的许多“事实”，不过是被人撷取过而被编织出来的“虚假意识”；有些则是将某些面向夸大附会而成的意识形态。如果用当代史学大师霍布斯邦（Eric Hobsbawm）的话来说，它们都是“被发明的传统”（invention of traditions）。正因为认同问题有太多像唱片跳针般的走音，这遂使得人们在谈到认同问题时，常对大历史变化所带来的强势认同支配充满了无力感的愤怒、彷徨、淆乱，以及认命的无奈。

而台湾的认同问题在近代史上之所以特别受到注意，就是在台湾四百年史里，统治者多变，前现代时期的荷领、明郑、清领，由于社会对认同问题欠缺足够的认知，因而姑且不论。但自一八九五年至一九四五年日据，一九四五年至一九八七年国民党戒严统治，而自一九八七年至今台湾归于民主，短短不及百年里，台湾的认同即由“清朝中国人”、“日本人”、“中国人”而出现三次巨大变化，其间又有“二二八”事变造成的失望，以及目前正在发展而又充满不确定的两岸关系，连带地都造成认同上的迷乱惶恐与不安。“台湾人是什么人？”这种不安可能还会持续很久，很久！

这时候，就想到斯坦福大学人类科学助理教授梅莉莎·布朗（Melissa J. Brown）的近著《台湾是否中国人：文化、权力及移民的变化中认同的冲击》（*Is Taiwan Chinese?*）。该书特别指出，认同的形成不在于文化和祖先、历史等，而在于一个社会的人们的“社会经验”，而“社会经验”也就是法国早期思想家莫里斯·哈布瓦赫（Maurice Halbwachs）所谓的“集体记忆”。当代思想家霍米·巴巴（Homi Bhabha）曾指出过，认同的建构乃是一种“将折叠事物解开的叙述”（narratives of unfolding），这句话有多重意义，它的意义之一就是把那被制约、被遮蔽的记忆重新找回。

十八世纪乌克兰犹太哈士德派（Hasidism）智者美名大师巴尔谢姆托夫（Baal Shem Tov，1700—1760）曾说过："遗忘只会把人带往放逐，记忆才是救赎的秘密。"我最早读到美名大师这句话时，很对话里的机锋感到震惊，因为，记忆不但是救赎的奥秘，也是认同的奥秘。而施叔青的《三世人》，其实也就是美名大师这句名言的见证。因为，施叔青在这部作品里所做的，就是试图去解开困惑人们许久的认同混乱及无力感的迷失，如果人们不只是像浮萍一样随着旗子的变换而忙碌地去摇摆，那么就势不可免地一定要去问"我是谁"这个难题。而"我是谁"这个问题要有答案之前，可能就是要试着先去思考"我不是谁"。无论"我是谁"或"我不是谁"，它的起点都是台湾心灵史的重新展开，把台湾心灵最艰难时刻的认同混乱、迷惑、无力，那段记忆重新找回！

因此，在作品的定位上，《三世人》可以说是近代台湾文学第一部有关心灵史的创作，由于它涉及心灵的历史，因而作者需要花费大量的研究，去理解时代及社会的演变，以及相对应的官方意识形态、民间习俗及价值认同的改变，以此为架构，始能理解在那些时代中，人们心灵的变化，以及失去自我所造成的彷徨与受苦。个人一向认为，杰出的小说家经常也必然是个杰出的时代见证者，甚或是杰出的思想家。在《三世人》这部台湾人的心灵史诗里，施叔青证明了这一点。

《三世人》的角色复杂，但无论他（她）们是什么角色，他（她）们都是活在时代变化中，在认同问题中深受折磨的众生里的一员：

——有出自洛津（鹿港）、以清朝遗民自居、不用日本年号、不学日文，仍活在想象的中国幻影中的施寄生。他的儿子施汉仁则在专卖局当个小公务员；而他的孙子施朝宗则已是日据第三代，心灵已日本化，取了日本名字太郎，乐于成为天皇赤子志愿兵。而"二二八"事变之后，他开始逃亡。这整个家族分属三代，在三种认同间变化不定。这是《三世人》作品里"雄性叙述"的主轴。所谓的"雄性叙述"指的乃是随着大历史的转移而造成的心灵变化，从乙未割台到"二二八"事变，政权三度更换，人的心灵也是由"清代认同"、"日本认同"、"中国认同"、"反中认同"四度更换。小说里那个小丑说："陈仪是大虫，大陆人是蝗虫，日本人是臭虫，台湾人是可怜虫！"单单这句话里，就已道尽大历史的沧桑与无奈。

——除了施家三代的"雄性叙述"外，与之相对应的则是养女王掌珠的"雌性叙述"这部分了。所谓"雌性叙述"指的是大历史下，与每个人有关的语言、服装、生活行为这些小历史或个人历史的变化。语言、服装为日常生活的符号层次的事物，乃是认同的另类注脚。她由穿着大裪衫的乡下小女子，而后日本和服与洋装，再来是台湾光复后的旗袍，"二二八"之后又穿回大裪衫；而在语言上她也一路追着由台语、九州腔日语、东京腔日语、北京话等而变化。这个上进的小女子在时代变化下被一步步启蒙，她有过不可能的梦想："掌珠构想的小说，主要想描写一个处在新与旧的过渡时代，却勇于追求命运自主，突破传统约束，情感独立、洁身自爱、坚贞刚毅的台湾女性。"这段文字或许也是施叔青的心怀之所寄。《三世人》透过王掌珠的成长历程的叙述，其实已在替认同的救赎，勾画出了路线图（roadmap）。

《三世人》的施家三代以及养女王掌珠，乃是那个变化震荡的时代中的两种反映：一种是随着大历史的变化而困惑，因而有了“我是谁”这样的痛苦；另一种，则是在痛苦的成长经验里一路走来而不向命运妥协。而穿插其间的芸芸众生，如小艺妲月眉，如后来成为无政府主义信徒的富裕茶商之家出身的阮成义，如胆小怕事的宜兰医生黄赞云，……他或她们都是时代变换下的某种漂鸟，当然最大的漂鸟，就是那个出身洛津，带着日军进入台北城，后来荣华富贵的“大国民”了。他或她们都成了欷歔的对象！

《三世人》的每一卷卷首，都有一段樟脑纪事。樟脑是个大隐喻，樟脑的利益开始了列强的争逐，而台湾的命运也就与樟树如影随形般同起同落，樟树其实也就是台湾命运的另外一种“无关系联想”啊！

台湾从乙未割台到“二二八”事变短短不过半个世纪里，在人间不过三代的时程，活得久的，或许还可亲眼目睹它的历程。在这个过程里，台湾被推向现代，日本殖民主义也开始强势介入台湾认同的塑造，这是台湾心灵随着大历史变化，摆动幅度最大的时刻。而认同的混乱无力，尤其是“二二八”事变，更造成台湾认同出现被背叛的空白化，它是心灵创伤的源头，“我是谁”这种困惑的种子因而在痛苦中被种下，它终究会有发芽的时候，就像是所有新的植物会从废墟里长出一样。将来台湾会长出什么？是更多随风摇摆的漂鸟？是更多郁抑的心灵？或更多愤怒？人们没有答案，施叔青当然也不能给我们答案。作为一个杰出的小说作者，她只能把以前因为被折叠，因而遭到隐藏的事物，细手细脚地一点点揭开，让时间的风声把那些压抑掉的痛苦痕迹再现。在没有回答“我是谁”之前，《三世人》至少已试着要为“我不是谁”去替时代解惑。剩下的路，则将由更多后来的人接棒下去！

“台湾三部曲”以《三世人》这个沉重的题目作为尾声。它由《行过洛津》、《风前尘埃》走到现在，故事说完了，而未来却仍敞开在那里等待去画下更美好、也更少折磨的结语。而无论如何，施叔青终究献给了台湾最珍贵的礼物！

序二： 三世台湾的人、物、情

王德威

《三世人》是施叔青“台湾三部曲”的完结篇。上个世纪末，施叔青在完成了“香港三部曲”（一九九七）后，随即将目光转向台湾。台湾是施叔青曾经生长于斯的地方，历史的曲折处较之香港只有过之而无不及。而她旅居海外各地多年，蓦然回望故乡，自然有了更殷切的寄托，下笔也形成更大的挑战。从酝酿到完成，“台湾三部曲”耗费施叔青十年以上的时间，成为她新世纪以来的主要功课。

三部曲的第一部《行过洛津》（二〇〇三）从嘉庆年间（一七九六——一八二〇）讲起，主要围绕戏子许情三次从唐山过台湾的啼笑因缘，背景则是洛津（鹿港）——也是施叔青的故乡——盛极而衰的一页沧桑。第二部《风前尘埃》（二〇〇八）的场景移到日本殖民时期的花莲，叙述“湾生”日本女子横山月姬的爱情和政治遭遇，以及多年后她的女儿重游故地的救赎之旅。《三世人》顾名思义，描写殖民时期三代台湾人的经历；小说依循台北和洛津形成的动线，从一八九五年乙未割台开始，写到一九四七年“二二八”事件结束。

我们还记得“香港三部曲”以妓女黄得云和她的家族为主干，

三部小说环环相扣，如此与之平行的香港的历史也有了起承转合的脉络。但施叔青写“台湾三部曲”眼光有所不同。三部小说的情节人物互不相属，《行过洛津》的焦点是十九世纪上半叶的台湾，《风前尘埃》则跳接百年以后，而《三世人》的时代似乎与《风前尘埃》呼应，但又把时间拉长到日本殖民台湾半世纪的始末。

施叔青显然有意避免重复已经操作过的叙述模式，希望呈现不同的风格。但她更可能认为台湾的历史经验繁杂，作为“局内人”，她必须更诚实地以多重视角、时间、事件来呈现心目中的实相。的确，即使在结构上“三部曲”的发展也呈现辐射的倾向。《行过洛津》里的许情，《风前尘埃》里的横山月姬都是历史上无足轻重的人物，但施叔青以小观大，透过他们的冒险，得以照映一个时代的纷纷扰扰。到了《三世人》，她索性放弃了焦点角色的安排，而让各路人马轮番登场，形成扫描式的观照。小说也没有明确的结局，暗示故事结束时，历史并不因此打住。更令人瞩目的是，以往施叔青的修辞风格以华丽丰赡为能事，但《三世人》越写越淡，甚至令人觉得清冷。这里所暗示的叙事姿态和历史观点的变化，值得读者玩味。

《三世人》的情节至少有三条平行主线。洛津（鹿港）文士施寄生乙未割台后矢志不事二姓，而以遗民自居。但施的儿孙辈却未必作如是观，他们成长在殖民环境，审时度势，有了不同的身份自觉。另外，自幼被卖身为养女的少女王掌珠不甘命运支配，力争上游，她与时代狂潮相浮沉，忽而民主，忽而摩登，成为不折不扣的弄潮儿。与此同时，宜兰医生黄赞云、大稻埕败家子阮成义、律师萧居正因为参与文化和政治活动有了交集。这些人物背景不同，抱负互异，但因缘际会，他们都进出台北，在这座新兴都会里有了错身而过的可能。而他们所延伸出的人际脉络，为施叔青的殖民史填充了各色人物。

施叔青无意营造太多巧合，促进这些人物之间的关联，这和三部曲的前两部，尤其是《风前尘埃》，很有不同。她所着眼的毋宁是另一层“有机关系”，就是在日本殖民主子的统治下，三代的台湾人如何不断因应、塑造自己的命运。从遗民到皇民，从天皇万岁到共产革命，施的人物也许互不相干，对未来的抉择也各行其是。但他们毕竟同舟一命，都是台湾人。

施叔青以冷笔写这些人物，看出他们在殖民情境下求生的不易，也看出他们思维行径的表里不一。像施寄生这样的旧派文人自命正统，将兴亡之感寄托在诗词和美色上，却难掩猥琐酸腐的习气。而像王掌珠这样的新女性出身寒微而又努力奋斗，几乎要成为样板人物，但她的虚荣和矫饰却暴露了底气不足。施寄生的发愤赋诗或是王掌珠的勤学日语，写来是要让读者发出嘲弄的微笑的。另外新派人士如黄赞云、阮成义、萧居正等虽然厕身政治，但动机不同，结果也多半虎头蛇尾。大历史里的要角像林献堂、蒋渭水、谢雪红等也为小说所涉及，但他们只是影子人物。他们被传奇化了的身影只能反衬出小说人物的各样缺陷。

识者可以指出施这样的看待历史，已经有了自然主义色彩；她刻意与她的人物和题材保持距离，以便检视一个社会的病理学。施也可能因为对她所要描写的时代有切身之痛，反而要以冷笔来穿透视而不见的盲点。但收放之间，施叔青最大的考验是如何面对小说的高潮——也是整个三部曲的高潮——“二二八”事件。这段历史早已经被正典化，成为现代台湾创伤记忆的图腾。施一反血泪交织的标准公式，以素朴的手法写日本人走了，国民党来了，暴动了，流血了，“二二八”了。

这当然是取法乎上。小说在施寄生的孙子涉入暴动、托身戏班逃亡之际戛然而止，刻意留下空白——也呼应了三部曲第一部《行过洛津》里人生如戏入梦的开场。但对照三部曲的格局，施在此处可以有继续经营的空间。“二二八”是台湾现代史的大劫，如何将这一事件从政治“劫难”的记录，提升到对台湾两百年命运“劫毁”的思考，如何让自然主义式的描写生出大恐惧、大悲悯，应该是她心向往之的路数。如是转折之间，施借冷处理所要呈现的力道似乎还没有完全释出。

《三世人》不只是讲台湾三代“人”的故事，也讲三代“物”的故事。读者不难发现穿插在各章节间丰富的事物印记。对物质世界的观察和描写一向是施叔青的强项，由物所散发出的各种象征系统、感官诱惑和权力关系也早在她书写香港时期就得以发挥。《三世人》里殖民时期的台北市由日本人精心打造，俨然是种种新兴事物的集散地。大至博物馆、百货公司、电影院、西餐厅，小至照相机、化妆品、男女时装，台北五光十色，成为殖民地消费现代性最重的展示场。这些物质性的吸引力以一九三五年日本政府庆祝治台四十周年举办的博览会到达巅峰。

施叔青进一步观察殖民时期台湾人和物微妙的互动关系。施寄生之流抱残守缺，以古典诗文、“故国衣冠”——包括迟迟不肯剪去的辫子——来表达自己的遗民姿态。与此恰恰相反，王掌珠热烈追求时髦事物，从语言、时尚到意识形态无一不包。施花了大力气描写王的服装四次——大裲衫、旗袍、和服、洋装，再回到大裲衫——改变，虽然前有来者（张爱玲的《更衣记》），毕竟点明服装就算是小道，往往能左右一个人乃至一个社会的“感觉结构”。

不仅如此，施更要强调人、物之间的关系永远隐含流动的变数。在此，语言之为“物”成为格外耐人寻味的例子。施寄生引以为傲的中国古典文字可以被日本殖民者以“汉文”之名挪用成为怀柔士绅的工具；殖民行政长官后藤新平炮制的“扬文会”就是个好例子。王掌珠来回在日语和中文之间，以各种名堂为自己找寻发声的立场，但她每每顾此失彼，无非是依样画葫芦。小说安排她一度希望成为默片人物的解说员，反讽自在其中。

当然，小说更刻意着墨殖民政权如何细腻操作台湾人的身体。从改变衣食住行的习惯，到重新打造语言、知识体系，再到塑造皇民主体。这项“造人”工程是殖民者物化台湾的最高潮。

但台湾人果然如此任人摆布，或另有因应之道？小说第三部有一章写植物的“嫁接”，以物喻人，呼之欲出。然而嫁接产生的结果可能是杂种，也可能是奇葩，其实很难以简单的后殖民论或霸权论所解释。光复后，施寄生那个一心要成为皇民的儿子忙不迭从天花板后面请回祖宗的牌位，王掌珠快快换上她的大裲衫。上有政策，下有对策，另一轮的人与物的“嫁接”关系正要开始。

如此我们看到穿插小说中有关台湾樟木的拟人化叙事。台湾樟木原名臭樟，贱木也，但在殖民时期一跃而为最重要的经济作物之一。臭樟提炼的樟脑是制造无烟火药的主要塑化原料，也是中西医治疗从皮肤病到神经衰弱都不可或缺的药材，又是合成塑胶制品和电影胶片的主要成分。等到臭樟所萃取出来的脑油成为香精的基本原料，臭樟摇身一变，成为芳樟。然而大量砍伐的厄运随之而来。这则台湾樟木的“自述”也许失之过露，但施叔青显然有意以此托出台湾人与物所展现的“能动性”及其反挫的底线。

“台湾三部曲”的首部《行过洛津》以多情的戏子跨海来台寻情开始；第二部《风前尘埃》以日本移民在台湾的情殇作为主轴。尽管都是黯然收场，却是此恨绵绵，余意盎然。这其实也是施叔青以往写香港故事就擅长的风格。但到了《三世人》，她“言情”的策略有了改变。小说表面充斥各种情绪：亡国的悲情，追逐殖民现代性的热情，献身民主独立的激情。然而施叔青写来却让我们见证了一个人与人，人与家国，甚至与自己，缺乏真情与实意的故事。

施寄生的遗老姿态可疑，因为跨海过去，大清皇朝真没把台湾的得失当回事，施的悲哀就显得一厢情愿。王掌珠的生命有十足煽情的元素，但她对自己、对环境缺乏自知之明，以致显得自作多情。至于新派民主人士的奋斗，不论是自治运动还是暗杀计划，到头来都是雷声大雨点小。甚至小说里的几段爱情故事也显得苍白无力。所有的怨怼和躁动此起彼落，到了“二二八”一触即发，为台湾人带来最大的挫伤。

是什么样的历史经验让三代的台湾人这么“伤感情”？什么样的历史观点让作者在熙熙攘攘的“民族”、“国家”、“帝国”、“现代性”的修辞之下，直见殖民主体自欺欺人的“恶信念”（bad faith）？这，是《三世人》最让人无言以对的问题。

我以为这样的问题从文本以内延伸到文本以外，以致影响了施叔青的叙述风格。她抛弃了任何让小说“荡气回肠”的可能，语气变得空疏起来。她对台湾人和物关系的铺陈，从“感物”到“恋物”(fetishism)，从“物色”到“物化”(reification)，有了每下愈况的结论。《三世人》所要写的台湾半世纪殖民史是热闹的，但叙事的基调是清冷的。我也愿意揣测施的冷与淡同样来自近年习佛后所不自觉流露的心态，仿佛明白了人生的虚妄、历史的徒然，她不再汲汲为她的人和物找安顿的理由，宁愿留下各自好了的叹息。

然而另外一种读法有没有可能？道是无情却有情，施叔青越是对浮生百态冷眼旁观，也才越写出殖民时期台湾人的认同的困惑，身份和情感不由自主的无奈。《行过洛津》是以主角“许情”——许诺的“情”——开始的，而《三世人》以台湾人的“不情”做结束。果如此，三部曲对台湾史的感喟以此最为深切。

创作四十多年了，施叔青曾经写过太多奇情故事。她终于在面对家乡的一页痛史时，变得无比谦卑肃静。以此她有意为自己的创作生涯画下句点。但是否以此她也会找到另外一种创作缘法的开始？

对这样一位专志的作者，我们当然应该给予最高的敬意和企盼。

上 卷

日据时期，樟脑、糖、茶叶被称为“台湾三宝”。

台湾是全地球樟树分布最广、种类也最多的地区之一。樟木生长于台湾中北部海拔一千二百米以下的山地和丘陵，与相思树、苦楝混生，属于常绿的乔木。褐色的树皮纵裂，椭圆形的小小叶片呈互生，五月间开着黄绿小花，味道清香芬芳，结果成熟后，借着鸟禽传播，落在肥沃的土地上发芽。

樟树生长在广大空旷的林间，迎风逍遥自在，或当路树供人观赏。在树下乘凉盘桓，多愁善感的诗人喜爱樟树的美丽多姿，写诗吟咏，像日本原歌见的《古今六帖》，以樟树的多枝来比喻对爱人重重的相思忆念。

然而，生长在北纬十八至三十二度之间的樟树，可就逍遥不起来了。因为它们身上含有脑腺，可供熬取樟脑，尤其是叶片绿中带黄的那种樟木，更是有经验的制脑者的最爱，一眼便可断定含有丰富的脑量，于是从树的根部含脑较多的部位依次往上砍，连树干、树枝都不放过，整棵树砍伐殆尽倒下后，脑丁还把埋在地下的树根挖掘出来加以利用。

樟木因含有脑腺，因之难逃被凌迟成片片、最后身首异处的命运，在仆倒地下的刹那，应该会羡慕《庄子》里的那棵没有用的樗树吧！

惠施对庄子说，樗树的主干木瘤盘结，小枝也凹凸扭曲，尽管长在路边，可是不获木匠的青睐，因为它完全不合乎绳墨规矩。

樗树因无用反而保全了性命，没遭砍伐。

老天爷把含有脑量的樟木赐给台湾，是福是祸，难以言说。

早在汉人渡海移民到台湾来之前，泰雅、阿美、布农等先住民对樟脑的提炼早有认识，各族的语言中，都有对樟脑的称谓。

《诸罗县志》记载："樟，大者数抱，四时不凋，枝叶扶疏，垂荫数亩。其色赤，其材细，作器雕镂必用之，熬其汁为樟脑，可入药也。"

郑芝龙居台时，就有用樟树焗脑的产业，与日本人的贸易记录中，列有樟脑品项。清朝时，道台独占台湾樟脑权，秘密生产运销大陆。鸦片战争后，西方列强促成淡水、安平开港通商，主要目标之一就是为取得台湾的樟脑。

为了控制樟脑权，英国还不惜发动战争。

淡水、安平开埠后，洋商为谋求更多的利益，降低樟脑进货的成本，直接向生产者收购，不让道台介入。不愿失去主要财源的清朝官吏于是设立专卖权，拒绝售予外商，官方政令愈严，外商愈目中无人继续置采走私。英国怡和洋行在梧栖设置栈房，遭清政府官吏查获截留，英国领事馆请求英政府出兵攻台，发动了樟脑战争。

结果清帝国屈服，不战而降，赔款撤道台、撤废樟脑官办制度了事，英、美、德外商均受其益。

日本据台后，樟脑列入专卖，行销全球，台湾成为世界的樟脑王国。二十世纪初，日本预估日俄战争开战后，欧洲脑价将会暴涨，因此积极生产。

第五任总督佐久间左马太实施"五年理番计划"，用武力平绥先住民，将山林收归官有，也是在樟脑价格在国际市场不断上扬、供不应求的影响下展开。

1　避难

1.

“二二八”事变后，国民党政府以绥靖的名义进行肃清奸暴的清乡，警总参谋长以列宁“对敌人宽大就是对同志残酷”的一句话，宁可枉杀九十九个，只要杀死一个真的肇事者就可以，从北到南，开始全岛大逮捕。

施朝宗的一个事变中穿上日本军服、挥舞武士刀、唱日本军歌示威的战友，越过淡水河逃到八里，被当地的地痞发现藏匿的地点，向当局告密领取奖金。施朝宗决定离开台北南下避难，他计划回到老家洛津，搭渔船偷渡到对岸的泉州。日本投降后，听说有好几个作恶多端的日本警察害怕被台湾人报复，化装成捕鱼人，坐船从洛津港口出逃。

虽然临行匆忙，施朝宗本来不想带身份证，怕自暴身份，又担心台湾人没有它寸步难行。趁着云阴月暗，躲过三线道路站哨荷枪的卫兵，不敢搭乘纵贯线火车，东躲西藏准备徒步往南走。他也不敢住旅馆过夜，警察宪兵驻守旅社检查客人，一个晚上几次临检，住客提心吊胆，不敢合眼睡觉。

走了大半个晚上，正寻觅露宿的所在，施朝宗在五股漆黑如墨的田间，发现两盏绿幽幽的电土灯，土地公庙前在演歌仔戏，酬神演戏必须演到天光。施朝宗匍匐到戏棚下，看到贴演《平妖记》，夜已深沉，已然没有观众的戏台上，唱哭调的苦旦掩着脸，不知是否不敢像事变前演戏，放声号啕大哭，她只是呜咽着啼泣，流着酸泪。

获得歌仔戏班班主义气收留，施朝宗以戏班做掩护南下，一直到乌日才离开。

半夜回到洛津老家，不敢开灯，像盲人一样摸索着，凭着触觉反复检查门锁是否锁好，窗户是否紧闭，最后爬进祖父生前所睡的八脚红眠床，放下帐幔深垂，躲在最里面。施朝宗和衣躺下，臂腰仍然挽着包袱，只要屋外一有动静，他以为宪兵跟踪来抓他了，可立即越窗逃走。

恐惧令他疟疾一样地全身打颤，颈后的头发竖立，浑身淌冷汗，两条腿铅一样地沉重。施朝宗感觉有一条蛇在肚子里爬行，听到自己的胃痉挛翻搅的声音、飞蛾在蚊帐外飞舞的呢喃声、苍蝇扑拍翅膀的嗡嗡声、藏在角落暗处老鼠的吱吱叫声、屋外的风声、树枝摇动的声音、水沟的流水声，周遭充满了各种声音。

从二月二十七日的傍晚，这个海岛就开始充满了各种声音，最先是台北太平町的天马茶房前，取缔私烟的官员用枪托狠狠殴打人的声音，混合着被打的哭泣的哀求声，路见不平的群众蜂拥现场杂沓的脚步声，官员为吓阻聚集的群众手枪朝空中发射，子弹飞出枪管咻一声，被枪击的路人哀叫倒地的声音，军用吉普车被翻倒点火焚烧的哔剥声，群众一路呐喊，向警察局、宪兵队陈情诉求，得不到反应，回到出事的现场，默默伫立街头，听到彼此心里的怒吼声。

二月的最后一天，公卖局外敲锣打鼓、舞狮助阵的示威声，棍棒、砖块、石头砸向公卖局的公务车，砰砰作响，被推倒的车辆撞倒电话亭的轰隆声，长官公署阳台上机关枪向请愿的群众扫射开火，六个被枪击中，几十个受重伤的震天哀嚎，以及群众四散的脚步声。

“台湾同胞们……”民政长官电台广播戒严令。事变两天后，台湾人接收新公园的“台北放送局”透过十多万台收音机发出的怒吼，响应的声音从北到南。

“喂，你是哪里人？阿山还是番薯？”

用台湾话、日语问。回答不了的，被拳头、球棒痛打的声音，中山装的口袋、旗袍的下摆撕裂的声音，把抢过来的皮包丢到火焰里焚烧的声音。

三月八日，民政长官在电台播送：

“国军已经来保护全省人民！”

施朝宗记得南下避难前，一个准备逃亡的同伴，历历如绘地跟他说：

中央军二十一师分别抵达基隆、高雄，军舰还没靠岸，手持步枪、轻机枪的国民党士兵朝民众和房屋滥射，港边苦力、工人、商船职员、火车乘客、市民以为是鞭炮声，直至看到中弹的血流成河，才惊叫逃命。来不及逃走的，被抓到活活塞进帆布袋里，工人被链索绑成一排排，从码头推入海中，人体坠入海里。施朝宗恍惚听到混乱惊惶的那些声音。

二十七军开进台北城，坦克车、军用卡车轰隆辗过道路，士兵架着机关枪巡逻，子弹不设固定的目标，沿街胡乱扫射。流弹击中路树，射穿住户门窗，玻璃哗啦破碎，路上躲避不及中弹的市民哭天抢地。

害怕流弹射中门窗墙壁，施朝宗和他的父母不敢睡在床上，抱着棉被挤在楼梯间本来堆杂物的壁橱间，外面用桌椅沙发当物障围住，双手掩住耳朵，还是听到外边不断的枪击声……

一直到现在，施朝宗连续做着同样的噩梦：

他迷失在一片相思树林中，就在他焦虑走不出这林子，逃离不了时，发现前面走着一个人，头颅被凌空而来的利刀砍下，正好飞过他的肩膀，没有头的身体在他面前走了好几步才仆倒下去……

黑色的血喷洒了他一头脸，施朝宗想伸手拭去血迹，手却不听使唤，举不起来……

他唯一的生路是坐船逃离，偷渡到大陆。

洛津与对岸的泉州遥遥相对，距离最近，坐船只需一个日夜便可抵达。占地理位置的优势，洛津靠着海港贸易起家，清乾隆末年开港，极盛时期港口幡樯林立，风帆接天无济。他的祖父寄生以身为洛津子弟为荣，从小便对他引述文献记载，形容“大街长三里许，舟车辐辏，百货充盈”的盛况，追忆洛津过去的荣光。可惜好景不长，到了清朝末年，海港泥沙淤塞，大船无法直接驶入停泊，港口机能衰退，洛津自此没落。

“转眼繁华等水泡。”

施寄生摇头欷歔。

2.

朝宗昼伏夜出，晚上到洛津北头一带养蚵人家探问渔船出海的行期，白天躲在祖父过去开的书塾，想从他生前留下来的书信往来找出厦门刘梅安的地址。朝宗在大陆举目无亲，刘家似乎是唯一可投靠的对象。

他记得父亲汉仁说过，祖父与新竹望族刘梅安有深交，曾经不止一次到刘家的梅园做客吟诗。乙未日人领台未久，刘梅安举家内渡，在厦门落户，还是经常与寄生鱼雁往来，朝宗但愿凭着祖辈的交情，刘家后代不至于给他吃闭门羹。

祖父的汉学书塾被日本当局关闭后，空置了好久，后来改成文具行，卖些纸笔墨砚。朝宗的父亲拆去街面那排古老的木板，装上玻璃橱窗吸引路人的注意，文具行经营没几年还是收了摊。

走进废置的书塾，朝宗闻到一股冲鼻的霉味，越过凌乱的纸笔杂物，朝南靠墙一座尘封的赭红高架木柜吸引了他的视线，直觉地感到沉重的铁锁后一定收藏着祖父生前的文稿墨迹。撬开那把生锈的重锁，打开木柜，呈现朝宗眼前的是红纸标签，分门别类的诗稿：赠别、庆贺、祝寿、颂恩罗列齐整，一大摞蝇头小楷的文稿也是依序堆叠。朝宗抽出其中一卷，弹去灰尘，捧着祖父的遗墨，想到两年多前，台湾庆祝光复，台北北门飘扬青天白日满地红的国旗，城墙两边垂挂对联：

喜离苦雨凄风景
快睹青天白日旗

当时朝宗很遗憾祖父早了几年离开人世，没能亲眼看到台湾回到祖国怀抱，如果他还在世，朝宗一定要他大笔一挥，用他最得意的石鼓文字体写下“还我河山”四个墨气淋漓的大字，当作上首横挂城墙上。

很想念祖父。朝宗先拿过牛皮纸包扎的一大摞旧照片，抽出一帧回忆祖父的音容。那是一帧独照，中年时的模样，照片已经泛黄，他看到祖父辫子盘在头上，梳了个道士髻，身上一袭深色的长袍，脚下一双包仔鞋，一副清朝人打扮，看起来是特地到照相馆拍的，好像是寄生以此照向世人昭示不呼应日本当局断发易装的政策。

祖父脸上的坚决神情，令朝宗会心地笑了起来。

成叠泛黄的旧照片，水渍斑斑，一帧“栎社”成立纪念照，雾峰林痴仙等二十余名汉诗人，在乙未割台后不久，以台湾人学非所用的弃才自喻成立的诗社。

朝宗捧着照片，一一巡视正襟危坐的诗人，遍寻不获祖父的身影，怅然之余，想起父亲汉仁说过，当年梁启超到莱园做客，林献堂曾经邀请寄生作陪，他没去赴约。梁启超肯定日本治台绩效，并不站在台湾人的立场，而且他来是为向台湾资本家寻求经济援助，寄生认为梁启超左右逢源，而婉谢林献堂的邀请。

放下旧照片，朝宗在旧信函中翻寻祖父诗友刘梅安厦门的地址，果真给他翻出一封写给刘梅安，却未寄出去的信函。朝宗打开折叠齐整的信笺，小楷字迹沉着有力，写得极为工整，似乎每一个字都是经过深思熟虑才下笔。

朝宗凭小时候被祖父强迫背唐诗三百首的古文根基，约略拼凑出信函的内容：

寄生游说刘梅安联袂内渡大陆的台湾富豪大户筹足巨款，把台湾从日本人手中赎回来。日本据台初期，曾因抗日之举层出不穷，苦于无良策对付，日本人表示愿意将台湾让售给法国。寄生和一些爱台人士抓住这大好时机，游说林维源等富豪募捐银两，请英国居间斡旋，由清廷出面赎回台湾，结果因李鸿章反对只得作罢。

寄生是在知道大势已去，台湾的命运无可挽回，才没把这封信寄出去？

信笺之外，放在一起的文稿还附录了寄生抄录的《孟子》，说是圣人有几类：

> 圣人有几类，圣之任者也，圣之和者也，圣之清者也。

寄生自称景仰清中之圣。

书信之末，施寄生歌颂赞叹明末清初两位书家的风骨：黄道周精通诗艺、天文历数，在福建铜山孤岛的石室读书，号“石斋”，清兵拘捕他时，正在研读《尚书》、《周易》。就义前，仍如平日般作画写作。

倪元璐尽卖家产募兵，死士数百人，李自成陷北京，那日他整衣冠，自缢谢国。寄生赞誉他书如其人，形容倪氏书法焦墨杂渴笔，笔力沉着兼带滞涩纸，沉凝呜咽抑塞郁结，有如狮子搏象全力以赴……

艰涩的文言文，看得施朝宗不知所云。

记下刘梅安厦门的地址，当天晚上朝宗做了个噩梦，梦到中国国民党的侦察人员，把一大叠《风月报》杂志朝他一丢，指控他是汉奸之后，他的祖父施寄生，日据时代小有文名的汉诗人，专写些风月狎邪的汉诗，与略谙文言文的日本鬼子相互酬唱吹捧，借谢某某主编的诗刊出版，大力歌颂同化。太平洋战争期间写皇民诗，鼓吹大东亚共荣主义，白纸黑字尽是“吾人幸得为大日本帝国臣民”。

侦察人员控诉施寄生为虎作伥，说他警告日本人防御白人奸计合力攘夷，侮辱美国盟友，散布打倒碧眼奴的毒素思想。侦察人员抽出一本《风月报》，翻到汉诗栏，念了一句：“残山剩水……”指控施寄生居心不良，早在诗文中恶意预言国民政府有朝一日会退驻这小岛上。

从梦魇中惊醒，施朝宗吓出一身冷汗，赶紧翻身下床，点上蜡烛，回到书塾，他必须尽快销毁祖父生前留下的反动文稿，连只字片语都不得留下。

光复后，国民党政府有鉴于台湾沦陷长达五十一年之久，在日本帝国主义者的高压统治下，散播无数文化思想毒素，使台湾同胞受其麻醉熏陶，对祖国观念模糊，逐渐离心。在国府主事者的眼中，台湾的日本化就等同是皇民化、奴化毒化，肃清扫除日本敌人遗留下来的文化、思想、风俗习惯，被视为刻不容缓的首要工作。

先从书籍、电影等宣传品下手，查禁敌人占领时期印行发行的书刊杂志与电影，凡是内容赞扬皇军者，鼓动人民参加大东亚战争者，炫耀日本武力者，诋毁总理、总裁曲解三民主义者，都应销毁。

朝宗就着烛光，翻阅检查祖父所留下的遗稿，他决定一发现有诋毁中国政府和国民党的字语，立即就着烛火毁尸灭迹，祖父地下有知，一定能谅解他害怕罪上加罪的苦衷，不至于怪罪于他的。

含有异议的文章可经焚化，在人间销声匿迹，白纸黑字记录有凭有据的户口名簿，锁在户政事务所的安全柜当作证据，朝宗消灭不了它，那烙印将在他以及他后代的身上世世代代，无从抹灭。皇民化时期，他们施家响应总督府的政策，改了姓氏，以日本姓取代。

在梦中，朝宗把白天看到的祖父恭笔抄录的《孟子》向侦察人员展示，着急地为祖父申辩，那几页文稿却被对方粗暴地扫落到地上。侦察人员挥舞着一本户口名簿，指控他们施家忘祖忘宗，宁愿抛弃姓氏，改日本鬼子的姓，无耻至极，光复后还有脸跑到户政事务所，要求恢复原来的姓氏，辩说更改姓名是受到日本皇民化运动的压迫。

更改姓氏，朝宗不知是出于祖父或父亲的主意。他只记得晚年多病的祖父，以台北盆地气候不适宜他的慢性病，回到老家洛津长住直到病逝。

刚开始，朝宗的父亲汉仁对更改姓名并不热衷，尽管总督宣称打开姓名变更之途，是为了使台湾人在形式上与实质上与日本人毫无差别，成为日本帝国的子民，可达到“形心一体”的境地。变更姓名的条件是要“具有努力涵养天皇国民之资质的深度意念”。

一直到了日本战败前一年，当局才放宽条件，《台湾日日新报》登载林献堂的侄子、阿罩雾庄庄长林夔龙也改用日本姓氏，汉仁为了儿子的高等教育，也担心自己公卖局的职位如因不肯响应政策而遭降职，开始有点心动，以台湾人是根源于中国的东洋民族之一支来说服自己，汉仁希望所改的姓与原来的有关联，认真推敲合适的日本姓氏。殖民者避免台湾人在新改的姓氏上流露与汉民族文化认同，禁止台湾人以中国地望为新姓，汉仁有点羡慕姓陈的改为“颍川”，本来就是既有的日本姓，又是陈姓的地望，骨子里似乎仍然不失民族大义。

决定变更姓氏之前，汉仁回了洛津老家一趟。再回台北时，皱眉苦着脸的父亲，使朝宗不敢因家中获得糖、其他物质的配合而喜形于色。战争末期，粮食不足已到极限，正在吃长饭的朝宗，稀的番薯粥吃不饱，母亲只好用高丽菜、南瓜给他充饥。这两样蔬菜像猪饲料一样又黄又干，以前从满洲运来的大豆缺货，做不了豆腐，吃到鱼和肉比登天还难，连猪皮也要给军人做皮鞋，禁止食用。

朝宗揣着糖到学校，在同学面前趾高气昂，他还特别向老师检举一个不肯改林姓的同学，说他的“林”是中国姓氏，而不是大和民族的林，老师应该建议他改为“小林”或“长林”。

想到这里，施朝宗冷汗涔涔。

2 穿巷不堪余夕照

1.

接到文化协会主办的“汉文教科书编辑研议会议”的开会通知，施寄生舒出一口憋了多时的怨气。汉文复兴在即。他找出铁锈斑斑长时间未曾使用的钥匙，打开关闭久矣的书塾，公学校一设立，家长对书塾的授课方式、内容有了意见，光让学子们朗诵《三字经》、四书五经，背到滚瓜烂熟却不明其义，家长质疑汉学教法无法学以致用，纷纷把学子送到公学校接受现代化的日本教育。

当施寄生听说公学校排除儒学经典，教师不教古体汉文，生怕汉文会阻碍学生的日语学习，他差一点气死。书塾凋零，学子愈来愈少，最后不得不关闭。

停止设帐授徒后，这里成为他的伤心之地，从此不再涉足一步。

施寄生推门走进尘封的书塾，从前授课的桌子，朱笔墨砚旁，那把戒尺依然摆在原来的位置，书塾关闭之前最后一堂课上的《千家诗》，书皮蒙上一层厚灰，半途辍学的学子们的作文、用过的纸笔散乱地堆叠于课桌上。

寄生打开卷起来的至圣先师孔子画像，弹去尘灰，挂在原来的位置，昔日书塾的氛围似乎又回来了。

朝南而立的黑木格架，层层堆叠一摞摞散本书，多时以来束诸高阁。寄生一走近，冲鼻一股霉味，他拿起一套《诗经》，那是准备给程度比较高的学子，继《四书》之后的读本。弹去书皮的尘灰，梅雨初晴的一道阳光从窗棂斜斜射入，寄生眯着眼睛望着飞舞的细尘，一时兴起，起了晒书的念头。

他把闲置多时的线装书全部搬到院子，也不管连续下了一个多月的黄梅霪雨才稍歇，地面湿气未消，铺了一地的经史文集、百家之论，连从前书塾课学的《幼学琼林》、《孝经》也拿出来晒。当他看到《海天玉尺》、《珊枝集》两个集子，那是有心的大清官吏夏之芳、张湄为学子科举应试特地编的参考书，寄生重重叹了一口气，把它们放回角落。前清的科举制度早已废除，这两个集子再也派不上用场了。

一叠寄生自编自印的《修身教科用书》，拿在手上颇有分量。日本当局颁布“书房义塾规则”，取消汉文书塾的活动，创办公学校灌输日本国的历史文化，寄生不忍眼看汉文生机遭受灭绝，就此斩断台湾与中原的文化脐带，编了这本书当课本。

本着“兴贤育才，以教学为先，学所以明人伦，上明人伦，下亲小民，尧舜之治，不外乎此”的理念，化明为暗，寄生以这本修身之书私下授徒。派出所的警察听到风声，上门突击检举，三番两次上门盘问，寄生不堪其扰，只好取下孔子圣像，关掉书塾。

2.

搭乘火车到台北参加文化协会的汉文复兴会议，施寄生抱着一大叠自编自印的《修身教科用书》，来到大稻埕的江山楼。外观堂皇气派的餐厅，二楼的会议会场红漆木头圆桌和凳子，显得相当寒伧简陋，墙上只挂着几幅画笔潦草的山水画当作装饰，与会人士的穿戴却颇有可观：绝大多数穿着西装，胸前打着各色领带，也有打蝴蝶结的，商贾模样的绅商裤腰露出一大截闪闪发光的金表链，也有的胸前垂着金袋表的链子，年纪较大的长者手腕还套了翠玉镯，手指戴着方形的金戒指、玉戒指。

几乎所有的来宾都对一早就坐在那里，身着长衫、辫子盘在头上梳成道士髻的施寄生投以好奇的眼光。

会议开始，台上的主席首先发言：日本领台以来，首先废止汉文书塾，延请一些失业但受尊敬的汉学仔仙到公学校教汉文，一星期才上四五个小时，一等到展开所谓的“国语普及运动”，汉文课即聊备一格，变成随意科，每星期上课缩短为两个小时，中学程度以上的学校，汉文依日本式的读法教授，几年前“台湾教育令”公布后，代表统治当局立场的《台湾教育》杂志废止创刊以来便有的汉文栏，公学校有些教师未经家长同意，擅自将汉文科废除。

文化协会设置汉文委员会，主席说：目的是要总督收回成命，恢复公学校的汉文教育。

台下与会者纷纷发言，批评总督府的语言同化政策，徒然妨碍学生智力的发达，对思想统一毫无帮助。以日语为中心的教育，造成台湾子弟只擅长机械性的记忆，欠缺理解和推理的能力。

“汉文与日语的语法结构不同，日本人想推广日语来取代台湾人日常生活的用语，”坐在第一排打蝴蝶结的西装绅士把手一挥，斩钉截铁地说：“这是不可能的！”

“总督强迫全面日语教育，目的是要堵住我们的嘴巴，让台湾人最后连表达自己思想意志的机会都没有！”

众人鼓掌。施寄生点头同意。乙未变天至今他不学日语，不用日本天皇年号，他以文言文作汉诗，只认同汉民族传统，寄生坚持要做他自己。

这次坐火车到台北，沿途窗外景致的变换，触动他写诗的情怀，脑子里酝酿着一首七言绝句。回过神来，听到会议话锋一转，一个年轻的声音正在对文言文发难：

“文言文也跟我们日常说的话有隔阂，学起来也不容易，沟通更有困难！”

“文言文已经不能充分对应近代化社会，必须改革！”

“可不是吗，文言文在表达或吸收近代思想时是有局限的。”

附和声此起彼落。

胸前斜挂一条金表链的绅士，气势汹汹地用手中拐杖咚咚有声地敲打地板，大声疾呼：

“文言文是世界上最麻烦的文字，使中国社会停滞不进的元凶！”

这个论调似曾相识，寄生读过一篇题为“汉文改革论”的文章，没想到作者就在现场。

会议进行到这里，施寄生终于领悟，文化协会的汉文复兴，只不过是计划推行一些普及简易的汉文，为公学校编辑浅易的汉文教科书，另一方面提倡汉文平民教育，在全台湾设点开设夜学会，教育失学民众，而会中所谓的汉文，指的是白话文。

文化协会要求日本殖民者把中国白话文当作公学校必修的科目。这与寄生心目中的复兴文言文，兴废继绝，维护汉学命脉于不坠的想望相距何其遥远！

“白话文粗野累赘，哪比得上文言文优雅，用白话文等于是把整个中国文化和文学废除！”

寄生正想起身发言，一个怯弱的声音在他身后扬起：

“语言学家说得好，台湾话的音源和白话文的北京话不是一个系统，现在我们听到的只是台湾式的白话，夹杂台湾话、日语，文法也不尽然正确……”

话未说完，被蛮横地打断了。

“不用白话，难道又要回到之乎者也，还用落伍的文言文？张我军先生不是已经把这座败草丛生的破旧殿堂拆除了吗？你还想把它重建呀？”

在场的似乎对两年前那场文言文与白话文论争意犹未尽，开始把箭头转向旧体诗，表示那些讲究押韵平仄、五言七言的旧诗是封建的玩意儿，文学属于民众，应该是通俗可读的。

“文学没有雅俗，却有死活可道，”戴鸭舌帽的与会者引用歌德的名言：“诗来作我，并不是我来作诗。”

故弄玄虚的旧体诗，喜欢用典故，只讲究形式，不重视内容，有形无骨，戴鸭舌帽的说：

“只不过是没有生命，文字的排叠。”

写文言文旧体诗的诗人好比守墓犬，旧诗像冬天的枯木，荒野中的墟墓，沙漠中的石头堆，没有生气光彩。

日本人禁书塾废汉文，为了保存濒临灭绝的传统文化，延续一线斯文，他施寄生呕心沥血的作品会是无病呻吟，无中生有，没有生命，只是文字的排叠？

隐忍了半天的寄生，再也坐不下去了，他举手想为旧体诗——汉民族传统的象征——说几句公道话，却被前面体型高大的人抢了先。

“文言文和辫子、缠足、鸦片烟都是同路货。”

这人指控多如鸦片烟窟的诗社，是受到日本殖民政府的庇护，抱残守缺，荼毒青年，带领年轻人沉沦于击钵吟会，不图进取。

“这些老古董犯了道德上的罪恶！”

寄生颓然放下手，感到腰背酸痛难忍，痼疾复发了。

邻座戴眼镜的青年这时转过头问他：

“老阿伯，你读过《水浒传》、《红楼梦》这两本白话文小说吗？张我军先生说：所谓新文学早就有啦，现在我们只不过接着提倡而已！”

“白话文小说，能登大雅之堂吗？”寄生嗤之以鼻：“这些作者有胆子说他们的小说是中国文学的正统吗？”

3.

会议中场休息，寄生在人群中发现一位和自己一样，穿着黑色竹布长衫的老者，头戴碗仔帽，脚穿包仔鞋，摇着蒲扇的手上还戴了只翠玉戒指。老者神色从容，一看就是个宿学遗儒。

寄生以为来了个志同道合的诗友，主动上前招呼，满怀怨气的他，也不先打听老者是何方人士，开口便向他发泄积压了老半天的牢骚，感叹与会人士汉文根底浅薄：

“呸，无知无识的肖年人，什么诗词歌赋如果不通俗不可供社会使用，你倒看看，报纸上那些白话文，哪篇不是咬文嚼字，摘字寻章，遣词用字鄙俚不堪，结果词不达意，通篇不忍卒读，难怪被说成台湾式的白话文，文法不通，这些人还得到唐山去学学，居然胆敢胡言乱语，批评诗社多如牛毛……”

老者摇着蒲扇，正色纠正寄生：

“不是多如牛毛，而是旧诗社多过鸦片烟窟。”

看他两只被鸦片烟熏黄的大板牙，寄生还是一厢情愿地与他推心置腹：

“不管他们怎么说，你我都清楚不过，开击钵吟、课题击钵是一种竞胜机关，从前除夕赌谜猜枚，读过书会作诗的谁人不知谁人不会。刚才还有人信口雌黄，什么日本人来了才有诗社，颠倒事实，太可笑了！乙未之前岛内早有诗社，文人结社相互吟唱，以唐景崧的牡丹诗社最为有名……”

老者频频点头，寄生以为他同意自己的见解，没想到老者一开口，就取笑日本人来了，人人都写诗，个个成为诗魔。

“每个‘诗人’不择善恶，见题便作诗，新婚贺喜、吊丧死人、新居落成、迎妈祖、贺保正就任，都可入诗，最近听说连理发店、打铁匠都在征诗纪念……”

老者不屑地撇了撇嘴，又说：

“沉沦于古者，有似蠹鱼，开口诗曰、子曰……依我看，这些写汉诗的都别有居心，你提到的那些诗社，吃酒作诗，登了出来，是为结识有势力的人牟求名利，应酬邀宠，最好让总督赐茶，获得赠赏，刚才不也有人说了，写旧诗的诗人受到日本总督的庇护，才这样抱残守缺。”

老者举起蒲扇，几乎触到寄生脸上：

“看来你还没听说，最近发生了一桩奇事！”

他告诉寄生，懂汉文的上山满之进总督在《民报》作诗，欢迎两位老诗人，国分青崖、胜岛仙坡来台一游。

“结果诗魔们也诗兴大发，争先恐后地去和韵，总督作诗，与他们有什么相干？何必沽誉钓名去巴结，也难怪大家啧啧称奇，在报纸上写文章批评，却遭到诗魔们反驳，说是称赞总督的诗‘堂皇典雅’，为他的诗步韵唱和是为‘赓扬风雅’，有何不可？”

老者向墙角重重吐了一口黄痰，表示对歌颂权贵的旧诗人的不屑。

4.

会议结束后，从公卖局下班的儿子来接他，发现与会的人全走光了，只留下寄生独自一个人，倚着江山楼门前的柱子若有所思。

一路上，寄生闭口不语。儿子看他脸色不豫，以为自己来迟了，让父亲久等，令他不悦。他知道父亲在老家至今还依着日落月升、鸡鸣星斜，按照自然的节气时辰计时过日子，对日本人来了以后，靠钟表切割细致的时间没有概念。以为他无法理解儿子必须按时作息，在公卖局必须坐班等到铃响，才能赶来接他。

寄生另有所思。他实在想不透为维系汉文命脉，诗人击钵吟唱，本来是一种精神抵抗，为什么在这摇蒲扇的老者口中，反而变成为了出名，让日本总督赐茶，为获得赠礼而作诗。

可以告慰于心的是，他施寄生绝非是老者讽刺的那般诗人，摇头摆尾，与附庸风雅的日本官员酬唱汉诗的那种诗人。

历届总督在官邸举行茶话会，他从来都是缺席的。

第一届文人总督田健治郎邀请全台汉诗人到官邸，在面向庭园的阳台排列桌椅放置笔墨，令诗人欣赏庭园花草以起诗兴，即时吟诗之余，一边品尝外头吃不到的精致茶点。应邀的诗人回来形容官邸庭园美不胜收，寄生听了不为所动。

两年前内田嘉吉总督借用江山楼举行汉诗人联吟大会，隔天又把与会的诗人请到官邸茶叙赋诗，那时寄生刚好到台北来探看刚出生的孙子，两次盛会都接到邀请，他拒绝赴会。等到四月二十五日那天，江山楼主办自己的汉诗人大会，寄生长袍马褂前去开击钵吟，有位姓廖的诗人以江山楼为题，即席吟了一首诗，道尽台湾文人的心声，令与会者动容：

> 城郭知非昨，江山剩此楼。
> 纷纷诗酒客，谁识个中愁。

日本据台以来，统治者为了笼络拉拢诗人儒士耆宿，不时举办官绅宴游吟诗的雅集。变天后第二年，总督府就拟定“台湾绅章规条”，授佩勋章给具有功名德望高的台人佩戴，第一批获颁的七十二人，寄生名列其间，勋章送到他家时，他闭门不受。

书塾被关闭后，公学校的日本校长延请寄生当汉文教师，聘书也被他原封不动地退回。

台湾沦为异族之地后，不少前清学子不甘寒窗苦读毕竟成空，丧失追求功名的机会，纷纷渡海参加秋季的乡试。寄生却无此志，他绝意仕进，从此杜门不出，取了“寄生”名号，自署遗民，借诗抒怀其志。史亡而后诗作，所写的五言七言歌行，无一首不是豪宕悲壮，愤恨填膺。

割台第二年，诗社在他家雅集，寄生感叹在座的唯独少了那位年纪最轻的诗人。台湾在不知不觉之间被大清帝国遗弃，这个出了三个翰林、四十二个进士、文武举人无数的海岛，一夕之间成为清廷的弃地弃民。日军进逼彰化城，寄生联合洛津显达上书唐景崧，请求派兵驻守，不知其时台湾民主国的国徽黄虎已经蜷缩着长尾巴，倒地毙命，唐景崧早已化装出逃，搭德国人的船回到厦门。

北白川宫亲王率领近卫军团进驻彰化，寄生以一介书生请缨抗日，纠众带铁锹、竹枪、木棍杀敌，参与八卦山之役，即将临盆的妻子抱住他的腿，寄生决绝而去。

义勇军与日军激战好几个日夜，写下抗日最惨烈的一章。

八卦山之役后，洛津竖白旗，日军进驻文开书院，地方上三十多名士绅恭迎北白川宫亲王，赠送他一座青玉架台作为莅临纪念。寄生和那年轻诗人当然不在其列，他不愿呱呱落地的儿子做倭寇的后裔，迟迟不肯为初生儿报户口，一拖再拖，实在拖不下去了，最后把儿子生日报为比日军入驻台湾早了两天。

“如果按照户籍上的生日，”他儿子汉仁偷偷告诉人家，“我是清朝人！”

年轻诗人与寄生联袂参加八卦山抗日之役，幸得生还。回来后，诗人诗风大变，一扫往日堆香积玉艳丽精工的词句，转而以激楚苍凉的笔调来抒写悲怆悒郁的情怀，为感念八卦山之役阵亡的冤魂申诉无由，写了字字血泪的诗：

郊原夜夜冤鬼哭，我早凄凉未忍听。
新鬼烦冤旧鬼哭，天湿雨冷声啾啾。

没想到两年不到，他便含愤而死，令寄生悲痛不已。然而在座的诗人对这位年轻诗人的早逝似乎完全无动于衷。

寄生冷眼旁观，乙未割台，这些诗人无不个个满腹义愤，以诗表达有志不得伸，时不我与的伤恸，写出不少讽刺批评新政府的诗篇。时过境迁，在座的有几个已经顺应时势，应变逢迎，参加日本人主导的咏飨，有两个刚到彰化孔庙出席儿玉源太郎总督仿效清代乡饮酒礼之制的飨老典。

“民政长官后藤新平是个医生，也懂汉诗，不仅懂，还能作律诗呢！他在席上当场写了首诗，也得到附和。”

参加飨老典的诗人吟诵那首赞诵民政长官的诗：

逍遥酒国与诗天，主掌江山花月权。
一自斐亭人去后，官场风雅有谁然。

寄生吟味诗句，了然于心，这首唱和的诗，写的人是在表示自唐景崧去后，民政长官后藤是官绅酬唱文化继之而起，唯一可跟他媲美的。

诗社之中有几位被日本当局延揽进入殖民体制，参与地方事务，当起区长、街长、地方委员、协议会会员等徒具头衔的闲职。

这般御用绅商文人纷纷为自己的行为辩解，说是表面上不得不与日本当局虚与委蛇，骨子里却有坚定的抗日意识，所写的诗依然不乏对中原祖国的渴切期待。

那两个与日本官绅酬酢唱和的诗人也振振有词，要寄生相信他们暗中是在宣扬民族意识，传播传统文化，并不能单纯由酬唱诗的内容来断定为其心志的表达，何况私底下他们的诗作还是不忘抒发沧桑之痛。

当中有一个附和当道的诗人对寄生斜眼乜视满脸不屑，还是不忘记为自己辩护：

“文章易嫁祸，咏史容易泄露感情，我最近写了几首咏物的诗，以物喻志，遣词用句也不得不隐晦，比兴的笔意也自觉委婉曲折了许多……”

其他诗人纷纷颔首附和。

文化协会上的那个摇蒲扇的老者指的就是这般汉诗人吧！他施寄生可从来不肯与他们同流合污。明知文章易嫁祸，以诗文触犯日人忌讳必受惩罚，他仍然毫无惧色，抨击当局苛征暴敛，这些诗一经披露，管区的警察以“不忠于日本当局”罪名用红字登记在他的户籍簿上。寄生成为问题人物。

3　她从哪里来？

——掌珠情事之一

1.

王掌珠说她要用自己的故事，写一部自传体的小说，用文言文、日文、白话文等不同的文字，描写一生当中换穿四种服装：大裪衫、日本和服、洋装、旗袍，以及“二二八”事变后再回来穿大裪衫的心路历程。

第一部“她从哪里来？”写的是她的早年出身，本来想取“泪痕”、“吴娘惜”一类的笔名，觉得太过悲情，后来决定用“掌珠”这名字。“掌上明珠”之意，既然无人疼，自己疼惜自己好了。姓王，也是捏造的，百家姓中最神气的姓氏。她不知道自己姓什么，决定她的命运的卖身契约文书也没有提及。

> 立卖女为养女断根字：有亲生女子一口，因家务窘迫，日食难度，夫妻相议，先问房亲伯叔兄弟侄人等，皆无力承受，即愿将此女出卖，苟如他日长大，若不合家教，或配、或卖，任从其便，此一卖千休，割藤永断。

她的生父打了手印，当场典收卖女儿的大清龙银贰拾陆大圆，高高兴兴地走了。

王掌珠最早的记忆，就是在土灶前煮猪菜，人太矮，必须站在竹凳上才够得到鼎边。实在受不了养母的苦毒，趁黑天逃走，不知生家在哪里，以为沿着糖厂五分车的铁轨直直走下去，走到尽头就会到达自己的家。一路上肚子饿了，偷采榨糖的白甘蔗吃，走了整整一天，累了卧在铁轨上睡觉，被警察发现把她交还给养家。

她逃不了。

才八九岁，扁担一边一只木桶，挑一家人的用水。到古井汲水，朗朗读书声从斋堂传出来，和她年纪相仿佛的童稚的声音，尾音拖得长长的，很好听。掌珠倚着挑水的扁担，听得入神。

大年除夕，她看到一位穿长衫、胡须飘飘的长者，在斋堂门口贴春联，跑过去帮忙递糨糊，老者贴好上联，晃着头不无得意地自吟：

堂堂日没西山陲。

诡秘地向掌珠睐睐眼。

“看得懂那意思吗？”

掌珠摇摇头。老者问她想不想读书识字？掌珠点点头，

养父母不敢得罪朱秀才，讲好条件每个月收取工资，让掌珠到斋堂当查某嫺，掌珠闲时跟着学子朗诵《三字经》、千字文。

多年后，掌珠才知道朱秀才的门联以夕阳西下影射日本殖民者的命运。朱家祖辈有功名，秀才写得一手好汉诗，日本据台后加入栎社成为中坚成员，梁启超到雾峰莱园做客时，秀才是少数陪客之

一。因为林献堂的关系，朱秀才的书塾迟至最后才遭取缔。他一向被日本警察视为不稳分子，后来牵涉到西来庵事件，斋堂的门牌被做记号漆成红色，当作危险分子列管。

2.

朱秀才钟爱的一个外孙，从小体弱多病，他的母亲为了治疗多病的幺儿，跟随秀才父亲读书，勤读后人集辑的《神农本草经》、明代李时珍的《本草纲目》，到后来自己能开药单投药。有年天公生日，她跪在地上向天公许愿，幺儿若能成长到十六岁，她将杀猪宰羊叩谢。

秀才的外孙如愿考上台中一中，这是台湾人自己捐款设立的第一所中学。坊间有一种说法，日本统治者不肯为台湾人的子弟设中学或大学，自有他的盘算，有钱的本岛人只好送儿子到日本去深造，娶日本女人为妻，日后势必成为天皇的忠良臣民。

为了栽培本地精英，中部士绅共募创校基金，本来为本地子弟设立私立中学，没想到被总督拦腰劫去，变成公立。日本人以为栽培本岛精英，可使殖民体制深化才应允创校。

外孙离家到台中上学，生活起居需要照应，朱秀才看中掌珠做事稳妥，放心由她随去侍读，养家要求工资加倍才答应放人。

穿着新做的大裪衫，掌珠到了台中，住初音町一丁目，朱家亲戚家。这一区有十六栋房子，台湾及日本住户各半，是统治者宣扬“内台融合”的典范。本岛住户都是金融界要员、市议员以及和朱家亲戚一样的大地主，日本人则是台中州厅的官员、三井株式会社以及其他商行的高级职员。

掌珠一到，就看到一个很奇特的街景：台湾人挑着豆腐担子来社区叫卖，日本老板撑着阳伞走在后面收钱。她是个天生好奇的女孩，在厨房扫地做家事，一边向外探头张望，观察左邻右舍的动静，很想知道把身体摔在榻榻米上，摔得砰砰响，混合柔道吆喝的是来自哪一家？半夜喝醉酒拍手唱日本歌的，又是哪一户？

住下来没多久，她听到对面屋子搬动重物的响声，凭窗守候，终于看到对面厨房有人影晃动，一下又不见了，有人在屋子里进进出出，和自己一样忙碌。

几天后终于注意到一个比她大几岁、身穿红梅白点日本和服的女孩，掌珠看看自己灰扑扑的大襦衫，不由得自惭形秽。她认定那女孩是邻居日本人的千金，从来不敢生起与她攀谈的非分之想，更何况自己一句日语也不会说。

有天傍晚，掌珠看到穿和服的女孩立在玄关前再三弯腰向一老一少两个日本女人鞠躬告别。夕阳下，她注意到年轻的那位头上梳着发髻，和服的袖子长长垂过手指，反观她一厢情愿以为是邻家千金的，留着清汤挂面的发型，交叉放在膝前鞠躬送客的两只手，露在短衣外。

掌珠有眼无珠，把穿着做活的短衣、和自己一样的下女悦子，错认为日本千金。明白真相后，掌珠还争辩第一次见到悦子，她穿红梅碎白花和服，袖子长长垂过指头，她记得清清楚楚的。

悦子这才红着脸承认，那天女主人不在家，偷穿她的衣服，坂本先生带夫人保子到台北总督府官邸参加始政三十年的纪念会。

熟了以后，趁保子夫人赴台中俱乐部的纸牌会，悦子带掌珠参观日本人的厨房，向她展示日本料理所用的漆器食具，取出一个方形的黑色漆盒，里面分了五六格：

“坂本先生的便当，每天要准备不同的菜色，为了颜色搭配好看，菜式常常换，只有一种天天有，坂本先生爱吃芋头，他说芋头有出人头地的意思。”

悦子说着，叹了一口气：

“唉，你不知道，每天变花样，坂本先生不吃台湾的东西，便当的材料都是东京、北海道运过来的，在台湾要用日本的食材，多麻烦哟！”

一副远方阔客的口吻。

她告诉掌珠做寿司的米饭要先用醋拌。

“煮好的热饭，拌了醋，用扇子扇凉，拼命扇，第二天手酸到抬不起来。”

“米饭拌醋，好酸喔，”掌珠怜惜悦子酸痛的手肘，“为什么要扇子扇到凉？让米饭自己冷了，不是一样？”

掌珠提出她的疑问。

吃天妇罗搓萝卜泥也是件费工的苦差事。

临走前，悦子给掌珠看日本人爱吃的纳豆、黑色带青的浅草海苔。

参观了日本人的厨房，掌珠自觉高攀，以后体力劳动粗重的活，她都自动替悦子代劳。相识不久，遇到新历年底，坂本家开始捣米做年糕准备过年，掌珠自告奋勇帮悦子推石臼磨米浆，驾轻就熟地推拉碾米，看着一旁不时把水注入石臼当中圆洞的悦子，想到自己苦不堪言的养女生涯：

十二月寒冬，铺了草席睡在土灶边，靠灶里烧柴火的余烬取暖。

才睡下不久，穿木屐的脚死命踢她，还是孩子的她，白天劳动了一天，挑水、劈柴、背弟弟、喂鸡鸭、煮猪食……一躺下，呼呼大睡。叫不醒，穿木屐的脚狠狠地往她肚子上踢，才痛醒过来。终年穿黑衣、绑黑头巾的寡妇阿婶夜半来磨豆腐，她必须起身做帮手…………

3.

悦子跟掌珠说：在日本人家住久了，已经差不多不会说台湾话了，脑子里想事情，也是用日语来想。悦子抬起下颚神气地宣称自己是公学校的毕业生，到坂本家应征时，凭一口流利的“国话”才得到这份工作。

掌珠对她叽哩咕噜、自己一句也听不懂的日语早已心向往之，她把想学日语的愿望说了出来。知道她的抱负后，悦子用手遮住嘴笑出声，凭掌珠这副长相，粗手粗脚，长满痘子的米筛面，她不能想象音乐般悦耳的日语从掌珠两片厚厚乌黑的嘴唇吐出。一开始，悦子很矜持不肯搭理她，除了掌珠替本岛人帮佣，比自己低一大级，还嫌她长得太丑，皮肤又黑，嘴里一口屎篦齿暴牙，要不是自己离乡背井实在太寂寞，而且坂本先生经常无礼地呵斥她，有几次几乎要动手打她，悦子需要找人吐苦水，才不得不和掌珠交上朋友。

这样的人也想学日语?

拗不过掌珠苦苦哀求，悦子透过主人帮她登记专为与日本人接触频繁的车夫、市场商人开办的普及“国语”班，从此每天可听到对面厨房传来的：

基哭哈那是菊花，早安是喔嗨油，晚安是空嗯邦哇，阿卡哭吱是红鞋子，卡撒是雨伞，阿里阿多是谢谢，多摩达鸡是好朋友，以罗多叩是英俊，基雷欧恩那是美女，秋多马底是等一下……

悦子的主人坂本忠雄先生任职台中州厅教育局，有次上班忘了带眼镜匣，悦子替他送去。

“官府的墙是灰白色的瓷砖，偷偷摸一下，冷冷凉凉的，大门屋顶很高很高，一进去，吹来一阵冷风，害我发抖……”

悦子向掌珠形容她的经历。

“坂本先生的三轮车夫阿发跟我说，州厅的屋顶斜斜的，铺上会发光的金属片，日头一照，金光闪闪……”

来自宇治的坂本忠雄出身下级武士家庭，到了他这一代，家道已经没落，他父亲虽是家族中最不争气的一员，却严守家风，由长子继承家名名誉以及所剩无多的财产，尽力维持家族的一贯性和连续性，强调“人可为家而死，家不能为人而灭。”

身为次子的忠雄，眼看在本国毫无出路，结婚后，打听到文部省招募到殖民地从事教育的人才，条件是本薪外加上年功加俸，外加旅费、津贴等福利，房租全免，而且地处亚热带的台湾天气炎热，只需上半天班。

坂本庆幸娶了个活泼、擅长交际的妻子，听说台湾不像日本阶级俨然划分，逾越不得，而且官员送往迎来应酬频繁，有这样的妻子在欢迎欢送会上扮演贤内助，自己在殖民地出人头地指日可待。

坂本忠雄以发挥自我、完成个性自许，加入文部省，自愿被派到殖民地。

“日本人是本岛人的模范，要好好引导本岛人。”

他经常把这句话挂在嘴边。

坂本先生很瞧不起任职三井株式会社的那两家出身小商人的邻居，在他心目中，町人的身份比农民还低。商人不事生产，只知居间牟利，拜金丑俗，而且崇尚流行，思虑浅短毫无品位，一点都不像他的武士阶级，虽然级别低，但从小被培养温雅而重礼，清贫而向义，洁净淡泊，他心下暗自希冀当局能够延续从前武士杀商人无罪的法令。

坂本先生尤其看不惯三井职员的两个湾妻，谣传她们是从九州来讨生活的烟花女子，远离家乡的男人一时寂寞，娶了她们，从台北带到台中来。

两个湾妻一等丈夫出门上班，就呼朋引友，聚在一起玩纸牌、看戏，嘲弄粗俗戏剧的蹩脚，乱搞男女关系，说些低级笑话，唱淫猥的歌曲，只有在丈夫面前才比较守规矩。不久前，为了点小事起争执，两个湾妻在大庭广众下扭打成一团，据目击者兴致勃勃的形容，穿着浴衣打得下摆卷起，露出小脚，不难想象那分狂野的姿态。

“竹风吟社”出了一本湾妻俳句集，坂本先生以为是最好的写照，三首连在一起如下：

成为湾妻，在官舍内，
有一长排房屋，湾妻聚集其中。
到处都是湾妻的喧哗声，傍晚乘凉，
早上化妆，傍晚化妆，中午睡个午觉吧。
上午十时，湾妻还在蚊帐中，

免职之时和湾妻分别。

最近坂本先生一个单身下属要结婚，他暗中请警察去调查部下未来妻子的出身，被告知决定娶赎身女子为妻的部下，知道婚后会受到蔑视，于是设计先演一出戏以遮人耳目：

先探听好神户抵达基隆的船期，请假带着从良的未婚妻到处寒暄，告诉人家：

“我是搭这班船去迎娶的。”

女方则附和着说：

“我在国内是插花老师。”

纸包不住火，风声还是会走漏，果然是与湾妻相配的湾夫的闲话不胫而走。

坂本先生苦恼的是湾妻无所不在。台中州厅一位出纳由于妻子是烟花窟出身，被局长强迫辞职。这人愤愤不平地说：邮务主任和庶务主任的妻子不也是一样吗？

湾妻离开阶级划分严明的日本，没有社会压力，几乎个个轻佻放浪，胆敢穿着超乎身份的服装，不仅身穿华服，也讲究美食。她们手持在日本只有大家千金才配用的高级阳伞，人手一把招摇过市，上个月大阪的绸缎庄老板带了价值不菲的绢质衣料来台中，没两天就卖完。出手最大方的还是湾妻。

坂本先生不想让自己的夫人保子受她们影响，过分沉溺于物质享受，花钱买装饰品来满足自己的虚荣心。他要保子体谅做丈夫的他，在竞争激烈的殖民地官场，为了生计而奋斗，身心皆像棉花般疲劳，不要她一点也不同情，像那两个湾妻，只是悠闲地喝着汽水，打扮睡午觉。

当然坂本先生要求夫人装扮合乎身份，由他带出去交际应酬，他很在乎自己的升迁，看中局长的职位，希望明年安藤局长退休后，轮到他接掌台中厅的教育局。当上司感慨：

“为了国家，长年在本岛跨越死亡线辛苦的我，将无法忍受即将离开台湾的不舍之情。”

坂本先生听了，连声附和，尽管不久前安藤上司还把台湾比喻为日本人的垃圾场。

“总督府是大型的废物利用场，收入好。”

安藤上司说。

虽然恨不得他尽早退休，坂本先生还是需要局长的美言推荐，这一年多来岁末、年初、中元之时节送去的礼物都格外隆重，保子答应春季大扫除时会到上司家帮助夫人打点。下个月坂本夫妇到台北欢迎文部省高官来台视察，在铁道饭店的餐厅参加两百个人的盛大宴会结束后，保子将陪上司的夫人到三越吴服店选购刚从新宿运来的布料。

趁夫人上街购物，坂本先生会到游廓找他的相好，他听说不久前一年一度的支厅长会议，有个官员来台北与会，会议结束后找艺伎消遣，刚巧碰到警察上风月场所取缔，此人从棉被中递出名片，一时传为笑谈。坂本先生特地买了顶帽子遮人眼目。

4.

趁主人不在家，悦子让掌珠登堂入室，参观日本人的起居。满怀期待，掌珠以为一定是洞天福地，陈设精雅至极。每天早晨坂本先生上班，头发抹上发油，梳得一丝不苟，笔挺的西服，皮鞋光可鉴人影，与手上拎的公事包相辉映。夫人保子出门上街更是讲究，一套又一套昂贵的和服，配上不同花色刺绣的手提包，天热时打着白色的蕾丝阳伞。

怕弄脏坂本家的榻榻米，掌珠特地用肥皂刷洗脚底，出乎意料的是，日本人的客厅摆设简单到寒伧的地步。灰色的墙什么装饰也没有，称之为“床の间”的角落，铺上地板，悦子说是用来摆花道的，墙上按不同的季节挂上画幅，主人不在家，花艺画作全免。

这个家徒四壁，除了榻榻米一无所有的和式起居室，令掌珠感到屋子里的人并没有定居的打算，即使临时暂住而已，似乎也超出预料的简朴。仿佛看穿掌珠的心思，悦子替她的日本东家护短：

“台湾治安不好，土匪多，坂本先生说的，何必把钱花在买家具布置，只要一张吃饭的桌子、几只垫子、一个装衣服的柳条包就够了……”

悦子压低声音，惊魂未定地拍拍胸脯：

“没有土匪，日本人也有坏的，坂本先生局里一个课员，发疯被解雇了，结果这个疯子拿铁棒闯进来，乱砸乱打的，我刚来不久，吓得我……”

这构成坂本夫妇不好好布置客厅的理由吧！

掌珠指着一排紧闭的纸门：

“门后是睡房吧？”

悦子点点头。

“保子夫人说，日本人起居都在榻榻米，坐下来、起身，所以日本女子的脚力、腰力都很强健，腰板锻炼得很粗，不像本岛女人，腰细细的！”

“能做日本人，谁去管腰粗不粗呢？”

悦子表示赞同。动手拉开纸门，抬脚就要进去，突然想到什么，噗哧一笑，把脚缩回，重又把纸门关上。

“咳，坏习惯，改不掉，看看你，都是你害的！”

悦子收敛笑容，一手按住和服短衣的下摆，慢慢地蹲下身，一直到膝盖碰到榻榻米，上半身匍匐下去，对着纸门行礼，嘴里喃声说些什么，停下来，倾听里面的动静，然后双手轻轻推开纸门。她的每一个动作都像在进行一种仪式。

“保子夫人规定我这么做，刚来时，也像你一样粗手粗脚，一个动作达不到夫人的要求，还会被打，只有躲在壁橱里哭……”

推开一道纸门，向里面的主人请安需要这么多的礼数，内室一定大有可观，而且怕土匪抢劫，坂本夫妇一定把贵重的宝贝藏在隐秘的里间。

模仿悦子的姿势，掌珠面对她跪下来，小心翼翼地推开纸门。还是大失所望，睡房空无一物，甚至没有床。掌珠纳闷了，悦子指着两边的壁橱：

“寝具白天都放到壁橱里，晚上睡觉才拿出来铺。”

取出柳条包，悦子双手捧出一件折叠齐整的红梅碎花和服，掌珠觉得很眼熟。

“认得吗？”

悦子偷穿女主人的和服，掌珠第一次看到她，误以为是坂本家的小姐。两人相视而笑。

悦子取出一条美丽的织花腰带，附在自己的腰间比画：

“还没结婚的女孩，腰带的结要打在背后，保子夫人结婚了，结必须打在腰前，这件事，你不会懂的！”

视线适应了室内的昏暗，掌珠注意到靠近缘侧走廊的角落，闪着黯淡的光晕，那是保子夫人的莳绘金漆镜台。

悦子坐在镜子前，模仿保子夫人化妆的神态，先把一条井字纹图案的围巾披在肩上，用一把红漆的梳子假装梳头：

“保子夫人说头发是日本女人的生命，每天早上伺候她梳头，好比一朵花，从头心的发根开始梳，像花蕊花瓣一片片展开，保子夫人梳着岛田式的发髻，”悦子娇羞地低下头，“没结婚的，梳的是蝴蝶式的发髻。”

她打开镜台的小抽屉，取出一盒水银白粉，读着上面的标签：

“美艳仙女香，保子夫人在东京买的，很贵的喔！她舍不得用，每次挖一小点。”

掌珠屏住气，以为她真的敢偷用女主人的化妆品。悦子毕竟没有这分胆量，只拿粉扑在自己脸上装模作样虚晃几下，还假装点胭脂擦口红，然后把水粉等化妆品放回小抽屉，盖上镜子，把镜台像变魔术一样折叠成一个长方形的小箱子，让掌珠大呼奇妙。

4 遗种

1.

汉仁眼看着父亲自参加文化协会的会议后，每天闷闷不乐，也少言语。十天前，他到台北火车站接父亲，父亲虽然坐了一天纵贯线长途火车，却看起来精神极好，他身上穿的一袭新做的竹布长衫，两旁还留有新的折痕，头发比上回汉仁见到时又掉了不少，盘在头顶上的道士髻也不那么饱满，可是神采奕奕，手上拎了一个网袋，告诉儿子他带来了十本自编自印的《修身教科用书》，准备送给主办者。

从小汉仁看到的父亲，无不是神色郁闷，闭门不见客，他不肯学日语、不用日本天皇年号，拒绝与日本人统治的外界接触，深居简出，每天袖着手窝在家中做他的前朝遗民，写些“嗟哉武陵客，块塝失康庄，避秦无源路，仰首望苍苍”之类的诗句，以无可问津的武陵人自喻，终日长吁短叹。

当他以优异的成绩从公学校高等科毕业，听说街上开业的谢医生的儿子台中一中毕业后，拿到日本老师自设的奖学金到东京留学，汉仁也想申请。父亲以自己身患慢性病，不肯让儿子出门到日本读书。一心想走出父亲牢骚满腹黯淡的家，汉仁凭着日本老师的推荐信，在台北谋到一份下级职员的工作。

跨出家门那天，他感觉到黑暗没落的门扉在他身后永远关上，汉仁但愿有生之年不必再回到破败的家乡。异乡的夜晚，他却又禁不住想念家中院子里那棵桑树，小时候登上竹梯摘桑叶养蚕宝宝，桑椹成熟后黑而多汁酸酸甜甜的滋味。

他对东京仍未死心。上班之余常到城内逛日文书店，在三省堂、芳林堂抚摸精美书盒里的日文书，不忍释手。他在《台湾日日新报》看到罗汉脚出身、因缘际会引领日军进占台北城的同乡，声势如日中天，最近更上一层，预备在东京闹区设办事室做股票、砂糖贸易，汉仁明知父亲寄生最不齿此人的附日走狗行径，却还是暗中靠乡亲的关系，透过他旗下的一个经理谋求东京办公室的职位。

罗汉脚到艋舺发迹之前，曾经是他父亲书塾不正式的学生。有几次寄生注意到一个衫裤不全、身躯异常高大的少年，站在书塾外的月洞门边，偷听学生摆头晃脑朗诵“人之初，性本善”，一场突如其来的西北雨，寄生怕他心爱的长尾三娘翠鸟被淋湿了，赶到初月亭取下鸟笼，瞥见月洞门外的少年浸泡在水中的一双赤足，起了怜悯之心，招手让他进屋，给他取了个学名，不收束脩教他认字。

时断时续没上过几堂课，才念完《千字文》就失去踪影，以后的事迹台湾岛从南到北家喻户晓。

汉仁听到家乡父老传扬罗汉脚的一些行径，其中一件是他在路口抢了人家的荷包，被路人群起追打，其他的罗汉脚闻风也赶来分脏，情急之下，他闯入泉州街一家中药店，打开装银钱的桶柜，屈身躲在里头。追打的人群冲进店内要人，被白发飘飘的老中医斥退了。他钻出桶柜，跪在地上，向老中医拜了三拜，指天发誓有朝一日他发了迹，一定不忘报恩。

不知当日誓言是否兑现。发迹后，他对他的启蒙师却另有所求。

端午节前派了当他日语翻译的女婿到洛津，送上一份厚礼给寄生，礼品旁边一个浅褐色长方形的帖纸盒，盒子上绘有优雅的和风水草纹。寄生打开纸捻，展读盒子里的信函，措辞极为谦恭：

“本应亲自回乡登门拜望恩师，奈何公事缠身，恳请见谅。学生多年追溯敝家历代祖辈事迹文献，兹将搜集所得附上，素仰恩师德高望重，名播四方，恳请代为撰写家谱，如获首肯，不胜惶恐感激……”

信函末尾以当年寄生为他取的学名具名。

寄生随手翻阅誊写在精雅的日本纸上的记录，自称其先祖原是五胡乱华随晋室南迁入闽的望族，从宋代传承下来的祖训诗，考证得知出自宋乾德三年科中进士的先祖尊德公手笔，诗中两句：“年深外境犹吾境，日久他乡即故乡。”先人未卜先知，后代有横渡海峡、落户洛津之举，蒙父祖坟茔庇荫，始有今日，云云……

寄生抚着开始灰白的长须，若有所悟。

洛津父老无人不知，罗汉脚的父亲生前在后车路的赌场当“赌蜡烛”，供赌客差遣，同治年间一次漳泉械斗中，被乱棒打死。泉州同乡把尸体用破草席裹上，丢到峇仔顶乱葬岗草草掩埋，埋尸之处立了三块砖当墓碑。

罗汉脚摇身一变，成为日本人跟前的红人，为了隐瞒他卑微的出身，让风水师拿着罗盘勘查他父亲埋骨之处，寻遍荒烟蔓草的乱葬岗，最后将深陷的三块砖出土，风水师绘声绘影形容那是螃蟹穴女儿峰风水之地，庇荫三代子孙大富大贵。

有了好风水，接下来重建家谱。

汉仁知道父亲不可能应命，也没去过问，他谋职东京一事也没成功，后来那乡亲经理推荐汉仁到公卖局当个位卑薪薄的小职员。

前年冬至过后，汉仁为买乌鱼子特地回老家一趟。他公卖局的日本上司，刚从大阪调来，自称是美食家，喜欢品尝新奇的台湾特产，打听出洛津的乌鱼子风味胜过台南，冬至前十天入港的称为正头乌，卵肥味美，取出鱼子用盐腌，洛津人宁愿典当钗环买来解馋。为了讨好日本上司，汉仁回去物色家乡名产。

一进家门，看到病恹恹的父亲躺在榻上，抱怨周身疼痛，肝脾窒闷，疲倦乏力，胃口全失，排尿困难，形容像滴麻油一样。

他不敢让父亲知道此行的目的，没想到寄生隔天托人买来一对每只足足有半斤重的乌鱼子递给儿子，明知汉仁拿家乡名产孝敬自己所痛恨的日本统治者，他还是做了。

一串乌鱼子拎在手中，汉仁一时愣在那里。

2.

从江山楼的会议回来，寄生又被打回原形，回复到从前的忧闷不展。

汉仁和妻子为避免刺激寄生的情绪，只有在关起房门时才敢用日语交谈，而且把声音放到最低。平日在家，寄生对儿媳叽哩咕噜说日语很有意见，一开始听到两人轻声细语以为是在背后说他，后来才知道是习惯成自然。寄生摆出长辈姿态教训两人不可忘本，汉仁摸了摸脑袋，向父亲道歉：

“局里上班规定说日语，上门办事的也非日语行不通。回到家舌头一下子转不过来，就顺溜讲下去了！”

汉仁说公家机构、公共场合、教室、商业行业用的全是日语，宴会社交说不好日语会给日本人取笑的。最近公卖局的上司要求本岛职员的举止应对，连娱乐休闲时的“趣味气氛”都应日本化。

寄生大不以为然。

“不学番仔语，照样可以看新闻，到火车站买票，卖票的会听不懂我的话吗？官厅不是设有通译吗？不懂番仔语替日本人办事的大有人在。”

寄生随口举出洛津好几位不懂日语的州、街、庄协议会员。他还讲起不久前发生在家乡公学校的一件事：

一个自恃日语流利的保正在莅临指导的日本督察演讲之后，上台歌颂帝国德政：“今后愿做天皇陛下的小使（小佣人），粉身碎骨在所不惜……”话没讲完，坐在一旁的日本警察起身制止他：

“你区区一个保正，哪来资格当天皇的小使？”当着众人羞辱他。寄生叹了一口气：

“唉，台湾人做小伏低，连个佣人都没资格当……”

汉仁被堵得哑口无言，不敢作声。

汉仁与妻子商量，带父亲出去台北近郊散散心，知道他喜欢养鸟，建议带他到新开的圆山动物园观赏笼中的珍奇异禽。虽说比不上洛津家中他珍爱的长尾三娘，可是日本人从东洋也引进不少罕见的鸟类，应当值得一观。

做儿子的游说寄生，指出三条到圆山的路，征询他的意见：走水路，可从大稻埕搭船，上岸便是动物园，也可以搭乘淡水线的铁道，在圆山站下车，走一小段路。

“看完动物园，再搭淡水线铁道，到宫之下站下车，”媳妇说，“走过明治桥，可以上到官币大神社，从山上看下来，风景很优美！”

第三条路是到台北城内搭车，经过两旁种植相思树的敕使道，一路可看到圆山山顶的神社，到了动物园站下车。

寄生决定走水路。漂浮基隆河面，望着如漩的洄流，也许可舒散一点郁结的心情。

船驶过剑潭，寄生为媳妇说起剑潭名称的由来，那是他在古书上读到的：延平郡王郑成功当年驱逐荷兰人，经过这湾潭，看见水深澄澈的潭中有巨鳞作怪，于是解下腰间宝剑，掷入潭中镇邪，剑没潭底，现出毫光，令人无法逼视，从此巨鳞不再作怪。

“传说天公降雨时，延平郡王的宝剑便会浮出水面，叱叱作响。”

船驶近剑潭南岸，寄生手指山坡绿树，感叹其生也晚，没能亲眼目睹建在湖畔的“太古巢”书斋。那是大龙峒的举人陈维英，自譬为白燕投胎，以太古时代的有巢氏后人自喻所建的，在世时经常邀约文人雅士到他书斋临水吟咏，观赏日落。

“北岸山头，本来有一个禅僧盖了一座宝刹，与太古巢遥遥相对，陈举人为它赋了好几首诗，日本人来以前，宝刹香火鼎盛……”

媳妇仰望山巅，磊磊奇石之上，寻找寄生口中的这座依山傍水的宝刹。

“看不到了，宝刹被日本人移迁到大直，据说是有一个日本官发现很多台湾人到庙里来烧香，却不肯主动去膜拜神社，下令迁移宝刹，风水被破坏了，搬到大直就没人去了……”

出了圆山动物园，寄生游兴未尽，走过横跨基隆河的明治桥，往官币大神社踏步而去。儿子以为他要上山朝拜日本神社，大感诧异，又不敢作声，默默跟在一旁，踩着鹅卵石铺成的参拜步道，心中浮现一首诗：

剑潭山上手栽花，仍记春风吹满车。
今日吾来皆有旧，再游心恰似归家。

后藤新平当了民政长官后，有一次重游路过剑潭，朝拜新建的神社写的这首诗。汉仁不敢把这首诗念给父亲听。

沿着石阶拾级而上，雄伟肃穆的神銮殿气势逼人，对着仰望的人威压下来。这是台湾唯一的官币大神社，奉祀大国魂命、大己贵命、少彦名命以及征台丧命的北白川宫能久四位日本神明。汉仁有踏入神域的感觉，被凝重肃穆的气氛所慑，他屏住气，跟在父亲身后，蹑足而行。

寄生对神銮殿似乎视而不见，绕道两排整齐的日本杉步道，来到剑潭的南麓，眼下视野开阔，台北盆地尽收眼底。寄生伫立崖边，遥想前朝陈维英举人在他的“太古巢”书斋，与对岸西方宝刹的禅僧赋诗的景象，于今安在？

不只是宝刹的龙首风水被破坏了，寄生放眼望去，整个台湾岛的龙脉主脑——大鸡笼山也遭到日本人的破坏。

大清王朝认定台湾的地脉遥接万脉由起的崑峇祖山，与神州直接联系的福州的鼓山过海结穴于台北府治的大鸡笼山。日本人来了以后，割断了台湾原先与大清帝国的脉络，拆除了地理风水象征“四方之极”的台北城墙，利用拆下的城墙石柱当作修建总督官邸的基座，府城内建于光绪十三年大清帝国的权力象征布政使司衙门，那座中国式官衙建筑也被拆下，其中一部分搬到植物园当风景点缀。

日本人来了，把台湾的地貌来了个乾坤大挪移，发明一套连结日本母国的山川路线，说是从日本九州经过琉球群岛，而后结集于大屯山，新领地的台北城在日本人的眼里俨然一如皇居。日本据台初期，游访台北的一个日本教育家建议：

“此处堪称绝境，宛如京都景致再现。台北城俨然为皇居，基隆河正如贺茂川，剑潭山正如东山，此地应建一神社。”

为了使京都景致在殖民地重现，日本人在前有基隆河后倚剑潭山的风水胜地建造神社，几年前还是太子的昭和来台时下榻的行馆也在这附近。剑潭山成为象征天皇权力的神域，台北市内主要的道路系统都与神社遥遥相望。大清朝留下的府中街、府前街早已尸骨无存，城墙拆除后，日本人开辟一条林荫三线大道，中央为车行马路，两旁铺着柏油的人行道，接下来大肆兴建州厅、高等法院、邮政局、银行、火车站，以雄伟的公共建筑作为权威象征，总督府的高塔气势凌人，令老百姓望之丧胆，就连南门汉仁任职的专卖局，正中也有六尺高的塔，在出入门口做机关，威吓进出的台湾小老百姓。

“一丘莽莽悲兴废，双眼茫茫阅古今，半壁山川留残局……”寄生长叹一口气。离开台北前，记得到植物园凭吊被日本人迁移到那里的布政使司衙门，五间开的主厅供奉大清皇帝的万寿牌一定早被毁了，置身被移植过来的奇花异木之中，对着被当作风景点缀的旧朝官衙，他承受得了那种兴废之感吗？

几经世态阅炎凉，故垒何曾一日忘。
穿巷不堪余夕照，归巢忍负好风光。

寄生吟起新竹诗人刘梅溪咏《春燕》这首诗。

3.

这几年洛津也起了天翻地覆的变化。

一开始日本当局还有些顾忌，都是透过台风过后，暴风刮倒家屋，或是地震倒塌、疫病流行烧毁疫屋时乘机改造市容。日本人以卫生为理由，拆除五福街从南到北二里多长有顶盖的不见天，开辟出一条直而长的道路，铺上柏油，路两旁种树，强令店家用磨石子在屋顶塑造一个牌楼似的立面，说是叫巴洛克，看在寄生眼里只觉得奇形怪状。

他很怀念从前五福街不见天，走在有顶盖的街道夏天免受日晒雨淋之苦，冬天也可避免九降风侵袭的日子。

市区改正的政令下，原本结构完整的洛津古城被开膛破肚，令弯拐如袖子一般的巷子柔肠寸断。为了拓宽道路，连历史悠久的庙宇也难逃拆迁的命运，地处偏远的王爷庙也逃不了劫难。

寄生到台北来之前，位于洛津城南一隅的威灵庙，为了迁就马路畅通，日本人强迫把庙宇的方位来了个大挪移，本来的坐北朝南被命令转向西方。这简直是天下奇闻。威灵庙供奉明末抗清的大将刘綎，庙内七爷八爷造型荒冷，摄人心魄，庙埕常见捡骨师在晒尸骨，把一根根枯骨装进金斗瓮中，大白天也显得鬼影幢幢。每年中元在庙前竖立灯篙招引孤魂野鬼，只有不信神鬼的日本人胆敢有这种荒唐的举动，难道他们不怕触犯阴司？

统治者切断台湾人原有的地理方位，让他们成为一群没有过去、没有历史的游魂。

市区改正的政令还在进行着。

结束台北之行，寄生回到洛津，便听说三山国王庙因位于新一波的计划道路线上，正在拆除。寄生赶到时，这座始建于乾隆初年已有两百年历史、规模仅次于北头妈祖宫的大庙，山门拜殿已然沦为瓦砾，工人正在拆毁正殿，废墟似的庙埕残存几根歪斜的木柱。寄生从破瓦残砖里挖出一个石香炉，上面横刻“三山国王，嘉庆梅月置”，又发现一块断成两截的匾额，扫去上面的灰尘，匾额上字迹漫漶，勉强辨认，看出“海东霖田”模糊的字迹，右上角是“乾隆二年”立。

双手大张保护这块上面印着工人踩踏足迹斑斑的匾额，防止进一步遭到破坏，施寄生一边大声疾呼附近围观的客家信徒，赶快上前抢救古庙的文物，搜集被拆下来的龙柱石刻、青石板、福杉木柱，希望来日重建时可用上。

当一对石柱被抬出瓦砾堆中，寄生抚着石柱上“道光二十四年修建”的刻字，眼睛湿润了，不知是欣喜这对具有历史意义的石柱侥幸无恙，抑或悲痛古庙在异族之手沦为废墟。

还在凭吊三山国王庙的劫数，没想到灾厄这么快就降临到寄生头上。他屋后仅可容两人错身而过的窄巷，也在这一波拓宽改道的计划中，他家后院吟诗品茗的初月亭面临被削去一半的命运。寄生三番两次到役所以理力争，均不得要领。拆除那天，番婆村来的工人手持铁锤、圆锹浩浩荡荡前来，寄生不顾体面，坐在亭阁瓷凳上，那是他每天品茗静思的那个位子，决定与初月亭共存亡。

僵持了半天，最后管区的警察抽出腰间长剑，对准寄生喝令他离开。提着抢救下来的鸟笼，寄生进到前屋，从此再也不肯踏足后院一步，也禁止家人前去清理，任凭拆去一半的初月亭荒废，蹿长蔓草莽榛。

奇怪的是一向鸟语啁啾，朱喙羽色青翠的长尾三娘，进屋后从此噤声，再也不开口鸣唱。这只生长在诸罗深山中，羽色红绿相间，尾长一尺有余的翠鸟，中土难得一见。乾隆年间一位巡台御史写诗赞叹："翠羽光华绶带长，如云委地美人妆。"取名长尾三娘。

乙未变天后，寄生闭门不出，在初月亭听雨、赏花、喂饲心爱的长尾三娘消磨长日。

初月亭被拆后，寄生病了好一阵，躺在床上双眼紧闭，不愿再看一眼这世间。病愈后不得不重又睁开眼，他出去找寻昔日熟悉的洛津城：用空了的绍兴酒瓮堆砌的瓮墙，为挡住秋冬凛冽的九降风直扑故意设计成弯弯拐拐的九曲巷，深宅大院高墙内露出一角的梳妆楼……

这一天他到美市街买鸟食，与店家多谈了两句，出门时天已黑尽，记忆中的巷道被切割得面目全非，寄生伫立杉行街口，一时之间记不起龙山寺的方向，他迷路了。竟然找不到回家的路。

好不容易到家后，他对屋内的古籍、文玩摆设一一铭记于心，害怕连自己家中的东西都认不得了。

4.

寄生说他要做他自己。用文言文写汉诗他才能做他自己。他拒绝成为自己以外的另一个人。

书塾被迫关闭后，寄生南北诗社击钵游食，困顿了几年，回洛津后，妻子又为他添了一个女儿。孩子落地半年多还没有去报户口，禁不起老妻一再嘀咕，寄生拿着户口名簿到役所为女儿登记。

役警看他一袭铁灰色长袍，头上却梳了个道士髻，违反当局正在推行的断发放足的政策，便把户口名簿掷回，非得要寄生响应文明维新断发易服，否则不给予申办户口登记，气得寄生大骂狞吏，拂袖而去。回家途中，又有无赖对他的道士髻指指点点，在后面向他掷石取笑。

寄生一口气难平，写了好多诗讽刺那些逢迎日军、首先剪发变服的人。

他不愿像那些脚踏两条船的台湾人，把辫子盘起来戴上帽子，万一大清帝国卷土重来又光复台湾，可以辫子为证，对清廷表忠。

身体发肤受之父母，辫子成为安身立命的一部分，一根辫发留存，等于留存一股气节，认同汉民族。役所回来，寄生晚上睡不安稳，生怕别人趁他熟睡，把辫子割断。

断发易装，看起来与日本人无异，寄生将认不出自己的面目，这样一来，他就不能做他自己。

日本当局利用一些绅士名流的故事鼓吹剪辫易服的必要：林献堂留着辫子到日本去，被儿童丢石头，骂他是清国奴，有感于威仪，立即剪辫易服；李春生在东京街头被辱骂为“拖尾奴才”，剪辫后立刻感觉自己“容姿变得气宇壮大，英侠之气勃然流露，已非昔时孱弱伛偻可比”；也有到伦敦被过路行人当作野蛮人，取笑身后拖了条猪尾巴的，为了不让洋人侮辱，呼吁剪辫易服。

日本东京、伦敦，全都是异国。我可是踏在台湾人坚实的土地，寄生拍拍胸脯。剪去辫子等同做了日本人，他不止一次看过族中年轻的一代断发的场面：

长辈跪在祖先神位前痛哭流涕，忏悔子孙不肖，未能尽节，抓起辫子横着心肠使劲用力一剪，咔嚓一声，辫子落地，一家人哭得如丧考妣，许愿有朝一日赶走日本鬼子，会再留发以报祖宗之灵。

显然断发的年轻一代是不想做台湾人。

日本统治者利用纪元节、神武天皇祭、始政纪念日举行集体断发大会。寄生想，这群即将被剪去汉民族标志的，他们出门前，不知道有没有照最后一次镜子，在镜子里看自己的脸，把自己铭记于心，从长着头发的这颗头往下看，支撑着脑袋的脖子、肩膀，以及躯干……最后一次好好看自己。他们不知道有没有察觉，很快即将脱胎换骨，变成另一个人。

辫子一落地，脑袋一轻，整个人连重心也失去了，摸摸突然空荡荡的头颅，心也空荡荡的，完全失去依凭，需要有什么做支撑，赶快跑到帽子店买草帽、鸭舌帽、打猎帽、礼帽、毡帽，甚至笠帽，就是没人戴中国式的瓜皮小帽。戴上帽子，立刻换上一副新的面孔，走到街上，所有的人都是那一个面孔，全是一个样子，认不出谁是谁，只知道看起来不是正宗的汉人了。

剃光胡子，脱下长衫，换下西服——裁缝店也生意大好——走起路来，不再像穿长衫时宽袍大袖大开大阖了，他们的行动举止受到西服的限制，自我收敛产生另一种样貌，希望变成穿衣服的人，举手投足、点头颔首、轻咳眨眼，平凡的动作也变得十分怪异，抛弃自己本来的姿势，好像听命于某些看不见的指示，由一套不知从哪里模仿而来的姿态取而代之，看起来很矫情做作，虚张声势，神情有点不确定的疑惑，失去从前的自信。

可是在没有断发的人面前，像寄生，他们却抬头挺胸，傲然地从上面往下看他，或是冷淡地对他斜睨。他们连讲话也不一样了，掺杂几句日语，台湾话也不再流利了。

寄生冷眼旁观，最后悟了出来，这些人在模仿警察局、邮便局、役所的日本人，他们希望被误认为日本人，只差嘴上没留短髭，因为不准台湾人留。

渴望成为日本人终究无法如愿。这些被改造的新人类，好像喝下迷魂汤，摧毁本来的意识，切断记忆，变成没有过去的游魂，只知道服从他们听过却没有去过的国家，把那个国家的一切变成他们的一切。

为自己顶上几茎头发留遗种，施寄生首次起了走避中原的念头。

日本据台后，根据《马关条约》中的规定，给予两年期限让台湾人自由选择国籍，期满之后，未内渡迁徙者，便被认为日本的子民。

为了逃避异族政权的统治和社会混乱，上自达官显贵、中举士子，下至没有科举功名的地主绅商，纷纷携带重金细软家当蔽海而浮，举家内渡，一时之间避难者的船只连帆相望，走不了的为保护家产免于战乱，只好把财物埋藏地下。

寄生先祖几代渡海来台定居，死后埋骨台湾，他对生养的土地产生乡土感情，为保卫家乡才会投入八卦山之役。他不齿有些豪门富商虽然内渡，可是并不放弃在台湾的产业，早在动身之前就做好安排，以愿意做日本良民为交换条件，希望日本当局不会没收他们的产业，却又不甘丧失追求功名的机会，活该这种人被日本人耻笑为“一身两用”。

役所受辱后不久，寄生收到内渡厦门的刘梅安举人的来函，告诉寄生他在鼓浪屿依山傍海修的花园已然完工，园子的格局景致仿照新竹老家梅园，又采取天然地势，加上湖石补缀山色，达到园中有园、景中有景的妙境，花园把大海一隅搜藏其中。

刘举人信上提到春节前杭州举办的古今书画展，他躬逢其盛，搜藏了几件青铜器，准备在异乡另起炉灶，重新搜集文物。

寄生与出身新竹名望之家的刘梅安交情至深。乙未变天之前，常被邀请到刘家的梅园谈文论艺。刘举人的父祖随刘铭传渡海来台，落户竹堑，在宅第后修了座花园，种植数百株红、白及绿萼梅树，梅园之名不胫而走。刘家邀请中土官绅幕客、文人雅士经常在园中聚会雅集。

来客穿过滨水的游廊，抚着漆红栏杆，欣赏蝴蝶形、蕉叶形、葫芦形等各种设计别出心裁的花窗。来到长廊尽头，水上浮着挹秀亭，来客搭小船游池上岸，在亭中饮酒作诗。

光绪初年，刘梅安科举中榜，纠集文人儒士，合力在梅园奇石陡立的梅花书屋展开《台湾通志》的纂修。

日军入城时，刘举人无意内渡，为使乡人免遭伤害，率众迎接日军，待市面恢复平静后，便退隐自家。日本人任命他为参事，要他继续扮演地方领袖的角色，被他严词拒绝。日军进一步将他的一大片宅第占用作为营舍，久不归还，倒也罢了，尤有甚之，日本警察任意穿堂入室，惊动刘家私宅内室的妇女家眷。

刘举人眼见一些协助日本人征集人才的耆老，虽不舍昼夜奔走办理，不但毫无俸赏，而且动辄遭受谴责，与清廷官府礼遇地方显达实有天壤之别，于是起了离台之心，举家归避厦门，留在台湾各地的祖业委托姻亲代为管理。

儿玉源太郎总督对内渡的精英采取笼络和利用政策，首派民政长官后藤新平渡海造访刘梅安，以他留在台湾的家产有待掌理为理由，诱使他返台为殖民政府效命。梅安不为所动，吩咐姻亲将所收的租扣除费用，若有盈余，即存入厦门丰南信托公司。

刘家内渡厦门，寄生曾以“何日梅园再吟诗”表达不舍之情，与刘举人隔岸以诗唱和，倾诉悲怆悒闷的情怀，梅安坦言此生最大憾事是未能完成《台湾通志》的纂修。梅花书屋人去楼空，才起了个头的工作被弃置一旁。他本想待时局安定后，再私下结集文史之士，避开日人耳目暗中继续未竟之业，也算是生为台湾人所尽的一点心意。

没料殖民者欺凌无度，演变到他不得不出走异乡。日本当局看他滞留厦门不归，闯入他竹堑的宅第，先代遗留的古董书画、古籍碑帖没带走的都化为乌有。梅安临离开前，加了几把重锁的梅花书屋，也劫数难逃，《台湾通志》残篇断稿下落不明。刘举人向寄生发出悲号：

> 著书枉用一生心，百年文物悲涂地。

为了表示坚决不肯附日的决心，他以拥有日本籍为耻，向日本驻厦门领事署申请退籍，恢复中国籍贯后，以“锦绣江山成决裂，何堪回首问苍穹”的诗句自况。

寄生设帐授徒的书塾被日本当局取缔后，他再也不能闭门读书、临帖自娱，以丹青消倦、不问世事，过安贫乐道的日子了。为了生计，只得击钵游食，到台北、新竹、台南的诗社串联，鼓倡诗社，为延续斯文于不坠而奔走。

刘梅安辗转得知寄生生计窘困，以日本停止书塾后，不少师儒、掌教士绅均回返中原，一再怂恿他移居厦门。

“以先生的诗文成就，必当被推为祭酒。”

邀请寄生成为他的座上客。

寄生感谢刘举人的心意，仍无内渡之意。一直到日本当局强行实施剪辫断发政策，寄生首次萌生内渡中原的念头。

5　脱下大襕衫

——掌珠情事之二

“这个人是我吗？”

“这个人不会是我吧？”

1.

台中侍读第三年，掌珠接到养家由代书代写的一封信，要她回秀水家一趟。搭纵贯线火车南下到彰化，得走一段路换糖厂五分车才到得了养父母家。

下了火车，掌珠看到一个日本警察正在训斥站前摆摊卖番石榴的老妇，言语不通，两人鸡同鸭讲。掌珠挺起胸，自告奋勇上前充当翻译，台湾话、日语来回翻译，居然令双方沟通无阻，她的日语能力使围观的路人翘起大拇指。

掌珠沾沾自喜地回到秀水，养父母以从来未曾有过的欢喜笑容迎接她，养女到了适婚的年纪，可以卖钱发一笔财，难怪对她和颜悦色。他们把掌珠卖给邻村一个抽鸦片的老头做妾，那人听了媒婆之言，虽然生得黑，可是体壮力大，下田劳动胜任有余，最重要的，屁股圆鼓鼓的，一看就是生儿子的料。老头鸦片烟抽多了，身体虚弱，需要一个年轻力壮的来播种。

养母收了聘金，对掌珠有说有笑的："女的就是走这一条路，嫁了人才有身份，死了少不了被当神明一样作祭拜拜，神桌上不奉祀老姑婆的，你又不是不知道！"

还说虽然当小妾，她跟媒婆可是有言在先，养女是干干净净的闺女，要抬花轿来迎亲的。

浮现掌珠眼前的红花轿，有如一具等着她入殓的棺材。三年来台中侍读，看了市面，掌珠长了不少见识，碰到这样的大事，还是没了主意，想到悦子是唯一可商量对策的人。表面上假装答应嫁人，只要求回台中一趟，把行李带回家。

养母不疑有他，真的放她走。

岁暮离开秀水，搭五分车到彰化转北上的纵贯线，凋景残年，火车站前摆摊的老太婆不知去向，那个腰间挂了长刀、头戴金边黑帽的日本警察也不见踪影。掌珠回想半个月前她充当翻译的那一幕，恍如上辈子的事。她很讶异那天不知从哪里来的胆子，竟然敢对住大人的眼睛说话，那个平常连听到脚步声都会吓得发抖、母亲以"大人来了"喝止孩子哭声、人人畏惧的日本警察。

大人粗暴地拉扯违规摆摊的老太婆，用脚踢翻竹篮里的番石榴，路人默默站在一旁，没有人敢仗义执言，她却快步上前，双手摆放膝前，向日本警察恭敬地鞠躬，垂眉低眼，用日语为自己贸然上前道歉。好一会工夫，她口中的语言扫过日本人的耳边，熟悉的话语，日本警察转过身，开始对话。

日语使她和日本警察站在平等的地位，解开了与台湾人的误会与龉龃，三年苦学终于没有白费。最初坂本先生介绍她到日本人专为车夫、市场卖菜的开办的普及会话班，她把学到的回来说给悦子听，居然被听懂了。

掌珠更上一层楼，打听出有个本来开书塾的汉学仔先，眼见日语流行趋势不可挡，身先倡率带着弟子到公学校学日文，结果弟子个个精通日语，跻身日本人的社会。汉学仔先开设“国语传习所”教日文，立誓为母国的教育奉献残生。

掌珠自认命苦，无法像悦子到公学校读书，获得正规的日本教育，她退而求其次，晚上到传习所学日语，风雨无阻从不缺课。她嫌汉学仔先的日语不够标准，只跟传习所的日本老师学，而且事先弄清楚是否教纯正的东京腔。掌珠听悦子抱怨，公学校的老师大都来自九州，坂本先生对她的日语发音老皱眉头，掌珠以此引以为戒。

掌珠相信日语说得愈纯正不带腔调，会使她更接近成为日本人。

这次回秀水养父母家，掌珠觉得自己改变了，和从前大不一样了。好多事她很看不惯，路上的垃圾，养父随地吐痰、擤鼻涕，养母不洗澡，身上发着恶臭，用缺口的碗盘吃饭，到处喧闹吵杂。几个和她命运相同的养女，知道她回来了，衣衫褴褛地来看她，伸出指甲积满污垢的黑手掌过来拉她，大声说话，发现原本和她们一样粗声粗气的掌珠，挺直腰板，从喉咙底部发出轻微的声音回答，她们面面相觑，愣在那里。

她还没有完全习惯改变后的自己，不时感到有所冲突，不过掌珠知道她已经无法忍受过去的生活方式，有一股新的力量在她的体内跃动，养家的一切令她窒息不快，而他们竟把自己卖给躺在鸦片烟榻上的老烟鬼。

2.

身为殖民地教育局官员的夫人，坂本保子过着游惰安逸的日子，自称对唯美主义的文艺很有兴趣，从东京订了《文艺春秋》、《妇女之友》等杂志，闲来无事，研究东京最近流行的和服腰带式样，也订了一本《料理之友》，兴致来时，参照杂志上的食谱下厨煮食，由悦子充当助手。

保子夫人最近很是苦恼，关东大地震过后，东京的妇女以穿和服牵牵绊绊、碍手碍脚不方便逃生，地震时因之丧生的大有人在为理由，提议改穿利落的洋装，居家坐卧也企图改变传统的习惯，震灾后，把榻榻米扔了，换上便宜的桌椅。比较保守的妇女杂志有文章批评，日本女人生来弯曲的内八字短腿，换上洋装，踏着小碎步学跳西洋社交舞，该是何等不堪入目。

持相反论调的文章，则表示妇女学习跳舞，令步伐移动更圆滑柔顺，以行止姿态之美来取悦父亲、丈夫，理所当然。本来日本女性是无我的，终其一生就是一个从属侍奉的生涯。

时尚所趋，东京妇女跟着流行走，穿洋装露小腿的风气吹到殖民地来似乎指日可待。保子撩起浴衣，自怜地抚摸那一双生有日本特征的萝卜腿。杂志专栏批评人心不古，即使京都的寺院、奈良的佛像全毁于震灾，日本人也不会难过，可是东京的电车一停驶，就抱怨连连，这类文章则不在保子关心之内，她只在乎自己的缺陷。

除了长有一双萝卜腿，另一件事更令她苦恼。不久前丈夫告诉她，迟了九个月才上任的伊泽总督，是属于宪政会系统，政党替换，高级官吏的人事跟着起异动，殖民地的政坛也不可避免，连警官署长这样级别的小官也会因政党权力变更而遭免职。坂本先生担心他局长的梦不能成真。

新政党上任，中央政府以经济不景气为名，实施财政节约，伊泽总督也进行领台以来幅度最大的行政整顿。配合财政紧缩政策，岛内约有三千名官吏、特约人员、雇员将成为政权转移的牺牲者。总督奖励节俭，对上一任民政长官辞职时属下为他举办极尽奢侈的欢送会，颇为不悦。新上任的民政长官不摆官僚架子，他的夫人更是棉布衣的爱用者，当她穿着棉布做的服装出席妇女团体正式的聚会，在场的女宾先是困惑，确认是棉布而非昂贵的丝绢，她们个个大为紧张。

“没棉布衣怎么办？就算要做也来不及哟！”

长官夫人安慰她们：

“尽可能穿着简单朴素的衣服即可。”

大家才松了一口气。

消息传到台中俱乐部的妇女茶会上，保子望着身上陪丈夫回东京述职时到银座名店定做的纯绢高级服饰，她为没有棉布衣而深感苦恼。下星期玩牌聚会，她保证在座的每一个妇女都会穿绞染的棉布衣出席。

悦子就是在伊泽总督进行第二次官员解雇时，遭保子辞退的。《台湾日日新报》登载文章，劝导热衷消费的官夫人响应总督的节约政策，效法英国妇女的生活经验，家庭不请女佣，主妇自己上街买菜，节约水电。

“台湾必须不断引进、吸取其他国家的优点。”

保子从善如流，辞退了悦子。她对有人在报上鼓吹奖励日本人在自家养鸡可不能苟同，民政长官夫人穿着台湾式的大裀衫长裙出席正式场合，保子也不以为然。悦子被解雇的原因，与总督不浪费政策、民政长官夫人的棉布衣服无关，保子是用它们来当借口。她发现台湾下女的脸色愈来愈苍白，看起来像贫血病人，工作到一半就气喘吁吁，体力减退，做事也不如先前的伶俐，疑心悦子得了慢性病，保子害怕传染到本岛人不文明的疾病。这些爱吃动物内脏的本岛人。这才是辞退悦子的真正原因。

掌珠回台中，正好赶上悦子与她道别，喘着气抱来掌珠的精神食粮——过期的妇女杂志、坂本先生从办公室带回来的旧报纸——悦子又送掌珠一件保子穿旧给她的浴衣，以及一双脱漆的日本木屐。她从头上摘下蝴蝶结给掌珠作为临别的礼物，告诉她日本女孩喜欢这种花俏的发带，戴上它，等于悦子和她在一起。把自己即将被卖掉嫁人做妾的消息说了，两人商量不出什么对策，只有抱头痛哭，怨恨命苦。

分别前，悦子千叮万嘱，要掌珠宁愿失去性命，也要保全处女之身，她说贞烈的日本女子，不肯失身于可恶的男人，用和服的腰带将下肢紧紧捆裹，然后仰药自尽，尸体被发现时，双腿仍然合拢，保持贞洁。

3.

生为台湾人，死为日本鬼。

王掌珠套上保子夫人退漆的红木屐，离地站在凳子上，从屋梁垂下来的绳索在她眼前晃荡。慢慢脱下从小穿到现在松垮垮的大裀衫，任它滑落到泥地上，打开悦子送给她的保子夫人那件穿旧的红条绞染的花布浴衣。那一次偷偷溜进日本人的家，悦子拿出这件浴衣在她胸前比了比，不敢真的给她穿上，怕沾染到掌珠的体味。现在这件浴衣是她的了。

宽袍大袖，一时找不到可以把手穿进去的袖子，等到穿上了，像挂在两个肩膀上，里面空荡荡的，宽大无边。日本人的和服毕竟不像大褂衫那么简单，只是直直垂挂下来，它别有机关，多了一条长长的腰带。打开它拦腰一束，肚子一缩，人一下找到重心，束了腰，领子却从肩膀滑下来，拉上去，又滑下来。如果悦子这时看到她，一定会摇摇头，说她没穿和服的命，做不了日本鬼。

挺起胸，肩膀高耸，总算撑住了。拉紧腰带，把穿惯大褂衫的自己驱逐出去摒除在外，吐出一口气，开放自己，进入日本人的浴衣，让身体的各个部位去迎合它，交互感应，紧贴粘着在一起，填满空隙，感觉到和服好像长在她身上的另一层皮肤，渐渐合而为一。

睁开眼睛，望着眼前晃荡的绳索，掌珠不想寻死了。

披着浴衣、脚踩红木屐，支着头坐在竹凳上，掌珠浮想联翩，最好能够一走了之。《台湾日日新报》偶尔登载新闻：日本无知少女听了人蛇巧言蛊惑，被诱拐到台湾来卖春，藏在船舱的底层偷渡，剥掉她们身上的衣服，只剩下一条内围裙，防止她们逃走。

掌珠是想反其道而行，混入基隆柴鱼工厂，等赚足了工钱的日本女工回去时，躲在船舱偷渡到东洋。可惜她没有门路。凭着才学不久的日语去考递信局的电话接线生，穿上白色作业衣，天天坐在电扇发出轰隆噪音的工作室上班？甚至申请到医院当护士？只有离婚的中年妇人和堕落的女子才会去做的被人轻视的工作？

养父找代书代写催促她回去的信，措辞一封比一封严厉，恐吓她如不从命嫁人，后果自负。小时候养母抓她头发去撞土墙，撞到昏死过去的记忆犹新，为了向鸦片烟鬼索取更多的聘金，养母不会劈头毒打令她破相。延误归期，她将受到什么样的惩罚？

掌珠不敢想。

到后来，代书的信把箭头指向朱秀才，限掌珠七日之内回家，如违背不从，将到官府控告朱秀才及外孙扣押人质，以诱拐罪名问罪，信尾加强语气，表示言出必行绝不手软。

到了这田地，掌珠不愿连累对她有大恩的朱秀才一家，只得搭纵贯线南下，到彰化站下车，心中存着最后的希望，但愿那位和自己对过话、听懂她日语的警察在车站值勤，看到他，掌珠将上前双膝落地，跪着哀求大人搭救。报纸上不时登载大人行善助人的行径：救出受后母虐待躲在壁橱哭泣的小孩，帮助被妓院剥削的艺妓立下自由废弃书，上星期还登了一则新闻，一个罪犯在进刑务所坐监前，请管区的警察夫妇代为照料他的老母亲。

如若那位大人不在车站当班，掌珠打算直接到警察局用日语向值班的大人诉说原委，乞求援助。

经过天公坛，从里面传出气足洪亮的声音。上次经过，就曾听到一些“讲文化的人”在那里高谈阔论，大声疾呼些什么，这次驻足细听居然是女人的声音，掌珠从来没听过女人在公开场合这么响亮地说话，而且说得理直气壮。禁不住好奇循声而去，天公坛门口一块木牌写着：

文化协会主办妇女问题演讲

废除聘金蓄妾贮婢

一个穿大裪衫身型高大的女子，一手叉腰自信十足地站在土台上演讲，声音从她被阳光晒黑的脸上发出：

“咱们的祖先本着男不为奴、女不为婢的开拓精神，渡过乌水沟来到台湾这块土地上讨生活，结果子孙不争气，二十世纪已经过了二十三年了，收养女为婢的风气还没改，查某嫺婢女、养女、媳妇仔的命运无法自主，被主人当作财产货品随便转卖，有的还被卖到娼寮，不得翻身。

“咱们常常听说：男人典屋、卖断妻妾女儿，多出于贫穷难度，只有牺牲女的养活家中的男人，先不问是不是真有苦情，还是为了赚钱，请问诸位：你们听说过有女人因为家中赤贫而典当卖断丈夫的吗？”

土台上的演讲者等议论纷纷的听众平息后，接着讲下去：

“台湾女人被随便转卖，这种不良的风俗完全是在男尊女卑的思想下产生的，在这社会里，女人被当成物品任男人支配，无法为自己的命运辩护，养女、媳妇仔、查某嫺、娼妓在表面上好像有所不同，实际上本质是完全一致的，文化协会严正要求总督确认男女平等，撤销差别待遇，援助女性运动，反对人口买卖！”

听众中有人大叫：

“鸡母在啼了。”

“这个打狗婆，老爸还是保正，小小年纪把裹脚布扔到爱河，一双大脚好做运动啊！”

“认识她家的人说，她老母绑一双小脚，照样四处爬山旅行的！”

“日语顶呱呱，十几岁就当公学校的老师！”

王掌珠手捏印着“援助女性运动，反对人口买卖”的传单，挤过攒动的人群朝土台上的演讲者走去。

4.

文化协会为了传播新思潮，在全岛各地设立图书馆、读报社，又举办巡回演讲，推行戏剧演出，以此社教活动作为手段，反抗日本统治，道出台湾人被殖民的辛酸。文化剧被视为提升台湾人的品格、培养高尚品位的一种艺术活动，戏剧演出比演讲更具感染力，文化剧变成民众的新宠，一时之间，基隆、台北、新竹、彰化、台南等地，纷纷组织剧团，每年公演招徕无数观众，知识分子也成为座上客。

文化剧与殖民初期的“流氓戏”大异其趣，早年日本人来台湾当导演，舞台只用简单的屏风式布景，以歌舞伎的伴奏乐器配乐，剧本没有对白，演员都用台北的流氓，因为良家子弟歧视戏子，这种演出被称为“流氓戏”。

从北到南的文化剧团与日俱增，引起社会人士重视，日本当局受到威胁，于是百般阻挠牵制演出，暗中叫戏台老板拒绝出租场地给文化剧团，又规定演员非得领取执照，否则不准演出，剧本必须送当局检查，通过后才能排演，使得导演叫苦连天，星夜赶写剧本送审。

审查通过，还可能不准公开演出，剧团无奈只好用恳亲会名义，以余兴形式表演。彰化一个剧团排了一出后母虐待前子的戏，借此影射日本殖民者压迫台湾人，演了两场，当局识破心机下令停演。

王掌珠听说有一个社团把胡适之的《终身大事》搬上舞台，导演在忠实于原著，或者适应台湾民情自由发挥之间举棋不定。掌珠不知道剧本的内容是什么，光从字义，当下认定就是她的写照：一个身不由主、无法主宰自己婚姻大事的可怜人，她一身包了养女、查某嫺，可能为人妾三种身份，只差没被卖入娼门，再也找不到比她更命苦的了。她的身世就是一出赚人热泪的苦情戏，只消她披上那件补丁遍处的大裪衫，往舞台一站，由她现身说法，不需编排情节，也不必为了表演培养情绪，站到灯光下喁喁自语，诉说血泪斑斑的经历，就是一出悲情的苦戏。

说到痛处，她想象她会撩起裤脚，解开领口的盘扣，露出被养母用火钳烫伤、结疤的斑斑伤痕，卷起衣袖，向台下观众展示被养父硬生生折断、关节脱臼畸形的手肘，最后她将戏剧性地把头往后一仰，举起双手，拨开覆盖额前的头发，露出发角处粉红色的疤痕，像一条蜈蚣盘伏蜷曲在那里，那是养母抓住她死命往墙上撞到头破血流留下的痕迹。

掌珠相信最后这个动作，一定能把台下观众慑住，为她掬同情之泪。

她一身就是一出悲剧，她就是台湾的养女的化身。

遗憾的是掌珠不敢站在戏台上现身说法。

她弃婚潜逃，心里惶恐不安，感到处处危机四伏，周遭充满阴谋，无时无刻不担心养家探知她的下落，派人跟踪她，躲在暗处监视她的一举一动，守候机会下手，趁她周围无人的空当，从身后掩住她的嘴把她绑回去，嫁给那个抽鸦片的老头做妾。

两年多来，掌珠东藏西躲，不敢固定待在一处。文化协会在溪湖、和美、花坛等地借用观音庙、文祠演讲，举办活动，距离秀水太近，掌珠裹足不前，不敢前去参与。她让自己从看不见的敌人突围出去，帮文化协会妇女领导打杂，受到资助把自己放逐到她认为养家找她不到的偏远地带，跋山涉水远赴嘉义、宜兰、高雄、南方澳等地。掌珠庆幸自己一双大脚，才跑得了远路。当年总督鼓吹台湾妇女放足，她还自叹过命苦，天生一双天足，方便养家奴役劳动，没绑过脚呢！

5.

不敢抛头露面，上台搬演自己的故事。掌珠把自己关在屋子里，对着镜子自导自演过戏瘾，模仿剧团演员的动作演技，比手画脚，说到伤心处声泪俱下。

缓缓拭去满脸的酸泪，镜子里呈现出一张苦脸，芜乱的眉毛拧绞在一起，眼尾下垂，嘴唇往下撇，她是多么不快乐。她向镜子里的自己招招手，张开双臂，想把自己拥在怀里，拥抱到的只是空气。长这么大，从来没有被人抱过，每次看到养母的手扬起，近距离地趋近她，就是要打她，她总是来不及逃，“叭”一声从上而下，养母自己的手也被打痛了，改用竹片、棍子，长长一条伸过来，她更逃不了。

从来没被抱在母亲的怀里。眼泪又爬满她肌肉僵硬、从来不笑的脸，舔起来很苦很咸。她命如苦瓜，沾什么都咸。

从有记忆以来，她身上永远套着那件肩膀下垂、又宽又大没有形状的大褕衫。她从没穿过一件合身的大褕衫，用来蔽体的衣物都是养母穿旧不要丢给她的。个子矮小，套上大人的衣服，身体被隐没了，只不过是个衣架子，长长的衣襟拖到膝盖下，走起路来拖泥带水。为了干粗活方便劳役，养母把她的袖子折成好几折，露出一双手好煮食、喂猪、操作家事。

同一件衣服，从小穿到大，随着年岁增长，逐渐发育的身体慢慢把衣服的空隙填满，折了好几折的袖子一路放开。一年到头，不分寒暑，穿得她腻烦的大裥衫洗了又洗，补了又补，穿到后来看不出色泽，粗布的纤维被洗得条纹历历可见。养母穿过的衣服，沾上她的体味，掌珠厌恶那味道，然而任凭她再用力捶打搓洗，也始终无法把那令她作呕的气味驱除出去。

一直以来，她被囚禁在大裥衫的牢笼里，养母的体味一寸一寸地渗入她的皮肤。掌珠多么想脱下它，从牢笼中挣脱出来，把跟随她贴身的气味抛弃。

6.

《台湾新民报》登载一则头条新闻，标题为：

警察刁难竟使妓女出火坑。

凤山有家娼馆，几个卖身的妓女结交社会运动人士，加入简吉领导的农民组合，上街参加“五一”劳动节的游行。日本警察以吊销她们的营业执照为手段，施加恫吓，鸨母为图利，想把妓女转卖别家娼馆，妓女们坚持从良，不肯跟鸨母回去。配合日本当局废娼政策，凤山的妓女们自废生效，娼馆老鸨无计可施，结果在社会人士的支持帮助下真的摆脱了妓籍，回复自由之身。

凤山妓女自废的消息令掌珠大为振奋。

文化协会有一位专为弱势者、被压迫的女性打抱不平的人权律师告诉她，法律明文规定废除人身买卖。即使在大清朝，到了中期就已经解放男性奴才，规定婢女二十五岁便可结婚，后来还提前到二十岁。

早在大正六年（一九一七年），殖民地的法院就宣布：

“将他人当作查某嫻终生限制自由，即使双方意见一致，其目的仍违反公共秩序善良风俗，因此协议无效。”

国际间也制定条约，各国开始禁止人身买卖。

人权律师告诉掌珠，最近台中有一个养女，透过律师向地方法院提出脱离养女身份的诉讼，结果胜诉，重获自由身。

每个人都享有自由的权利，对自己的身体有自主权。律师要掌珠不必认命、做一辈子身不由己的养女。身体是她的，她有自主权。律师说，她可以爱怎么做就怎么做。

对着镜子，掌珠捏了一下自己的肩胛骨，硬硬的，肩膀是她的。撩起衣袖，找到一块没被打伤结疤的皮肉，拧了一下，皮肉是属于她的。隔着衣服，双手抓了一下两边的腰，软软的有弹性，腰也是她的。身体是她的，她爱怎么做就怎么做，可以不必假借他人之手。生命操在她的手中，她是自己命运的主宰。

人权律师自愿为掌珠仗义，还她自由身，郑重声明基于人道，义务帮忙不收分文费用，只要她提供出庭所需的文件资料。

掌珠不要做镜子里的人，她要脱下那件千疮百孔、沾满养母恶劣气味的大裪衫，与过去割裂，完全弃绝长时间以来所受的凌辱、羞耻，那些最不堪的记忆。

如何演出她的大褂衫的故事？王掌珠最后想出了一种形式，不必抛头露面，站在戏台上现身说法，而是把自己隐藏在铅字里，用语言文字，纸张变成她的舞台，她要写部小说，让她的故事存在于字里行间里，书名都想好了："她从哪里来？"还为自己取了个笔名：吴娘惜。

小说不受演出时间限制。一个晚上演完一出戏，灯光一暗，鞠躬下台，何其短暂，什么也没留下。小说却可以保存下来，让后世的台湾女子咀嚼她忧悲恼苦的养女生涯，读到动人心弦处，她几乎可以从纸上走出来，让读者看到她、听到她。

语言文字所营造的舞台是永恒的。

6　哪知萍水便逢卿

1.

施寄生写诗挞伐日本统治者以繁苛的政令榨取百姓，严词批评一家犯法、罪及邻里的保甲连坐法，心情郁卒的他形容憔悴，被早就有意整他的警察逮到机会，诬说他得了霍乱，也不经查证，就把他的家列为疫屋，一家老幼圈禁屋内不让出门一步，足足被拘禁了七天。

家人经此折腾，哀求寄生不要再与当局作对，他只好将诗文藏诸箧底。

痛陈日本暴政虐民的记述诗找不到知音，满腹牢骚何处诉？可怜心中隐痛无人会。如何消解胸中块垒？只怕斗酒也难消百斛愁吧！

他想到诗友孙秀才，乙未变天后，此人将四书五经束诸高阁，自号逍遥散人，不求闻达，靠祖上家业在金盛巷的宅院养了几房妾侍，也流连后车巷的艺妲间，日日衔杯对美人。

平日寄生对孙秀才征逐欢场、寄情声色并不以为然。

“咳，众醉安能容我醒，”醉眼惺忪的孙秀才如此自嘲，“我这个不合时宜的秀才，别的不敢奢望，能够逢上个能文能诗的红粉知己做解语花，了此残生，也就无憾了！”

孙秀才随口漫吟：

醉驻柔乡倦倚栏，功名当作镜花看。

拉寄生到后车巷的艺妲间寻找慰藉。

寄生对怡春馆一个小艺妲特别投缘，听她轻蹙两道如画的秀眉曼声唱曲，寄生随口吟出：

娟娟媚态双弯月，呖呖歌声一串珠。

他为小艺妲取名月眉。

怡春馆令寄生感觉回到从前。哀怨的南管曲使时光回流，倾诉着前朝兴亡变迁，呜咽遭逢乱世飘零的辛酸往事。斜抱琵琶弹唱的月眉，头上梳着古风的元宝髻，身穿桃红色提花缎大襟女袄，袖子短而窄，袖口滚了宽宽的红绲边，下身新绿色梅竹花纹绸裤下，绛红宝相花纹的弓鞋微露，随着穿衣人的举手投足，身上的绫罗绸缎散发出一种前朝文化的情调。

寄生特别注意小艺妲领口、袖口、衣襟下摆镶滚的花边，那些织着凤凰仙鹤百鸟、梅兰竹菊百花、灵芝水仙八宝的图案花纹，还有钉在领口的圆形嵌花的铜扣，衣襟旁如意云头、菊花形的盘扣，这些为了加添风韵的装饰品，看在这前清秀才的眼里，每每撩起他对华夏美学的缅怀。

月眉弹唱一曲《心肝跋碎》，一句分三句唱，一唱三叹，欲说还休，丝丝哀愁，把这首南管曲唱得回肠荡气，听得人断肠。寄生为她解说这名曲的历史背景，无非是改朝换代，家人离散的悲剧。

一开始，他望着小艺妲双眉微蹙唱些幽怨的曲子，以为少不更事的她作态强说愁，倒也觉得扭捏可爱，直至从旁得知她坎坷飘零的身世，才发现流落风尘的她，年纪虽轻，却已经遍尝世间苦楚，哀婉的唱声确是出自肺腑，有感而发。

月眉自伤沦落，寄生心有戚戚。每当她自叹身世，他也感怀自己时运不济。

只识诗书能误我，哪知萍水便逢卿。

微醺中不觉潸然泪下，月眉抽出塞在衣襟的红手帕，轻轻为他拭泪。青衫落拓，红袖飘零。怡春馆会是容纳神州旧梦的最后一块净土？

自命风雅，还能写汉诗的儿玉源太郎总督在台北淡水馆举行“扬文会”，邀请前清有功名的士子显达吟诗作乐，寄生把送上来的请帖搁到一旁。应邀北上的乡亲诗人回来形容与会盛况：宴会结束后，到楼上欣赏日本艺伎的舞蹈，隔一天又参观近代化的设施，介绍日本的新奇玩意。诗人说台北电灯照满城，令他一时诗兴大发，不觉吟出：

今夕是何夕，双月照城西。

被带到提供电灯能源的电火所那晚，风雨交加，亮灯的花园却是灯火如昼。太神奇了，诗人赞叹。

寄生也听说台南有位蔡姓士绅，参加“扬文会”，看到样样先进的日本报道，眼界大开，回去后组织“新学会”，预备从日本招聘教师来台教授后进，也希望四十岁上下的秀才廪生和贡生一起学习。

“世上除了实学之外，再也没有可说服人心值得学习之物了。”

蔡姓士绅还说：“若让孔孟圣贤看到今日的况势，必定要大为感叹！”

世风推移，人心思变。

寄生听了，哂然一笑。他让月眉把《香草笺》往下读，他很得意小艺妲能读诗了，两年多前他把着手一字一撇教她认字，每日对月眉执卷问字，朝夕课诗，难得她天资颖慧，假以时日说不定还能作诗，即席与文士相互联吟唱和。

孙秀才带头起哄，提议明年春天，按照旧朝科举制度，为后车巷的艺妲举行花榜评比，要是月眉文才出众，势必压倒群芳。寄生加紧课业，规定月眉每日诵读《香草笺》，无少休息。

2.

与小艺妲相知相惜，日子还是要过的。寄生到台南诗社击钵游食，半年后回到洛津，他一手调理出来的月眉，被那罗汉脚——总督跟前的头号走狗带到台北。

月眉似乎走得很匆忙，只带走从不离身的琵琶，怡春馆的厅房卧室都没来得及收拾，客厅墙上依然悬挂名流文士相赠的书画对联。门帘后的卧室，脸盆架旁红漆梳妆台一套镂花锡制的粉盒，其中一只开启着，好像等待卧室的主人随时进来补妆，那张雕工精美的红眠床，绣着凤凰牡丹的帐幔虚掩，床上空空的，只留下一对并排的红皮黑边双人枕头。

床头那本《香草笺》，摊开的书页可看到红笔注的眉批，寄生南下前指定她的功课。人去诗集犹存。拿起诗集，寄生跌坐八仙桌旁的如意椅，耳边响起月眉一唱三叹的南管曲："……从今后，秦楼不用吹玉箫，从今后，琴弦阮不弹出别调……四目相看，那只得我珠泪难收……"

月眉走后，他听任自己家中的栀子花开了又谢，谢了又开，成天抱着膝头狂吟不断，写就的诗都藏在箧底，也不肯出示于人，自己也懒得整理。

隔年秋天，一位洛津文士到台北蓬莱阁饮宴后，被带到艋舺的艺妲间"二次会"，清粥消夜，回洛津写了《观台北女优》一诗。他告诉寄生那晚出场的艺妲中，有一个眉眼酷似月眉的：

"两道弯弯如初月的眉毛，不就是怡春馆的月眉？我知道她人在台北，可就是不敢认，这艺妲喉清嗓嫩，嗓音依旧，却不是抱琵琶自弹自唱，"洛津文士形容，"她手上捏了一条红绸巾，旁边拉胡琴的给她伴奏，唱的调门很高，凄凄切切，一曲又一曲，人家告诉我她唱的是北管的《十八摸》。"

诗人先是不敢确定这个顾盼传情唱北管的艺妲就是月眉。

"幸亏临散场前，她才抱着琵琶出场，唱了曲《百鸟归巢》，确实是我们怡春馆的月眉，在座的老听客称赞她南管北管双管兼通，听说另取了个艺名，不叫月眉了。"

3.

《台湾日日新报》登载一则广告：

> 妓女现有数名，研究汉文，延请教师，
> 每日下午二时间，每名月赞仪二圆。

汉仁说，他父亲寄生之所以如此热衷参与《风月报》的发行，是从这本中文消费杂志为了刺激销路，与大稻埕人士社交风月互动，举办花选开始的，寄生是想借这活动来圆他未竟之梦。

乙未割台，时不我与的文人名士感叹："大局不禁长太息，华夷从此是春秋。"

沉醉温柔乡，终日以红袖伴游的孙秀才，提议为洛津后车巷的艺妲举行花榜评比。

"自唐代开科取士后，青楼女子与文人学士便结了深深的缘，古来观妓、咏妓诗作多不可数。"

按照旧朝科举制度，孙秀才邀请寄生当这花榜的评比，将后车巷风月场中的艺妲的容貌技艺，分别以状元、榜眼、探花来册封。日本人据台，功名难遂的孙秀才想出此举，也算是眷恋前朝典章制度、汉家衣冠的一种姿态吧！寄生心有戚戚。北里校书视作前朝衣冠的代表，按着花卉之名，把青楼妓女比作名花，分成丽、雅、韵、逸、清等十八品。

寄生在怡春馆最后一次看到月眉，那天她穿着桃红绸绣花的大襟衫，窄窄的两只袖口滚了宽宽的柳绿绲边，寄生欣赏这柳腰微摆的削肩美女，想到明年春的花榜评比，他想他会把月眉评比为海棠花，属雅品，随口吟出：

天半朱霞，云中白鹤。

比先前以栀子花比拟她更上一层。那一天月眉斜倚花窗前，淡施脂粉，一身豆青色提花绸大襟衫裤的她，清新得像朵刚刚绽放的栀子花，散放出微微香味，寄生不禁吟了句：

明漪绝底，清露未晞。

旧朝文人评比，花榜艺榜并重，除了色貌神韵，也要以才艺取胜。月眉歌喉天生，琵琶指法精妙，大曲小调任考不倒，加上寄生把着手教她写字，学古文，吟艳体诗，明年艺榜评比，状元夺冠非月眉莫属。

寄生从台南击钵游食回来，怡春馆人去楼空，只留下她没读完的《香草笺》，月眉被带去台北，始终没能成为一个声、色、艺三全的大色艺姐，寄生引以为憾。

洛津的诗友在艋舺艺姐间看到一个捏着红绸巾唱北管曲的艺姐，眉眼酷似月眉，寄生认定他是看错了人，自己把着手一字一撇教她认字，朝夕课诗，假以时日要把她调教成为即席与文士联吟唱和的月眉，怎会去捏着红绸巾，眉目传情地唱低俗的《十八摸》？

同乡私下耳语，原本是洛津的罗汉脚，因带日本人进台北城有功，摇身一变，变成殖民者跟前的红人，鄙视他的用一首台湾人想做日本人的“大国民”的歌来谑称他，为了巴结喜欢中国古典文学，据说还能写汉诗的后藤民政长官，“大国民”特地带月眉到台北为他献唱优雅的南管曲。洛津老一辈的都知道，他的生母曾经是后车巷的歌伎，“大国民”从小在檀板笙歌中长大，也到过北头遏云轩歌管混过，学会拉二弦。

后藤民政长官骑着白马，捻着八字胡，在大稻埕招摇过市，来到“大国民”淡水河畔二层楼的洋房，欣赏为他举行的堂会。月眉抱着琵琶被安置于彩绘狮子的日本屏风后，宴会厅的一角，一把比一般要长出许多、刀柄用鲨鱼皮捆成的武士刀，威风凛凛地横跨黑漆木架上，刀柄把手处垂下红色的丝穗，武士刀两边一副对联，月眉认出写的是：

横刀向天笑，扬眉剑出鞘。

她抚着依然怦怦跳的心，娇喘微微，刚才她的小脚走过打蜡滑溜溜的地板，举步艰难，生怕一不小心滑倒，摔坏了她的琵琶。为了今晚的盛会，月眉特地穿了一双新绣的高筒弓靴，刚上脚的三寸金莲有点紧，一边怕滑跤，眼睛盯着地板，一小步一小步小心翼翼地慢慢挪移，旁边站了一排的侍从，竟然没有一个跑过来搀扶她。

酒席到了一半，月眉轻拨琴弦，感觉到水晶吊灯下的宴会厅很适合南管清唱。她弹着琵琶，双唇微启，曼声吟唱，唱了两支曲子，宴席上的宾客停止了交谈，安静地聆听她婉转动人的南管歌曲。一曲终了，有人带头鼓掌，月眉猜想那掌声一定是来自留着八字胡的民政长官，他懂得欣赏曼妙古雅的南管音乐，是她的知音。

儿玉源太郎总督又一次在淡水会馆举行“扬文会”，宴请本岛有功名的文士诗人，月眉初试啼声，上场自弹自唱了《平沙落雁》、《梅花操》娱宾，曲艺受到后藤长官的赏识，才有今晚的堂会。

“……心肝跛碎魂飘渺，赢得阮双眼泪鲛绡。从今后，分开隔断值只云山飘缈；从今后，阻隔水远山遥……”

朱弁辞别赛花公主，公主设宴于长亭，这首《心肝跛碎》月眉一句三叹，声声出自肺腑，一曲终了，屏风前的宴席上静寂无声，沉浸在赛花公主别离依依的愁情。隔了半晌，才听到一个有力的击掌声，月眉确定是后藤长官在喝彩。

透过翻译，民政长官与“大国民”探讨中日戏剧的根本差异，日本人对悲情的戏曲情有独钟，喜欢幽玄凄美的能剧，尤其是世阿弥的梦幻能，都以鬼魂为主角，结局也都以悲剧收场，他不懂支那戏剧到最后为什么一定要来个大团圆。

民政长官任期已满，在他返回内地之前，“大国民”在淡水河畔的府邸演戏欢送，他不惜工本，在花园搭了个精致的戏台，付重金请上海极负盛名的京戏班搭船渡海来台北演戏。那晚的戏码是《乌龙院》，“大国民”谨记日本人喜欢以鬼魂为主角、悲剧收场的能剧，希望《活捉三郎》这一折会令后藤长官满意。

演堂会戏，月眉以为自己会被召去清唱，像上一回坐在屏风后，琵琶横抱，表演一曲曲如泣如诉的南管曲。然而，上回接她入府的那个侍从始终没有出现。隔了一长段时间，月眉才被通知为庆祝天长节——日本天皇生日，全年最重要的节日——总督将在官邸举行盛大的游园会，届时让月眉表演一曲南管，嘱咐她勤加练习，让曲艺更上一层。

月眉满心欢喜。然而天长节那天，“大国民”并没有派人来接她，月眉打听后才知道那天传统曲乐节目南管清唱，被上海来的京班唱《二进宫》取代了。

京班阵容整齐，表演形式丰富，吸引了本岛的官商士绅，上层社会的审美趣味渐渐趋向皮黄、北管高亢激昂的唱腔，祝寿、游宴亲朋好友，招待大陆来访的官员名士，京班取代了南管清唱。时势所趋，唱南管的艺妲也纷纷放下琵琶，改学皮黄、北管。

施寄生无从想象，他的唱南管的小艺妲为了过日子，不得不放下琵琶，拜艋舺平乐游酒楼的福州曲师开始改学北管京调。没学多久，也能上酒楼开天官，用官话唱的歌词并不是句句都懂，她渐渐喜欢节奏激昂的曲调，学着唱《三更天》、《叹烟花》一类挑逗性的情歌。

他更无从想象，月眉和她的姊妹们受到日本艺伎舒手探足、又唱又跳的启发，渐渐不满足酒楼开天官的清唱了，艋舺色艺俱佳艳名大噪的艺妲，开始把清唱加上舞蹈动作，演起艺妲戏。除了酒楼，私人家庭庆祝生日、喜事的堂会也邀请艺妲们演戏助兴，庙宇迎神赛会也会演出《二进宫》、《别窑》等戏曲。戏班的班主招揽观众，经常不惜巨金，延请艺妲演戏。

月眉也被看到穿了一双前头塞满了棉花的绣花红鞋，在龙山寺前的庙埕又唱又演艺妲戏。

寄生打听出从洛津被带到台北的月眉，被安置在淡水河畔入船町的艺妲间，青山宫旁的巷子，房间很小，用糯米粘着竹片的薄墙隔间，左邻右舍的麻将声通宵响之不绝。

他拎着特地从洛津“玉珍斋”买来的凤眼糕、绿豆糕来找月眉。出门在外，一定想念家乡的糕点，何况是洛津的名产，月眉最爱吃的。从前到后车巷的怡春馆听她唱曲，哄她张开小嘴，凤眼糕、绿豆糕一片一片喂给她吃，月眉伸出红红的舌头来接，吮吸着，把猪油、白糖、桂花融入嘴里，皱起鼻子享受滋味的样子，每每使寄生恨不得把这小艺妲吞进肚子里。

月眉也很爱吃红龟粿，美市街“裕兴行”的最有名，蒸好的取出蒸笼，让外皮稍稍风干，软软的却带有咬劲。寄生怎能忘记月眉倚着红眠床吃红龟粿，任由他抚爱她软绵绵的胸乳。可惜这东西要吃新鲜的，变硬了就失去味道，他无法带到台北来。

寄生沿着种植柳树的河岸，来到入船町，淡水河边，日本人开的空气枪游艺场，有不少人在玩吹箭，水柱顶端飘一个小球，高度不断地变化，很难击中那粒小球，玩的人个个败兴而去。

“市山”水上餐厅闪着霓虹灯，日本老板以他的名字开的料理店，听说船上可放六十叠榻榻米，食客为了尽兴，还可以从河畔岸上的“艺者间”叫艺妲上船清唱。“市山”不是寄生消费得起的，他只沿着河岸边来回漫步，船上飘来锣鼓伴奏声，官话唱的北管唱词被风吹得支离破碎，不知在唱些什么。

寄生拎着一盒“玉珍斋”的凤眼糕、一盒绿豆糕，改到大稻埕艺妲被召去献艺的酒楼，在外边等待月眉出现，一直拎到那两盒糕点发出油溲味，始终送不出去，还是舍不得丢掉。

4.

月眉响应日本当局的放足运动，解开裹脚布，她以为这样会讨好“大国民”。

一次强烈的台风带来的豪雨使台北酿成水灾，灾情惨重的大稻埕、艋舺房屋倒塌了一千多间，被大水淹死或来不及逃出的罹难者，据官方调查，都是绑小脚的妇女。

殖民政府乘机制造舆论，呼吁本岛妇女自觉缠足之害，当局邀请了御用的绅士名流组团到日本去，让他们亲眼看到东洋女子个个天足，接受教育参加社交。“大国民”率先响应总督的放足政策，推荐大龙峒一个姓叶的士绅东渡日本见识到东洋女子的进步，回来鼓吹妇女放足，组织天然足会，在大稻埕普愿社举行大会，指出缠足违反人道，戕害身心，不便作息，缠足使女子身体羸弱，不事生产，仰赖男人供养，成为社会的寄生虫，不仅有害家庭，更严重影响后代子孙之健康云云。

支那之所以积弱，甚至清朝之所以覆亡，皆由于缠足之故。

为了奖励放足，日本当局实施种种表彰，解缠者，在家门口挂上标帜，给放足者佩授徽章，赠送印有“不敢毁伤孝之始也”的丝巾。

剥掉小袜，抚摸着骨断筋摧、丑陋变形的小脚，月眉庆幸自己被缠得晚，任凭力气再大的仆妇也无法把她已长成半大的脚缠成一点点，放足后穿上鞋头塞棉花的绣花红鞋，还算能走动。

然而，在总督鼓吹放足运动前，她可是不这么想的。第一次被“大国民”握住她一双小脚，形容像一对白乳鸽，把它们放在指掌间把玩，不无遗憾低喟：

"再小一点就更妙了！"

月眉听了，恨不得拿刀切断脚面，削去多出的那一截骨肉来取悦"大国民"。

时过境迁，这个嫌她脚大的男人，最早响应总督的放足政策，甚至把一首《劝解缠足歌》挂在嘴边哼着：

"上苍创造人，男女脚相同，算是天生成，好足又好行……"

月眉放足前，"大国民"向她说起那个天然足会长姓叶的绅士，在外面大声疾呼，劝人加入天足会，家中六岁以上的女孩严格规定不得缠足，会员儿子十岁以下者，今后不得娶缠足女子，会员女儿缠足者，处以罚金五至一百日圆。

"可是，姓叶的家中女眷却没有放足，还裹一双小脚！"

"真有这种事吗？喊得最大声的是他呀！"

月眉放足之后，"大国民"望了她脚下一眼，把眼睛移开，从此就不到她这儿来了。

孤衾难眠，月眉回想那晚为后藤长官举行堂会，她唯一一次留在公馆过夜。月眉躺在四周没有床栏的席梦思床上，好像漂浮在阳台外的淡水河，浮沉水中不知身在何处，故乡洛津她所熟悉的街道，一条条漂浮了起来……

房门被打开了，走廊的白墙投上一个巨大的黑影，那黑影移动过来整个覆盖在她身上，月眉往下一沉，感觉到被压沉水底了，肚兜被扯掉了，手往下伸，轻轻捏住她的小脚，以从来没有过的柔情絮絮地说：当他看到月眉迈着小碎步，袅袅婷婷地走过来，步步动人，可惜纤腰微摆走到狮子屏风后，他恨不得可以一把搂过她，搂到他旁边依依侍坐。

“可惜日本人不时兴这样……”

“大国民”遗憾地说。随口哼起《私会佳期》南管曲，陈三五娘私情败露私奔出走：“捎起绣罗衣，兜紧绣鞋步步移，一路相扶持……”

唱到“绣鞋步步移”时，爱怜地捏了捏她的小脚。

之后有一晚，月眉披衣起身送他，“大国民”从来不在她这儿过夜，再是夜深，他也要回去。一个不留神，月眉碰到八仙桌的桌脚，哎哟一声，人站不稳，摇摆着差点倒下去，“大国民”及时扶她一把，握住她受伤的小脚，一直呵护疼惜，柔声地问她：

“还疼吗？”

好温柔的一刻。他爱的是她的小脚。

中　卷

公元一九三五年十月，日本政府为了纪念殖民台湾四十周年，举办了始政以来规模最盛大、长达五十天的博览会。开幕大典假耗费巨资、尚未完全竣工的公会堂举行，当天驻台各国领事，日本、满洲、朝鲜各地官员到场观礼，满堂显要贵宾，典礼异常隆重。

博览会分三个主要的展览场，以公会堂为主体的第一会场，台北新公园内，雄伟的总督府博物馆作为展览空间的第二会场，本岛人聚居的大稻埕南方馆则为第三会场。

新公园内围绕着喷水池搭建的专卖馆，圆形的建筑，外围耸立四座高塔，造型独特，雕饰精美，其中的主塔高耸入云，是第二会场最壮观的建筑物。

专卖馆展出总督府旗下的樟脑、酒、烟草、盐、鸦片等专卖品，近处还各设有一小型模拟场，展现各项专卖制作的过程，供民众参观。

熬焚樟脑的脑寮，仿照山上的茅草棚顶，地上堆积着削成细片的樟木，这四种熬脑及提炼芳香油的樟木，是根据总督府的樟脑专卖法规挑选出来的。

台湾虽然是全球樟脑的主要产地，日本人却认为传统的焗脑方式太过落伍，技术落后，台湾仗着樟林丰富，不知珍惜，毫无计划地任意砍伐，只取含脑较多的根部，含脑较少的枝干则弃之不顾，浪费自然资源。

总督府将樟脑列为专卖后，按照大藏省的议定进行改革。首先是削取樟木片的方法，日本人摒弃本岛顺着木理将木块纵断的削截法，他们认为这种方式无法令脑质充分游离出来。日本人改用一种斜削法，用手斧依照木理的纵面割划，有效地使脑分离脱。

日本人使用手斧切割樟脑树，一片一片削下，看起来有如蚕吃食桑叶，从边缘逐渐侵蚀到材质全面，最后使整棵树倒下。

模拟制作的蒸馏熬脑设备，也经过改良，水槽是用日本生产的杉木所制，改进后的日式脑灶，比从前台湾焗脑的脑灶可制作更多的樟脑。至于从前脑丁必须冒着生命的危险，往往在樟树倾倒时摔死，为贪图厚利，常在粗制樟脑中掺杂藤胶、洋菜、番薯粉的恶习，在日本人的严格管制下，已然成为历史陈迹。

樟木必须昼夜不停地蒸馏，连续焚熬不得停火，而且火力还得维持一定的平稳程度，火力加减会影响到樟脑的结晶，脑丁一天二十四小时都得不停地照料火候，以防止不良的变性。

粗制樟脑含有不纯的杂质，日本为蒸馏升华纯度高的精制樟脑，以及提炼芳香油的技术，中间经过一段漫长的研发过程。明治以前，日本只会焚熬粗糙的粗制樟脑，据台后日本官商看中它有利可图，开始网罗专家进行系统的改良研究，从发明干馏法到通风升华法，将粗制樟脑与再制樟脑混合，熔解再蒸馏，将不纯的夹杂物分离，一直到残余的杂质驱逐殆尽，经过连续升华的作业程序，便可得出改良乙种樟脑，其浓度高达百分之九九·三以上。

日本研发出来的升华装置，设备完善，凌驾欧美之上。

札幌农校出身的高木玉太郎，经过五年的奋斗，发明一种压榨机，将粗制樟脑再蒸馏，升华精制后榨成粉状，再将粉末状的樟脑放入模型之中，压榨成一块块的结晶块，被形容为“状似龙脑，色白如雪”。

高木玉太郎因这技术获得专利。

樟脑专卖馆的脑寮旁，一座久须乃木祠展示日本精制樟脑技术的骄人成就，祠前的鸟居高达三米，与祠座都是用纯度最高的樟脑结晶制成，夜里在灯光照射下晶莹剔透，美得不尽情理。

比起樟脑展览馆陈列那些状如龙脑、色白如雪的结晶体，我还是觉得我才是博览会场万众瞩目的焦点。说瞩目也许不太恰当，因为我是无形无状，但我在空气中无所不在，人们只需吸一口气，就可意识到我的存在。

筹备博览会的诸君，有意让我一显身手，选在始政四十周年，如此重要非凡的日子让我登场，把从我身上提炼而成的芬芳香料，注入新公园的喷水池，使参观的民众老远就闻到一阵阵由我散发出来的香味，人人一提气深深把我吸进去，顿时感到神清气爽，舒畅之至。

在此出尽风头的时刻，却不由得我感慨系之。

说起来，我的命运可够坎坷了，真的有点不堪回首。我本来被称为臭樟，台湾樟树中特有的品种，从外表长相来看，我和比较普遍的本樟、油樟、花樟并没什么相异之处。所不同的是，第一我含脑少，远不及含樟脑率最大的本樟，也不如含油最多的油樟，甚至连做高级家具漂亮的花樟都不及；另一个不同之处是只要用斧头砍下我身上一小片，凑近鼻子一闻，那股浓烈到香极成臭的味道，立刻令人退避三舍，即使摘下我一片叶子，用手搓揉，也会散发出浓浓令人不舒畅的味道，哪像本樟那么淡雅清香。

唉，叫我臭樟，不幸名符其实。

人们对我敬而远之，我只好混在其他受欢迎的樟树之中，过着自怨自艾的日子。尽管我生来臭，毕竟天生我材必有用，我还是具有樟树的特质，不容易蛀蚀，即使我枯死倒下后也虫蚁不侵。因此虽然无幸被用来焗脑熬油，在帆船的时代，我却是最好的船舰用材，我的前辈在大清雍正年间被砍下当做军工料馆造船的材料，等而下之地，也被用来做水车、牛车轮，家具、佛像雕刻。

做梦也没想到，日本人来了以后，会令我们咸鱼翻身，改写了臭樟的命运，从此身价百倍。这还得从我的身世说起：

我出生在台北近郊的文山堡，本来是陈秋菊名下的一棵臭樟，说起此人，可是大名鼎鼎，他曾经是台湾人心目中的英雄，参加台湾民主国的保卫战败溃后，纠集四方豪杰跟日本军作战。在大大小小战役中，最为人称道的是偷袭大稻埕那次，只见陈秋菊英姿飒爽地骑在白马上指挥。

他后来被日本人招降后，总督颁授绅商，并授予制造樟脑的权利，设立文山堡试制所。樟脑使这个归顺的土匪一跃而成为豪富，沉醉于女人及鸦片烟中度日。可惜好景不长，日本据台后四年，依据总督府制定的法律实施独占的专卖制度，樟脑名列其中，总督斥资买断陈秋菊文山堡的五百多个脑灶和制脑工具，由财阀三井等成立台湾樟脑株式会社，是为官方制脑事业的滥觞。

日本人进驻文山堡试制所后，他们观察到我比本樟、油樟长得快，虽含脑量不是很多，制出的樟脑含砂量却很少，最重要的是，在我身上有了个喜出望外的大发现。

原来在日本据台之前，台湾的脑丁只知用最原始的方式焗脑，根本不知道有的种类的樟木还含有香油腺，可提炼芳香的脑油。

日本专家本着凡事追根究底的探索精神，经过单用分析法在我身上分离出里那落儿油（Linalool）。这是一种贵重的芳香油，精制后含有橙香、蔷薇花香，加上乙酸和一般花精油调和配制，是薰衣草、紫罗兰等香气香料的重要基础剂。在各种高价香料中，我被当做香料原料受到重视。

我的身价在一夕之间扶摇直上，连名字也从本来的臭樟改成芳樟。日本专家不仅改变了我的命运，恩泽也波及和我一样含脑不多的花樟，他们在花樟身上采收到富有芳香油的Safrol。

一直以来花樟因木质气味芬芳，能除虫害，而且木材花纹美丽，被用来做家具。被发现含有高贵的香料原料后，从此不必被砍来做衣柜，不见天日了。

1　风起

1.

中川健藏总督无视于岛上经济不景气所导致的失业浪潮，也不顾台中州刚发生二十世纪伤亡最惨重的强烈大地震，号召全民总动员，大事宣传纪念始政四十周年的博览会。早在一个多月前，《台湾日日新报》每天以最醒目的版面，登载蓬莱岛上光辉灿烂的博览会消息，电台新闻时段放送博览会介绍也未曾稍歇，铁道部装置新火车头，更改时刻，加开班次，载运到台北参观的人潮。

黄赞云医生挤在人潮中，坐上宜兰开往台北的加班火车前来参观这个号称台湾历史上最壮观的盛会。

靠助学金从台北医学校毕业后，黄赞云回到宜兰家乡，用妻子的陪嫁，在街市热闹的地段开了诊所，成为受人敬重的医生。为了增加威严，黄医生蓄起胡子，他很欣赏医学校一位日本教授的仁丹胡，唇角两撇胡子像两只倒放的菱角，据说每天必须上蜡造型，才能使两端骄傲地翘起。宜兰毕竟是个小地方，他不敢模仿日本教授的仁丹胡，只在鼻下蓄了一撮胡子增加威望。

每几个月，黄赞云医生忙中抽空，又是汽车又是火车，沿着依然惊险万分的公路到台北来。

“虽然宜兰也住了些日本人，毕竟还是比较闭塞，常常到台北城内看看，增长些见识，才不致和都市脱节呢！”

日本据台，把台北市转化成一个充斥着霓虹灯商店、咖啡屋、映画馆、游廓的现代都市。

每次从台北回来，他都会向病人说起首善之都的明显变化和新鲜的见闻：

随着时尚，他观察到愈来愈多的台北人不是穿和服，就是着西装。从前他读医学校时，大稻埕好几家卖大裀衫、对襟唐衫的传统服饰店生意愈来愈差，有的甚至关门大吉。

“台北城内愈来愈像东京的银座，有霓虹灯、电车巴士、百货公司有电梯……”

荣町新开一家七层楼高的菊元百货公司，黄赞云形容平生第一次坐电梯：

“不用一步步爬楼梯，走进一个长方形银白色小房间，门慢慢关上，开始有点害怕，憋住气，不敢呼吸，才一下子，门开了，说是已经到七楼了，不可能吧？跑到窗户一看，哇，台北城就在脚下！”

医生向听傻了眼的患者做结语：

“台北人把这家百货公司又叫做七重天！”

台北之行，黄赞云也不忘记文化艺术的欣赏，到大稻埕太平町松竹、月儿庄的吃茶店听收音机播的尺八、谣曲、短歌等日本音乐。

光顾城内的咖啡厅：

“一边听古典音乐，咖啡才能喝出真正的味道。”

他郑重其事地说。

城内到新公园的路上，有一家叫云雀的咖啡厅，他在那里听到法国作曲家德彪西的《大海》曲盘，亲眼看到墙上挂着石川钦一郎的水彩画。

黄赞云摆头回味画中的风景。

“石川钦一郎大师的真迹，你听说过吗？太了不起了！”

博览会把台北市装饰出嘉年华会的气氛，黄赞云下了火车，穿过车站前用明亮的红黄色彩装饰的垂直线形大欢迎门，市内主要地标、公共建筑边缘挂上红、蓝、绿的霓虹灯，一到晚上大放光明，把城内带入一个霓光流彩、豪华绚烂的不夜城。

本町、京町沿街插上博览会的广告旗，两旁各大商家、店家的橱窗设计各出奇招，装饰得极具创意与艺术性，以期在橱窗设计比赛中拔得头筹。搭载美女的花车穿梭街道，为此次盛会造势，五家有名的咖啡馆选出八十位美人宣传轻而薄的浴衣，坐在敞篷的汽车上游行，美女身上的浴衣印有“跃进台湾纪念台博”、“秋天去看台博”等字样，渲染热闹气氛。

六十万张宣传广告从天空飘下，捡到的民众可兑换入场券、商品券，免费参观博览会、兑换礼品。公共汽车车厢内，张贴和平鸽海报，五色连续的三角旗做文宣，餐厅、旅馆、咖啡厅整天放送女歌手赤坂小梅的《跃进的台湾》。

参观了公会堂博览会的第一会场，顶着十月依然热辣的阳光，黄赞云来到新公园总督府博物馆，这里原本是一座官祀的天后宫，兴建于刘铭传时代，供奉台湾唯一的一尊金面妈祖。日本据台后，拆除台北城门，以市区重划为理由一并拆除天后宫，却又在庙宇遗址上建立一座宏伟壮观的新古典主义式的博物馆，纪念第四任儿玉源太郎总督。黄赞云远远地看到公园内胸前挂满勋章、左手握着书卷的儿玉总督铜像。

博物馆是博览会的第二会场，公园入口处一块显眼的招牌，上面写着：寻找变装人。殖民政府的事务局官员、日本艺伎、餐馆女服务生化装成守卫、绅商、农夫、女学生，混迹展览会场，供参观博览会的观众在人群中搜寻，辨认出他们的可领到奖品和和五圆奖赏。

黄赞云望了一眼“寻找变装人”的招牌，心想他医学校的同学阮成义，这人最喜欢装神弄鬼、神出鬼没的，会不会也来参加这个游戏?

穿过人气最旺的“海女馆”，观众在粗犷的海洋礁岩装饰的馆外大排长龙，等着进去欣赏日本远道而来的海女，身穿红色贴身衣，像红鲤鱼在巨型的大水槽内嬉戏采集珍珠。黄赞云拾级踏上博物馆的台阶，仰望多立克石柱悬挂结成叶饰状的太阳旗，走进罗马式大圆顶下彩色玻璃瑰丽采光的大厅，博览会以雄伟的博物馆展览日本治台四十年殖民教化政绩，突显神社信仰为日本国民精神之本。

黄赞云随着参观的人潮，参观了日本殖民者将昔日“蛮荒未开，瘴疠之地”的台湾，与日本统治后的台湾做清楚的今昔切割，展现总督府对岛内的教育、理番、卫生、警务的具体进步成果。

对总督把本来无知蒙昧的台湾人引导向文明世界的用心，黄赞云衷心感激。

一走进台湾电力株式会社所提供的电气馆，入口一尊身高两米多、眼珠子用电灯泡做成的电动雷神。观众仰望这踩在云端庞然巨大的雷神，个个不能自禁地张大嘴巴，在发出惊叫之前，又连忙用手盖住嘴巴，生怕失礼，只瞪大眼珠，显出无法相信眼前所见。

要不是黄赞云一早到公会堂第一展览馆的交通特设馆见识到以无线电遥控的机器人“桃太郎”，他也会和这些观众同样震惊吧！

那是一只奇大无比的金属桃子，它一接收到电波，就会自动分成两半，从里面活跳出一个可爱的桃太郎。早上他还在同一场地看到一只庞然的大乌龟模型，也是肚子里装有音波和光波的反应器，正在慢慢地移动爬行。

“死物也能行。”

观众目瞪口呆。

黄赞云驻足“电气家庭的一天”的展览，由六个旋转模拟真人的场景，展现未来台湾中流家庭电气化的现代生活，主妇的一天如下：

清晨六点，用电锅煮炊；早上八点，主妇手持烫发器梳妆；早上十点，缝纫机的裁缝时间，旁边展示电扇、电暖器；下午两点，接待访客；四点清扫家屋，一边听收音机；晚上七点，在电灯下给孩子温习功课。

如果妻子也在这里，黄赞云想，她该会憧憬电气化的生活早日实现，向往下午两点钟招待访客的场景：

两个穿和服的女子隔桌跪坐窗前的榻榻米上，面前分别摆着西式的茶杯，主妇用电器用品操作完家务，这时才忙里偷闲，闲情逸致和朋友品茶谈心，欣赏悬挂墙上的画轴。

去年黄医生把诊所扩大翻新，后面盖了一栋日本式的住家，他很以这栋房子为傲，称赞日本人住家讲究通风又卫生，住起来很舒服。他在院子里种了两排矮矮的日本松，新辟的花圃全是日本种的堇花、桔梗、燕子花。

“下一步，”黄医生告诉自己，“就是改造自己的人格了。”

拘谨有礼而节制，注重义理人情的日本人的性格，是黄医生心目中完美人格的典范。

傍晚看完最后一位患者，回到日本式的住宅，黄医生换下西装，洗了澡穿了一件家居蓝条纹的浴衣，在窗明几净的书房舒服自在地小坐片刻，起居室唱机曲盘的轻音乐飘过走廊传到他耳里。下女在全家唯一没铺榻榻米的土间厨房准备主人下酒的小菜，等一下与家人共进晚餐时，他喜欢喝两杯日本清酒。

黄医生感恩日本统治者对他所做的一切。出身寒微的他，做梦也不敢想象有朝一日会当了医生。如果没有日本人的栽培，他的出路是继承父亲的衣钵，挑着担子沿街替人补铁锅。

黄赞云对自己的身世背景不甚了然。隐约知道先人好像在琅峤落户过，到了祖父一代辗转来到宜兰月眉山，有可能是欠债或是犯了罪，做了不名誉的事才会携家带眷落荒而逃，躲到泰雅族人聚居的穷乡。他问过父亲，却是吞吞吐吐语焉不详。

小时候家穷，无法供他上私塾，“赞云”这名字却是私塾的先生给他取的。和大他两岁的姊姊扛着父亲补好的一只铁锅，送到先生的家，先生刚过足了鸦片瘾，看到男孩盯着供桌上的孔子像，对那支朱笔和那把戒尺也很好奇，于是上前摸摸他的头，问他叫什么名字？

先生对他的回答大摇其头，连称：不雅、不雅。这时屋外天空一朵白灿灿的云给了先生灵感，给他改名“赞云”。

日本人据台后，父亲以为街路住的人多，补锅的营生可能兴旺些，于是搬离了月眉山。黄赞云上了公学校，发誓一定要把日语学好，好让那些因为他家穷而轻视他的同学对他另眼相待。

不止一次，黄赞云放学回家，碰到挑着担子沿街叫人拿破锅来补的父亲迎面而来，他都装作不认识。等父亲走远了，和同学模仿那拖长的叫唤声取乐。

2.

走累了，黄赞云医生到北海道馆旁附设的吃茶部休息，日本发展红茶外销，墙上张贴“日东红茶”的广告，也宣传台湾绿茶卖到满洲国。黄医生浏览一幅支那东北举办台湾茶展览的海报，看看参展的茶行中是否有“珍奇香”茶行的名字，这茶行是他总督府医学校的同学阮成义家里开的。

黄赞云把眼光投向外面的人潮，下意识地在人群中搜寻，刚才在入口处看到“寻找变装人”的招牌，也许专爱装神弄鬼的阮成义今天也来凑热闹，夹在人潮中等着他发现。好久没见到他了，这个阮阿舍会把自己换装假扮成什么模样？

阮家祖上来自产茶的安溪，刘铭传时代指定大稻埕的千秋街和建昌街为外商洋行区，街道两侧西洋式二层连栋洋楼林立，店里铺上地板，还有壁炉。阮成义的父亲在英国人杜德经营的宝顺洋行当伙计，这洋行主要经营台湾乌龙茶，外销英美市场。

日本据台后，洋商撤走，这两条街被统称为港町，茶楼与茶行林立，街坊骑楼成了拣茶的生产线，远远地就可闻到扑鼻茶香。阮成义的父亲凑足了资本，在朝阳街自立门户，开了“珍奇香”茶行。他父亲的兴趣只有茶，除了理发足不出户，整天关在高燥明爽的茶寮，脑子里想的是烘焙好的茶青要如何拼配才能制作出稳定的茶叶。他不注重毛茶的外形，只在乎茶的喉韵、调性、香味以及发酵的程度。

经由精心调配，这位茶痴研发出一种轻微发酵的包种茶，冲泡出来呈淡淡的绿色，味道纯而香。还有一种用新鲜的花当薰花原料，调配成功的花茶，外销到东南亚，广受华侨的喜爱。

黄医生曾经去过阮家的茶行，红砖二层楼房，后面偌大的院子种满了茉莉、秀英、栀子、树兰等花树，用来当作熏茶叶的原料。阮成义泡了一壶自家生产的乌龙茶待客，倒入白瓷杯的茶色有如琥珀，凑近鼻前，芳香至极。

“英国人把它称作琥珀乌龙，美国人也爱这种茶，给它一个名字叫‘台湾美人’！”

阮成义说，琥珀乌龙在巴黎万国博览会出尽风头，参观的观众到台湾吃茶店喝了它，都赞不绝口。博览会打响名声后，用戎克船运载外销欧洲、美国，数量相当可观。

真正使阮家致富的是他父亲用武夷岩茶焙制的方式研发出的奇种乌龙。从不同岩间采收叶片比较大而成熟的茶叶，这种茶叶本来需要长时间走水才能发酵充足，他父亲反其道而行，用中焙火，让茶叶轻微发酵，使茶客不致因太生而伤了胃，又令茶汤喝起来味道不会太浓、太重，依然保持清香，闻起来还有一种蜂蜜的香甜。

奇种乌龙使阮家赚得钵满盘满。

仗着家里富裕，阮成义呼朋引友笑闹玩乐，上街看到日本来的浪人腰间绑着长条毛巾，脚踏高脚木屐，敞衣破帽放浪形骸喝酒滋事，兴致来时，阮阿舍也把自己打扮成浪人取乐，头戴麦秆草帽，足踏高高的锯齿木屐，故意衣冠不整做无赖惹事招摇过市。

他喜欢恶作剧。小时候随家人到东京旅游，看到日本男人为了显示家世尊贵，和服外披的羽织外褂把世袭的家徽印在上头，有些台湾人也盲然跟风，令他十分瞧不起。明明没有家徽，却又爱自抬身价假扮贵族，这般人只好借用武士家的马印来充数，而且往往连浴衣的带子都不懂得系，硬是把它绑成柔道服一样的十字结。

阮阿舍轻蔑地嘲笑这些人猴子学人样，故意把家里茶叶行的商标充当家徽，印在和服的短外褂，搭配裤裙坐在人力车和那群装模作样的台湾假贵族别苗头笑闹一番。

眼看他医学校的学长们，毕业后把医术当作牟利的工具，一如文学家笔下所形容的那样，一个个成为“医术的商贾”俗不可耐。阮成义不愿意当医生，他转入热带医学的研究。日人据台后，饱受岛上疟疾、霍乱、鼠疫肆虐，医学校的热带医学研究除了教授病理或学说，也很注重标本制作，为了记录蚊子的种类和生态，晚上也得摸黑到牛栏去捉蚊子。阮阿舍受不了这种苦，从医学校休学，每天头发也不梳理，拿了根手杖在街上晃荡。

他对刚引进台湾的写真技术极为着迷，不时到城内日本人开的“远藤”、“胜山”、“朝日”写真馆观摩甫自东京进口最先进的单眼相机，与少数同好名流绅士组织了本岛第一个写真沙龙，定期在

“资生堂”店后聚会，相互交换讯息心得。沙龙经常邀请对这种崭新的照相技术学有专精的人士来演讲，有次请了一个刚从柏林开完传染病毒会议的日本医生，他以给学生授课一样严肃的语气向正襟危坐的本岛绅士们讲解德国出品的莱卡相机，对该厂牌、技术研究的过程、机器性能特色侃侃而谈，最后小心翼翼地捧起桌上那架莱卡，表示拥有此物是此次柏林之行最大的收获。

留着小胡子、身穿笔挺黑色条纹西装的日本医生形容：

“和上了弦同样地感到兴奋，它成为我身体的一部分，等于我的眼睛的延伸，走到哪里，被什么景象——不管是人物、风景——一触动……”说着，食指按住快门：“手指就自然而然落在适当的位置，咔嚓一声！”

听众无不为日本医生那一声满足的叹息所感动。

“手连心，莱卡和我的内心、整个人相通，成为一体啊！”

写真摄影时，跟某一个自然现象的因缘巧遇，那样的随心之作，使日本医生觉得和俳句创作有异曲同工之妙。

医生希望在座的听众发现眼睛内在视景角力，拍出事物的本质。

“不是那儿存在什么样的东西，而是你这个人看见了什么。”

富有哲学意味的这两句话，令沙龙会员个个低下头，陷入深刻的沉思。

阮成义掏出随身携带的写真辑帖，望着扉页的个人独照，为自己的一双大眼睛所感动。它们就是他的文学家朋友所形容的：诗人清澄的瞳仁闪亮的一双眼睛。

日本医生把人类的眼睛和照相机相提并论：

眼球的成像原理好比照相机，能记录所见的影像；大脑再将影像解读，影像便有了意义。照相机记录的影像是平面的，但眼睛所见的影像却是立体的，可以分辨深度和距离。

人类两个眼球的重量，合计只有十五克，占全身体重的六千分之一，器官中微不足道的一小部分，却关系重大，不能小看这两扇灵魂之窗。

阮成义决定转念眼科，这个医学校最冷门的科系，当他第一次透过精确的仪器把眼球内的真相一览无遗时，不由得赞叹百闻不如一见。

黄赞云医生迷上摄影写真，也是受阮成义的影响。

来自宜兰乡下的他，看到阮成义的人头像照，一张脸微微向左偏侧，好像迎着光，视线投注于远方不明的对象。他捧着框在影帖缩小很多的人头，把它来回和前面的真人比照，对看了半天，啧啧称奇，觉得不可思议。

辑帖翻下去，出现一帧帧不同女人的静照，个个描着弯弯的柳叶眉，搔首弄姿摆姿态，她们是大稻埕料理亭的侍女、歌艺厅的舞女。黄赞云爱看又不敢看的神情惹得富家子拍掌大笑。

他把洋人发明摄影写真机的过程说给黄赞云听：

洋人最早发明达盖尔银版摄影术，在研磨得有如镜子般的铜版上镀上一层银，变成银版，在相机里曝光后，再用水银蒸气使潜像出像，固定影像可得正负片同体的银版摄影。达盖尔银版摄影后来被火棉胶湿版摄影法所取代，它的感光度很强，拍摄风景或建筑物可快速得到清晰影像，然而在室外阳光下取景，还是必须搭篷帐，十分不便利。

后来英国医生兼显微镜专家马杜斯博士，发明用溴化银乳剂代替湿版的火棉胶，试验成功，把曝光的时间大为缩短，同时又可在工厂大量生产这种干版，摄影家不必像从前一样，必须制作自己的原版。

干版玻璃摄影传入台湾，阮成义兴起时，还随着写真馆的师傅躲在暗房割玻璃底片，小心翼翼地把拍团体照的十二吋底片切割成个人独照的尺寸，一不小心就会划破，还怕手指摸到玻璃留下难看的手痕。

“冲洗出来有个印迹，多难看！”

一直到现在，黄赞云还是不懂这个大稻埕的富家子，为什么会特别垂顾于自己这个来自闭塞的乡下、靠助学金求学的贫寒子弟。

他不太愿意回想阮成义助他一臂之力的那段往事：医学校第二年，一个日本同学，姓三井吧，来上课也穿大木屐，喀啦喀啦旁若无人。他专找台湾同学欺负，对瘦小的黄赞云尤其看不顺眼，有一次，把他拉到操场角落，日本人练过柔道，一拳掌掴过来，等着还击，黄赞云挨了一记，刷地就倒了，两眼发黑，鼻血流到嘴边，勉强摇晃地爬了起来，迎面又挨了一拳，在晕死过去之前，他听到喝止声，阮成义路见不平上来营救。

富家子不怕日本人，他说每次和他们吃饭喝酒都是他掏腰包付账，他就爱看日本人白吃白喝脸上的那种表情：

“虽不服气，没有钱，又爱吃，除了接受，也没什么办法！”

阮阿舍模仿日本人的窘相，使挨打的黄赞云心里稍稍平衡了些。

台湾茶展览的海报上没找到“珍奇香”茶行，黄赞云有点失落。毕业后回宜兰开业，他与阮成义失去联络，自己不怕旅途劳顿，每隔一段时间又坐汽车又坐火车到台北来，而且每次一定光顾大稻埕的“南光”、“真开”写真馆，心里总是抱着和这个老同学来个不期而遇的企盼吧！

很想念他的特立独行与众不同。记得阮成义休学前，两人同修实验课，教解剖学的教授不苟言笑，一口咬文嚼字的古雅日文听得学生如坠云雾里。画青蛙解剖图，阮阿舍故意画错一根血管的位置，说是“为了美观”，气得教授把他赶出实验室。

诸如此类的轶事趣闻数不尽数。

3.

没能与阮成义重逢，黄医生在“真开”写真馆却认识了他的同志——萧居正律师。

那次台北之行，黄赞云又回到西门町片仓通的神田吃寿司，喝到酿酒会社新出品的“惠美惠”啤酒，发现它配生鱼片比起“白鹿牌”的日本清酒又是别有一番风味，于是到菊元百货公司买了半打啤酒带回宜兰。回去之前，他照例到大稻埕几家写真馆浏览橱窗看看新出品的照相机。

早两年他诊所的患者还不是很多，黄医生在这几家写真馆外徘徊，鼓不起勇气推门进店。隔着玻璃，他咬着牙告诉自己，有朝一日——而且这一天不会太久——橱柜上那架手动式的单眼写真机会是他的。

这个愿望在上一次台北之行实现了。

推门进店，老板起身迎接，伙计殷勤地递上茶，店里几个人传观一帧全家福，七嘴八舌地议论：

“技术没话讲，一个人一个样，神情都很生动，好像听得到呼吸！”

“坏就坏在布景。”其中一个指着全家福两旁用来点景的道具圆形小桌，上面摆了花卉盆景。

“这栏杆是用纸板做的，只是‘放’在地上，而不是‘建’在地上，这些道具布景，太假了，美中不足啊！”

以纸板彩绘的亭台楼阁做背景拍的庭园照，正在宜兰广为流行，黄医生视为理所当然。

“布景拍出来的很平面，一看就知道是假的，来看一张真的吧！”

一个穿西装的，在室内还戴了一顶帽子，献宝似地掏出一帧写真。

“实景拍出来的，看看这效果，比较一下吧！”

黄赞云看到一位穿白色西装、尖头白皮鞋的绅士，双手插在裤袋里，闲闲地倚在月洞门边，门后一座八角亭隐约可见。

“实景拍出来的就是不一样，很有立体感，效果绝对不是道具布景可比拟的！”

众人心悦诚服。

白西装绅士是林本源家的少爷，背景就是板桥林家花园。展示写真的那个人说上个月他被邀请去游园时拍的，占地广大的花园，假山曲水亭台楼阁数之不尽。

“早上进去，出来时太阳已经下山了，花园大到无边，走到腿酸，还好有船坐，歇歇脚……”

花园还可撑船，黄赞云不觉张口出声半信半疑。

“船靠了岸，来到一座两层楼的楼阁，爬上去，花园太大了，根本看不到尽头……”

众人听得出神。

游园的还说林家在鼓浪屿也修了一座花园，没有板桥的大，却依傍着海，景色宜人。住在园子里的林家子弟不说自己是台湾人，大陆人认为台湾人就是日本人，并不很友善。

正说着，一个不耐烦的咕噜声从黄赞云身后扬起，一只手探过他的肩膀，刷一声把他手上林家少爷的写真夺去。医生回过头，与一个皮肤被太阳晒黑、鼻下蓄了撮短髭的人打了个照面。这人就是萧居正律师，他认识阮成义，听他提过黄医生。

“要看实景拍的人像，再真实不过的，来找我！”

萧居正律师写下地址，把那帧写真不屑地往桌上一丢，转身离去。

萧居正的律师事务所与蒋渭水的大安医院仅隔一条街，从窗口可看到医院隔壁批发《台湾民报》。

蓄短髭戴黑框眼镜的萧律师，中分的头发梳得一丝不乱，发蜡涂得太多，连额头都泛着油光，他矜持地紧抿嘴唇，露出一脸自信。萧律师来自艋舺车站铁道南边一个菜农之家，拿林本源助学金到日本留学，他不顾家庭反对，立志当辩护律师，选读明治大学法学科。

萧居正的抱负来自当他发现台湾法院的通译必须先把日本法官的日语翻成清朝官话，再转成台湾话。

“庭上为什么不直接把日语翻译成台湾话？”

他觉得诧异不解。得到的答复是：

“堂堂天朝法官直接与向来受轻视的土话通译者交头接耳，有失其威严，并不是能使土人信服法庭的做法。”

裁判官认为直接和台湾话通译者说话，是一件污秽卑下的事。

萧居正发誓要当第一个用台湾话上庭辩护的律师，为民请命第一件事，就是要建议法官废除笞刑，他邻居一个杂货商被笞刑打了十五鞭，剩下半条命。

到了东京后，才知道殖民地的官吏及公务员，不管是朝鲜或台湾，完全为日本人所独占，本地人没有一个被任命为郡守、市尹、知事。台湾人即使通过高等文官考试，也不会被任用，谋职不易，已经形成高等游民化的现象。萧居正听说有几个到日本学法律，已经通过司法科考试的，仍然人浮于事，一位毕业于东京帝大政治科的高材生，干脆到路边摆摊当算命仙。

正不知何去何从，突如其来的一场病迫使萧居正休学。病愈后，他勤练空手道，得到初段资格，就在考虑放弃法律改学医科时，正好碰上第一次世界大战结束后，美国威尔逊总统倡言民族自决，受到这股民主思想的启发，台湾留学生纷纷投入反殖民主义、反帝国主义的大行列。林献堂到东京结合留学生组织“新民会”，向日本议会请愿要求废除对台湾施行的“六三法”，这条第六十三号的法令给予“台湾总督在其管辖区域内得以发布具有法律效力的命令”。

萧居正正准备投入请愿运动，间接获悉一个也是拿林本源助学金的留学生，因参与活动做反对殖民政府的事，受到警察监视，成为日本政府黑名单上的人物，他才不敢在请愿书上签下自己的名字。

后来林献堂投入设置台湾议会请愿运动，有位谢姓台湾青年驾飞机在东京上空撒布台湾议会宣传单，萧居正决定回到当初的志愿，修完法律课程。

参加台湾同乡会举办的除夕晚会，他看中了弹钢琴的女孩，姓叶，斗六人，东京音乐学院的学生，很有艺术气质。听说她的地主父亲把嫁妆分成两份，她的姊姊选择了妆奁田四百石嫁给一个门当户对的地主留在台湾，做妹妹的则把嫁妆换成学费，到东京来学钢琴。

受到她的故事吸引，萧居正追求她，没想到弹钢琴的女孩瞧不起菜农的儿子，使他大受刺激，成天在浪人聚集的高圆寺区晃荡。他很想效法谷崎润一郎的小说《鲛人》的主角服部，到浅草后街大杂院租一间小棚似的房子，白天闷在屋里，晚上流连酒吧，过着自暴自弃失恋颓废的日子。

有一天，喝到天亮走出酒吧，看到前面一个年轻的日本女子，穿着素纹线条的和服，头微微低垂，静静地走着，萧居正不由自主地跟着她。那女子走到公共汽车站等车，眼睛看着街景，神态娴静。车子来了，他不知不觉地跟着上车，过了几站，她下车进了街角一家小餐厅买了一豌“亲子丼”，他也默默地跟进去，她离开小餐厅时，他又静静地跟在后头走。

娶个像这样贞静的日本女子为妻，忘记弹钢琴的女孩吧！

学成后，萧居正带着穿素纹线条和服、发髻梳得一丝不乱的馨子回家。在台北补请婚宴，他特地把弹钢琴女孩的姊姊从斗六请了来，把日本妻子介绍给她。

才回来不久，萧居正便感觉到台湾面临一个山雨欲来的动荡时代。

文化协会举办启发民智的演讲，从北到南，所到之处，村民以竹篙炮相迎，请演讲者乘轿游街，宛如妈祖绕境。深感威胁的统治当局派出警察坐镇演讲会上临场监听，对反对殖民剥削等敏感的内容一再举牌中止，以违反治安警察法为理由强迫解散，不惜将演讲者逮捕入狱。这些民主斗士往往在人力车成列、众多同志送行下光荣入狱，进监牢前的留影写上“被检束记念摄影”纪念，刑期满出狱时更是风光，民众夹道欢迎，放鞭炮舞狮，场面沸腾壮观。

萧居正义无反顾地投入文化协会运动，他的日本妻子馨子每天趴在缝纫机上，缝制文化协会的旗帜。

每次有协会的人上门，萧律师都会把妻子介绍给他们，指着穿条纹短衣的馨子，竖起大拇指：

“虽然是日本人，她却是我的同志！”

馨子从埋头踩踏的缝纫机抬起头，脸颊现出劳动的红晕，短衣露出一大截胳膊，从前在娘家淘洗酱菜缸，她也是这么卷起袖子，露出一大截白白的胳膊。

4.

在萧律师的事务所，黄赞云看到李应章医生的狱中留影。

“咦，不是高我两班的学长吗？他在医学校读书时很活跃，毕业后，日本教授要提拔他当助教，竟然被他拒绝了，宁愿回到二林老家开诊所，实在不懂得他……”

“对，李医生回二林开了第一家诊所，免费替乡民看病，他看不下去林本源的糖厂对蔗农的剥削，咳，‘第一憨，种甘蔗给会社磅’，黄兄，你听过三个保正八十斤的笑话吗？”

在座的邱姓诗人问他。

糖厂会社的磅秤偷斤减两到离谱，在场监督的三个保正不相信真有其事，踏上甘蔗车再磅一次，结果只增加了八十斤。

“三个保正八十斤，太开玩笑了，李应章医生组织了‘农民组合’，要求糖厂先讲好价钱再割甘蔗，不要再用假磅秤骗人！”

二林蔗农与林本源旗下的糖厂交涉破裂，会社另外雇人到蔗园强行采收，遭到一百多个农民抗争，派出所出动大批警力搜捕肇事的蔗农。

“一共逮捕九十多人，李医生也被抓去，出事那天他到沙山庄出诊，根本不在现场啊！”

萧律师为他打抱不平。

“李学长在坐牢……”

“对，警察以煽动罪拘捕他，判了三年徒刑。”

李应章医生的狱中留影，一头浓黑的头发，还是留着学生时代中分的发型，穿着对襟棉衣蹲在牢里的铁窗旁。

黄赞云拿起照片，凑近端详了一回，李学长在牢狱里，脸上不仅毫无畏惧之色，而且理直气壮，还笑得那么毫无遗憾。黄医生困惑地放下照片。

李应章医生诊断台湾患了贫血症，病人联榻呻吟会聚成一声巨响，一旁姓谢的社会运动者说，他就是受那声巨响的召唤才南下的。

他刚从二林上来，提起一个事件令他气愤不已。

“林本源贷款给蔗农，以为就可以为所欲为，林家要扩充工厂用地，不管农民的意愿，强迫贱价征购土地，被农民拒绝，结果，林家使出什么样的狠招来对付农民？”

他转向坐在一旁沉思的一个诗人：“你这个文学家，比较懂人性，看你也想象不出来的！”

萧律师也刚听到这件事，帮他说了：

“林家有日本警察在背后撑腰，发出传票，把农民都召在一起，要他们卖土地，农民说他们身上没有带图章印鉴，用这个理由拒绝，没想到林家现场临时开铺刻印章，设办事处办理登记，使农民找不到借口，只好被迫把土地卖给林家。”

板桥林家花园的主人，五落红瓦大厝面向观音山，民间流传一句俗话：“厝向观音山，台湾田园得一半。”原来是用这种手段得到的，难怪那天在“真开”写真馆，萧律师会对林家少爷的写真那么反感，恨不得撕了泄愤。

他取出一大叠照片给在座的客人轮流传阅。

日本劳动农民党的布施辰治律师到台湾来为“二林事件”的蔗农辩护。

“停留不到十天，马不停蹄，南北二十一个地方举行三十二场巡回演说，连睡觉都在火车上度过。”

一帧帧的照片，相机准确地呈现每一个现场正在发生的事件，既生动又精微地说出事情的真相，摄影者与破压迫的民众站在同一阵线上，成为同志，把一向被漠视的人群带出黑暗的角落，揭露被蓄意隐藏的实情。布施辰治现身的现场，令观者有身临其境的感觉，仿如参与有份，置身人头汹涌的群众中，与仰首企盼讲台上的人权律师为他们伸张正义的人们感同身受。

摄影可以如此直接，毫无遮拦地反映在那当下的情境，写实的程度为语言文字所无法企及。

“我觉得，你没有办法声称你真的看过什么东西，除非你把它拍摄下来。”

在座的一个摄影爱好者，受到这些照片的震撼，引用法国自然主义理论家左拉的这句话。

诗人拿起丰原农民站在路边等待布施律师来临的相片。

男女老幼好几十人，他们赤着脚列队站在泥地上，身后的树枝光秃秃的，料峭春寒，不畏风寒神情肃穆地引领企待，如此精微，脸上动人的表情使诗人吟哦惠特曼的诗句，来表达他的感受：

“我是人，我受苦，我在这儿。”

“百分之一秒的闪光，反映了台湾社会的悲惨！”

谢姓社会运动者眼睛湿润了起来。

“这帧写真是你的同学阮成义拍的，”萧律师告诉黄赞云，“他当布施律师的随行，我在丰原认识他的，日本人不准文化协会成员露天公开聚集，派人监视我们的行动，所以每次我们都是一群人说是到户外乘凉，同志们刚好也出来赏月，认识了阮成义，他提到你们同过学。”

律师跟他说起一个笑话：

布施辰治用日语演讲，台下监听的日本巡官没发表意见，简吉现场翻译成台湾话，临监的日本人一再举牌，叫演讲停止。

“变成临监的日本巡官不懂日语，闹了个大笑话！”

简吉在凤山公学校教书，发现学生平时放学后还要再出田园劳动，农忙时必须帮助家人下田，学生旷课．无课可教。他自觉是个无功受禄的“月俸盗贼”，毅然辞去教职，参加“农民组合。”

黄赞云端详简吉的两帧写真；一帧穿着台南师范读书时的制服，站在红砖校舍前拉小提琴；另一帧则是戴着尖顶的斗笠，身穿唐衫，赤脚骑着水牛，一副农家子弟本色，戴圆框眼镜的脸，却又显得书生气。

师范学校拉小提琴的，和辞去教职下田戴斗笠赤脚骑在水牛上的，哪一个才是真正的简吉？同一个人的独照，场景风格是那么不搭调。

律师称赞简吉是天生的领袖人才，把实践走在理论之前的行动家，不是乌托邦式空想的社会主义者。

黄赞云有点后悔今天的造访。一直以来他有意识地与文化协会的分子保持距离，从不光顾大稻埕的“春风得意楼”，他知道这家兼营甘泉老红酒的餐厅是蒋渭水开的，也不曾踏足他开的文化书局，尽管黄赞云对书局印有社会主义、劳农问题、苏维埃革命等书名的日文书籍充满好奇。

他也不是没有看到家乡的农民餐餐吃番薯签和炒盐白豆，拖着鼻涕的孩子成群赤脚在田野小兽一样地奔跑，农民缴完税金，再也没有能力供孩子上学，一年四季，蔗农像牛马一样在田里工作，日本人拿着鞭子监督。他亲眼看到的。

黄医生不愿去想这些悲惨的景象。

台湾农民的悲苦轮不到阮成义来提醒他。这个从来不愁衣食，什么都有，不知民间疾苦，从小到大没经历过任何不幸的阿舍，黄赞云曾经很嫉妒这个富家子弟。有一次，他感染重感冒，差点转成肺炎，黄赞云到医院探望他，看他躺在床上，忍不住有点幸灾乐祸，哈，原来阿舍也会生病，最好多受点苦。

黄赞云怨怪他是故意寻穷人开心，敢是厌倦了都会虚华的生活，与料理亭的侍女、歌艺厅的舞女嬉游，照相机对着这些只知搔首弄姿的女子再也拍不出有新意的照片，于是突发奇想，抱着换口味猎奇的心态，到南部他未曾涉足的乡野，寻觅新的题材，甚至加入民众社会运动，用他最新出品的莱卡相机，透过镜头找寻刺激，毫无保留地映现那一群丰原农民，那一双双冻僵了的赤足．踩在龟裂的泥地上，个个脸上不肯妥协的决然，一如他们身后槎枒的枯枝，尖锐地朝向天空，一副不肯屈服的姿态。

黄赞云在这帧照片中看到了他的父亲。

当做儿子的他以父亲的补锅营生为耻，强迫他放下担子，老父抱住补锅的家伙，被逼到墙角，老脸上也是这样坚忍不肯屈服的表情。黄赞云最想从记忆中抹灭，却又始终挥之不去的表情。

5.

黄赞云又一次回台北参加医学校的校友会，一如往年，阮成义没有出席。校友之间耳语，谈论阮阿舍经常光顾艋舺后街的游廓，日本人经营的娼馆，不久前还被看到从二三流的妓院出来。

“他家茶行的生意失败，玩不起日本女人了，琉球、朝鲜来的，比较便宜！”

“唉，每况愈下呀，这阿舍一定想不到有今天，早些年他去游廓，只肯光顾一流的‘欢欢楼’，三岔路口的‘新高楼’，这两家娼楼的日本女人姿色美丽又温柔——我也是听说的……”

校友会结束后，黄赞云在城内一家叫“北海道雪印”的冰淇淋店碰到一位眼科医生，那人附在黄赞云的耳边，低声告诉他：

“听说阮成义到上海当地下共产党了。”

那是个风起云涌的年代。

黄赞云到大稻埕找萧律师求证。

一见面，律师激动地抓住他，大叫台湾人出头天的时刻来临了。他最近一直在思索林献堂和林本源之间的差异。两人同样是地主阶级富裕家庭出身的阿舍，同时也是既得利益的主要受益人，扮演日本人和台湾人之间的中介角色。

“有人说他们是一丘之貉，林本源剥削蔗农，那是毫无疑问，最近听到阿罩雾的林家，对佃户也很横逆，一甲地收六十余石，好歹冬不管，欠一石少一斤都不行……”

萧律师忿忿地像在演讲：

地主阶级不支持革命的反日运动，林献堂的议会主张从未逾越体制内的合法要求，从开始到现在台湾议会的设置、劳工运动，一直坚持合法路线，只希望在日本帝国内部得到可以接受及享有平等的对待。

萧律师觉得这种想法与权力支配的殖民者很接近。

“说良心话，我比较能够认同文化协会最近的方向，以前的领导人都是地主、资本家、医生、留学内地的知识分子，几乎都没有出身劳工阶级的。”

这个资产阶级温和渐进的民族运动，最近起了本质上的变化，他认同简吉领导的无产阶级解放运动。

律师一手抚胸口宣称：

“我是出身菜农贫苦的无产阶级！”

刚结束的“农民组合”第二回合全岛大会，律师说从全岛四面八方一共有二万四千多人参加，近百个干部于台中初音町大会师，会场飘扬二十七支赤色旗帜。

黄赞云接过当天开会的巨幅纪念照，整个人不自觉地站了起来。

上百个台湾人或坐或立或蹲在前排，穿西装戴眼镜、开襟唐衫各种年纪的男人，头绑黑巾的黑衣老祖母们，穿大裀衫的妇人两旁站着洋装、戴帽子的时髦年轻女性，被父亲抱在怀中的小孩……每一张静穆的脸上，充满了坚毅的意志，以自信的眼光看着镜头，望向同一个目标，似乎在邀请照片外的观众和他们认同。

好样的台湾人。

律师抓住黄赞云的肩膀，怂恿他加入东部的民众运动。这次大会师，宜兰是唯一没有红旗代表的地区，以黄医生在地方上的名望，大可使上力。

被律师激动的声音吓住，一时不知如何回应，等定神后，黄赞云以与人有约，婉谢律师邀请他一起吃饭继续谈话，他几乎是落荒而逃地离开萧律师事务所。

匆匆赶到城内公会堂赴约，请他吃西餐的是校友会上重逢的一个日本同学，来自乡下靠助学金读完医学校的他，做梦也不敢想象有这么一天，他会坐在铺着雪白餐布的公会堂，和体面的内地人平起平坐共聚一室用刀叉吃西餐。他正襟危坐，第一道汤上来，尽量使自己不喝出声，心中想着，回宜兰后一定会向求诊的患者巨细靡遗地形容吃西餐的经验，从桌上的摆设、鲜花，使用刀叉的礼仪，从第一道汤到最后吃冰淇淋，他将娓娓道来。

为了保有正常的社会生活，黄赞云医生觉得必须迁就现实。

上个月他儿子没留神走进日本人居住的宿舍，几个在屋外玩耍的日本孩子用弹石弓瞄准他，吓得儿子大哭，又罚他跪在地上道歉误闯禁地，好不容易准许儿子离去，又故意放狼狗出来追他。儿子回家后连日发高烧做噩梦，黄赞云不得不丢下他的医生专业，听妻子的意思为儿子收惊才好了些。

事后黄赞云没有以家长身份找惹事的日本孩子理论，儿子被欺负受委屈，生为台湾人，只有认命，逆来顺受。

日本人庆祝男童节那天，他像往年一样，模仿东洋习俗，一早把布做的鲤鱼旗挂了出来，任它在晴空下飘扬。旅居殖民地的日本人思念母国，庆祝节日往往比在内地来得隆重，悬挂鲤鱼旗之外，还在家里陈列头盔铠甲和威风凛凛的武士人偶，这种风俗来自江户时代武士之家希望男丁继承尚武精神。黄赞云虽不明就里却也依样画葫芦，在家中摆置头盔铠甲人偶，准备柏饼和日本式的粽子等应景甜品。

黄赞云也决定三月三日给女儿过日本女孩的“桃之节句”女儿节。听说总督官邸买进五彩绚烂的人偶，它原是日本某个名人爱妾的遗物，总督还邀请本岛的世家千金到官邸庆祝女儿节，他多么希望自己的女儿也能获得这个殊荣。

回宜兰的火车上，黄医生重温公会堂的西餐，雪白的桌上，鼻闻淡淡的玫瑰花香，右手握住雪亮的镀银餐刀，左手拿叉，手肘稍稍夹紧，小心切割瓷盘里的牛肉，切成一小块，尽量不发出声音，送入嘴里细细地咀嚼，品尝食物的美味，全部吞咽下去了，才进行社交谈话。这是他第一次吃西餐，而且是日本人请客，使他分外留心自己的餐桌礼仪，生怕失态。

其实黄赞云医生也不是没见过世面，他在宜兰街上也算是有名望的人士，当地的日本人庆祝始政纪念日、天长节或新历新年，他都在被邀之列。到内地人家里做客，他很在乎自己的举止言行合乎身份，完全按照东洋仪式性的礼节社交，向主人鞠躬道别时，两手按住大腿外侧，心念集中，感受到自己温文有礼，道别显得很真诚。

他相信台湾人要做好国民，就是从这些小地方开始学习磨练打造出来的。

置身公会堂西餐厅，黄赞云感受到在座的客人，个个傲慢，高不可攀，包括请他吃饭的日本同学，言行之间处处流露出优越自得之色。

他听说有一对兄弟从小跟随父母移居大阪，日本同学欺负弟弟，骂他是支那人清国奴，弟弟让哥哥替他出气。日本孩子看到又高又壮的哥哥，硬着头皮轮流上阵，被打倒后又挣扎地站起来，被打到鼻青脸肿，最后才认输，向哥哥一鞠躬。

“实在佩服日本孩子的勇气，打不过，愿意认输，不过，那是在大阪，这种事不可能发生在台湾吧！”

当时黄赞云这样想。

2　含笑花

——掌珠情事之三

1.

农民组合内部起了内讧，发生权力斗争，激进的成员相信一次合法的斗争胜过一百次的演讲。王掌珠崇拜跟随的导师，平时喜欢嬉乐不受控制，被内部判定为带有小资产主义倾向，被斗垮了，把她视为反动分子，从农民组合里除名。

掌珠离开权力斗争是非之地，穿上导师穿旧送给她的碎花洋装来到台北，在大稻埕的文化书局谋到一个店员的职位。

文化书局是蒋渭水开的，他曾经发表《临床讲义》，把台湾人比喻为患者，指出台湾的病因是智识的营养不良，要以文化启蒙运动提供大量知识营养剂。他把书局当作文化协会的外围，社会运动资讯的交换、运动人士的据点，以介绍新文化的使命自许。

书局兼卖汉文和日文书籍，孙文、胡适、梁漱溟、王阳明等的政治思想著作，与中文新文学名著以及平民教育的书籍并列，日文则以劳动农民问题的相关著作为主。置身进步书籍环绕的书局，王掌珠自觉很有文化，她抽出书架上一本介绍北海道渔民运动的专书，以自己也曾受过文化协会社会运动的洗礼而自豪。

过去几年，她赶场式地聆听各地举办的巡回演讲，夹在民众放鞭炮的欢迎会上，跟在人力车夫后面摇旗呐喊，晚上聚集在庙宇、文祠等公共场所听台上的演讲者批评时政，讲到精彩处，旁边的听众拍手大叫比她爱看的歌仔戏更要扣人心弦，掌珠很有同感。

临场监督的日本警官每次摇铃中止演讲，讲者执拗不从，最后以违规应受检束为理由，强制解散，掌珠与被驱逐的民众高声激愤地抗议，拒绝离开。

文化协会鼓吹妇女意识的觉醒，更让掌珠心有戚戚焉。妇女运动者把三从四德的陈腐观念和腐朽人心的鸦片烟相提并论，提倡妇女恋爱、婚姻自主。

左翼人士却批评文化协会对妇女问题的主张只有模糊的提纲，令有心独立的女性无所依凭。他们嘲笑号称台湾第一个妇女团体的“彰化妇女共励会”，跳不出小姐式的妇女运动的界线，只沦为中产阶级妇女的游戏。

反之农民组合重视劳动妇女，从第一回全岛大会便设有妇女部，他们吸收会员，但并不着重妇女的解放，而是把妇女问题当作整个解放中的一环，认定宰制台湾妇女的并非男人，而是体制问题，男女命运相同，同样受制于殖民者和资本家，参政权等于零。当无产者打倒了资本主义，夺取了政权，妇女问题自然也会迎刃而解。

对于这样的观点，王掌珠存疑，不管怎么说，她很佩服被《台湾民报》赞誉为台湾女子社会运动的第一人——黄细蛾女士。她一天赶好几场演讲，批评台湾社会男女不平等的现象，大声疾呼提高妇女地位。黄女士触犯日本当局的法令，手中抱着幼子，腹中怀有胎儿，慨然与丈夫锒铛入狱，像个悲壮的女烈士。

掌珠的解放过程也是一波三折，最后终于摆脱了养女身份，抹除不堪的记忆与过去告别。获得自由身的当天，她剪断脑后的长发——从前养母拉扯着它来回撞墙的辫子，掌珠模仿到大陆留学的女学生，剪着齐眉的刘海，“五四”运动游行走在前头的北大女学生的发型。

当她听了一位日本进步女性的演讲，有很长一段时间，特别是她想写自传式的小说当女作家的那段日子，掌珠脚上老是穿着青色的袜子，那是活跃于日本的妇女运动组织“青踏社”的标志。它原本是伦敦一群富有文艺气质的女性文学家、女知识分子组成的文化沙龙的代称，参加的会员每次都穿青色的袜子出席，所办的杂志也以青袜命名。

明治末年，日本妇女运动健将平冢雷鸟鼓吹妇女抛开女四书：《孝经》、《女论语》、《女诫》、《内训》，也在日本创立了“青踏社”，出版杂志，刊登女性作家的作品，宣扬打破陈旧的道德观。掌珠对这社团心向往之，穿起青袜表示认同。

她衷心感激蒋渭水医生，是他的卫生教育使掌珠接受了身为女人的特征，不再厌恶自己的身体，感到卑下与不洁了。

蒋渭水以医学观点分析女性生殖器的结构、月经、妊娠、育儿等知识，掌珠这才发现她对自己的身体不仅无知，而且认识偏差到极点。蒋医生打破传统的观念，将一向被认为肮脏不洁、羞耻罪恶、阴暗见不得人的女性问题摊在阳光下来谈。

掌珠读着这本卫生手册，回想自己在发育过程中是如何地以身为女人而感到低人一等。当她扁平的胸部开始柔软地肿胀，乳头变得坚挺，还微微发痒，养父看她的眼神让她恨不得拿一把利刀，把两粒不断长大的乳房割掉。掌珠以它们为耻。发育的胸乳给了她负担，走起路来上下抖动，令她又羞又窘。她不知从哪里找到一条人家不用的裹脚布，绕着胸一道道紧裹束缚，硬是把突出的乳房裹平才放手。胸口紧束令她喘不过气来，经常处于半昏厥状态。

接下来，腋下、阴部开始长出黑色的毛，掌珠更是惶恐不安，养父的眼睛好像穿透衣服，看到了它们。她浑身不自在，感觉养父用他的眼睛脱光了她的衣服，在他面前变成一丝不挂，浑身赤裸。她多么希望自己能够隐形，从地上消失。

掌珠为自己的肉体吸引养父的注意而自责，感到深深的罪恶感。当他口出秽言秽语，用最肮脏夹以猥亵的话骂她，掌珠认为罪有应得，自己本来就是肮脏的充满不洁的生物，养母拿沟渠中的鸡鸭畜生来比喻她。观音庙的庙祝跟她说：女人天生有五障，做不了梵天王、帝释天、魔王、转轮王。《妙法莲华经》说女人要先变成男身，才能成佛。庙祝要她认命安分，专心拜佛，下辈或许可以转世为男身。

掌珠发育过程中最后一个打击，最让她自惭形秽的，是来了月经，污秽暗红的血从自己下体汩汩流出。她看过隔壁卖杏仁茶的女儿，蹲在水沟前洗月经布，扬起一股沼泽烂泥令人作呕的臭味，她拜佛祈求避免这该诅咒的月经，结果还是来了。掌珠跑到溪边隐僻的一角涤洗，血把溪水染红了，她穿着湿淋淋的内裤回家。

日后她到台中一中侍读，在日本人家当下女的悦子告诉她，日本家庭对第一次来潮的女儿要煮红豆饭庆祝，掌珠以为悦子在说笑。

现在她自觉是个独立自主的女性，不仅做自己身体的主人，在经济上也自给自足。掌珠颇以自己在书局当店员自食其力自豪，她最瞧不起有些女人拿肉体交换安逸，不必靠劳力生活。有一阵子她在南部一家木屐店打工，那家店本来出产台湾式的棕榈带的高跟木屐，后来渐渐被日本式柴屐取代。掌珠和女工们在一块不上漆、下有锯齿的长方形木板上，穿了前一旁二的三个洞，用草绳穿串起来，在前面交叉打结，让穿木屐的夹住拇指与食指间的绳索行走。和她一起工作的有一个嫌做工辛苦，和老板眉来眼去，没多久就放弃靠体力赚钱，以肉体交换三餐，掌珠不齿她这种寄生虫的行径。

听说这个女的后来到台北洋货店当店员，穿着摩登，后面跟了一群黑狗党青年，出入戏院、跳舞场，靠卖淫赚取外快，换取英国高跟鞋、巴黎香水、美国丝袜、日本浴衣。

2.

文化书局上班没多久，在京町资生堂当外务员的许水德找她代订日文的妇女卫生书籍。资生堂研发三十六种美颜化妆品，其中一种美白的产品，将由他肌肤赛雪的日本上司的夫人现身说法，举办“美颜讲座”，演讲需要的参考书，让文化书局代订。

两人认识后，许水德向脂粉不施的掌珠解释：日本上司夫人推销的美白化妆品，其实理念上与医学卫生相结合，这也是资生堂创办的初衷。

资生堂的店名取自《易经》坤卦“至哉坤元，万物资生”，创立于明治初期，本来是一批受过医护训练的专业人士合伙开的药店，到了明治三十年才向化妆品界进军，专门出售高价位的化妆品。即使到现在，资生堂的产品还是与最初的医疗药品产业有关，美容用品之外，更多的是保养及身体清洁用品。

许水德背书一样，说了一大堆资生堂的理念，盯着掌珠长满痘子的米筛面，他想到公司出品的去粉刺美颜水，可以让这些可厌的粉刺匿迹。虽然没见几次面，许水德已经下了追求掌珠的决心，他打算用昂贵的化妆品来打动她，他相信没有一个女人可以抵抗这种诱惑。不过，直接送她去粉刺的美颜水，怕伤了掌珠的自尊心，下次到书局，许水德递给她一个精美的纸袋，里头除了美颜水，还有一盒福原卫生齿磨石碱，资生堂自制的牙粉。以后又送给她洗脸的美颜洗粉，先用品质好的香皂洗脸，保持皮肤洁净，接下来，他将供应她美白产品。

掌珠那张其貌不扬的清水脸才是自己追求她的原因吧！许水德自问。尽管日本上司夫人声称女人化妆也是一种社会仪式，女子素颜外出是羞耻之事，化妆是女性进入社会必须遵守的节仪表现，他可是很看不惯街上那些浓妆艳抹、粉面露胸、头发烫得又卷又乱的摩登女郎。

许水德注重女人的品德多过于长相，他曾经吃过贪恋美色的亏，现在反其道而行，掌珠晒过南部太多太阳，黝黑晦暗的皮肤，汗疹斑斑的脸，反倒使他看了心中踏实，有安全感。

许水德做梦也不敢想象，《三六九》小报上，无聊文人形容的明眸皓齿、朵涡慑魂、芙蓉脸色、雪玉肌肤的美女，真的给自己遇见了。

半年前，他租赁的小屋旁搬进新的邻居，像是一对母女，年轻的皮肉白细，面貌姣好，穿着打扮尤其引人注目。傍晚下班，看她扭动细细的腰肢，风姿绰约地走进他赁居的寒伧窄巷，有如一只误闯进来的凤凰。

凭着许水德职业的训练，偷偷观察了几次后，认出女子脸上化着“粉化妆”来搭配身上剪裁合身、花色别致的洋装。这身打扮与她蜗居简陋的小屋极不相称，许水德对她的出身起了好奇之心。

住下不久，与女子共居的老妇主动向许水德打招呼，说她女儿在电信局当接线生。

“每天上班下班，正正当当的职业喔！”

老妇人加重语气声明，又向许水德说了句日语：

“交换姬，接线生的日本话。”

听说他在资生堂当外务员，便托他买石碱、齿磨粉等一些卫生用品。许水德眼前浮现她女儿妍丽的姿容，猜测化妆下的肤质，选了适合台湾潮湿天气的护肤品，装在一个精致的袋子里送过去。隔天下班在街上那女子与他擦身而过，对他嫣然一笑，颔首致谢。受到鼓舞，许水德又送了美白的产品。

经过她母亲似是有意的撮合，两人交往了起来。她的日本名叫兰子。

“从前上班取的，用惯了，也就不改了。”

看她身上那件剪裁贴身、突出纤细腰身的洋装，许水德想问她以前在哪里上班？又觉得不够礼貌，忍住了。

兰子对他当外务员的公司倒是很感兴趣，话题绕着资生堂的产品。

他把日本女子的化妆史说给兰子听：

古时候的日本女人把牙齿染黑、剃掉眉毛才觉得美，明治以后停止了这种美的标准。禁止剃眉后，浓眉变成一种时尚，为了培养两道眉毛粗黑，日本女人发明好些奇怪的化妆术，比如教妇女在睡觉前用椰子、奶油涂在眉毛两端，隔天再洗去等。

兰子听了，觉得恶心，皱起那两道精心描过的柳叶眉。

不好意思太正视兰子仔细化过妆的粉脸，从飘过来的香味，许水德凭嗅觉辨识出她用的是“美艳仙女香”牌子的水银白粉，这是东京进口的昂贵化妆品，在电信局当接线生的兰子怎么花费得起?

心中狐疑，嘴里跟兰子说起为什么日本女人喜欢涂上一层厚厚的白粉？他在一本日文书上读到，是受到大正末年西方人所谓的“黄祸论”的刺激。日本人被这种言论重挫了民族自尊心，黄色肌肤成为一种无法逃避的印记，女人开始在脸上涂抹厚厚的白粉，把它当作扭转这一印记的良方。

“是啊！白粉涂得厚厚一层，好像戴了面具，变成另外一个人，让自己躲在后面。”

兰子说她完全能够体会这种感觉。

随着见面的次数愈来愈频密，兰子脸上的化妆愈来愈清淡，也不太穿那些过分华丽的洋装了。许水德托一个回东京省亲的同事带回一件精巧的小间物品奁具，送给兰子摆放她小件的化妆品。看着她捧着礼物爱不释手的欢喜模样，许水德吸了一口春天的气息，壮起胆子问她：

“这么美好的天气，想不想结伴到郊外走走，听同事说草山的樱花今年开得特别美！”

抚摸奁具的彩绘茑萝花纹，兰子点头同意。

“草山下来，也可以顺路到北投走走，这地方你去过吗？”

“喔，去过，以前上班到北投洗温泉。”

把奁具的小抽屉拉开又合上，像个童心未泯的小孩，兰子在全无防备之下脱口而出：

“以前被客人带去过。”

兰子做过咖啡店的女侍应，日语叫做“女给”，陪客人到北投洗温泉。她的过去在无意间被揭穿了。

举起拳头，许水德向兰子的方向挥过去，打中的却是自己的心脏，重重好几拳，捧着心肝，只差哭天抢地。怎么会这么倒霉，台北的女人哪个不好认识，偏偏给自己碰上一个“那种女人”。

抚着捶到剧痛的胸口，掉头便走，一脚高一脚低踩了几步，身体来了个大回旋，转过身，追上兰子，把她堵在巷子口，厉声责怪她骗了他。

拉住他的衣袖，兰子哭哭啼啼地诉说，自己本来是艋舺富有人家的女儿，开银楼的父亲投资日本公司的股票失败，为了躲债远走南洋，身为长女只有牺牲自己，取了兰子的艺名，涂上厚厚的白粉，到“裟陇银座咖啡店”当“女给”。她把侍应生的工作当作职业，卖笑不卖身，只陪过一个客人到北投洗温泉，仅此而已，并不陪宿。

“本来父母要栽陪我读高女，”兰子哭着说，“我们家的银楼倒闭，是被日本人害的！”

愤愤夺回兰子死命抓住他的衣袖，许水德完全不相信她的说词，咬定她是自甘堕落，这女的小报杂志小说看多了，编造出来哄自己的。

他经常浏览《风月报》的流行小说连载，太多诸如此类的情节：

父亲是个无可救药的赌徒，女儿明珠不得不堕落风尘，染上梅毒，欲死不能。多次被转卖不断改花名的阿秀，故意把花柳病传染给保正，达到复仇之快。玉枝到吃茶店赚钱，汇给东京的爱人念书，爱人另结新欢，被抛弃的玉枝索性下海做舞女。南部的村姑为孝顺父母，被卖到城里操皮肉生涯，弟弟也被迫做小偷……

最近这期的一篇小说和许水德的职业有关，特别引起他的注意：

> 大稻埕旅舍女服务生，个个历尽沧桑，对生活疲倦，肌肤粗糙。

许水德读了，当时还有兴致调侃：

“皮肤粗糙，请用资生堂的护肤乳液！”

这下真的给自己碰上“那种女人”了，他鄙夷地抽了几下鼻翼，摆摆手：

“兰子小姐，算了吧！别写小说了，没有人会相信你的！”

一向细声细气的兰子，对他悻悻走开的背影高声嚷叫：

“陪客人喝咖啡当作职业，有罪吗？还有更可怜的女人，不做艺妲了，转到咖啡店当‘女给’，被当作从良，脱离风尘了，你知不知道……”

日本人害她父亲银楼破产倒闭，的确真有其事，只是许水德这小小的外务员无从知道而已。

日本没有参与第一次世界大战，大正后国势强盛，殖民地的台湾也深受其惠，大稻埕景气冠于全台，引起日本财阀诈骗台湾人钱财的歹念。他们网罗日本银行、会社的株券（股票），不管经营成绩好坏，一律提高身价卖给台湾人。

一开始，日本人以牺牲亏损的手段低价卖出，随后以逐渐高价收买为饵，买入卖出，股民转手之间即可获利数倍，一时之间，利多的消息传遍整个岛上，不管城市或乡村，个个争先恐后，拿出积蓄投资股票，全盛时期，光是大稻埕就开了四十多家股票交易行。

日本财阀钱财一到手，随即以迅雷不及掩耳的手段抛售，股票的价值一落千丈。兰子父亲开的银楼一夜之间一败涂地，为偿还债务，变卖田地资产，连家具什物也变卖一空，她父亲远走新加坡避债，一去杳无消息。

3.

被“那种女人”骗了感情，他的初恋。许水德捶胸顿足，好不甘心，吃了哑巴亏，又不能找人吐诉，他对自己生闷气，整天气鼓鼓的。

一边生气，一边对兰子从前上班的“那种地方”又忍不住好奇。

平常他熟悉的大稻埕那几条街，到了晚上换上一种与白天全然不同的情调，舞厅、咖啡店、茶座、餐厅，红红蓝蓝的霓虹灯把街道染上色情的气氛。许水德从太平街的“维持”、“孔雀”、“大屯”、“第一”、“沙龙奥稽”一路走来，每家店内开得很响的曲盘流行歌曲流溢到街上，夹杂娇声燕语，不难想象里面觥筹交错、杯盘狼藉的风光。

许水德叹息，果真台北出娼妓，而大稻埕更是娼妓集中的大本营。老一辈的说过，所谓“未看见艺姐，免讲大稻埕”，早几年以“江山楼”为中心的艺姐间，挂牌执业的艺姐弹唱接客，附近一带聚居教曲艺的乐师，年老色衰的艺妲当起老鸨，收养艺妲囝仔。大稻埕首屈一指的酒楼旗亭，像“春风得意楼”、“蓬莱阁”等，夜里豪客宴请，风闻新近出了才貌出众的艺妲，立即飞票驰召，把当红的艺妲请到酒楼清唱侍应陪酒。

最近几年，原来做传统妆扮、巧弹玉指、清启歌喉的艺妲，逐渐跟上时尚，把头发剪短了，有的还烫了头发，穿上新式开衩旗袍，更时髦的，则换上洋装，穿短裙，把头发烫成小卷，也有的戴上帽子，俨然一副西方仕女的装扮。新式的艺妲放弃了南北管乐曲，营业的地盘也从艺妲间、酒楼、旗亭扩充到跳舞场、咖啡店、茶座，在这些带有浓厚日本色彩的风月场所，她们成为侍客陪酒饮食的“女给”、伴舞的舞女。

看到“裟陇银座咖啡店”的霓虹灯招牌，兰子曾经在里面当“女给”，让客人毛手毛脚。许水德记得在《风月报》上看到这家咖啡店的广告：“四十多位内地女、本岛女、朝鲜女一炉共冶为号召，三角赛媚术，内台人多乐就之。”

世风日下，到咖啡店当“女给”还被认为是一件风光的事。《风月报》把原来刊登艺妲玉照的版面，换成打扮摩登的“女给”，杂志的编辑还特别注明，“女给”照片翩然上报，为刊物增色不少。

女侍应是一种职业，不一定是卖笑妇，当兰子的过去被揭穿后，她垂泪为自己辩护。许水德厉声逼问她陪哪一个客人去北投洗温泉。

一个志气消沉失去生趣的文人。好像成天没事做，到咖啡店来一消磨就是大半天，很沉默，点一杯不加糖的苦咖啡，靠墙歪坐一旁，闷闷地抽烟，一根接一根。听说兰子公学校毕业，还差点进高女，以后每次都找她作陪。

北投温泉旅馆，他整天关在房间里，闷声不响。晚上坐在小桌前，要不就在六叠榻榻米房间绕圈疾走。

“好像关在笼子里的一只猫！”

兰子指天发誓，从头到尾他没碰过她。她说她是清白的。

这一期的《风月报》刊登一首七言绝句汉诗，赠给百合咖啡店的“女给”阿霞。作者自称参与过文化协会的社会运动，日本当局强行镇压后，感怀斗争时代已然成为过去，不得不屈服于殖民者，只有借咖啡店的气氛来麻醉灵魂，忘情于美貌的“女给”。

人生去住如萍梗，鸿爪空留处处痕。
一自东墩离别后，西风冷落旧琴樽。

许水德体会不出这首七言绝句的情意，只是想兰子陪去北投洗温泉的文人会是这个人的同路人吧！两人关在旅馆几天，兰子口口声声说她是清白的，打死他，他也不信。

4.

许水德向掌珠求婚的那天，他手抚着餐厅浆烫过的白色桌布，喁喁地说起他的身世：

出生在屈尺山里，从小孤苦，才两岁大做山的父亲过劳而死，多亏母亲把自己当男人用，靠上山种橘子养活他。后来得到一个远亲接济，到台北来读公学校，毕业后考入资生堂当工友，从扫地、倒烟灰缸、烧茶水做起，熬了好多年才升上来当外务员。屈尺山上的老母亲眼睛半瞎，托邻居照顾，整天嚷着抱孙子。

说到这里，有点难为情地嘿嘿笑了两声。

许水德自称是个守礼法的人，本来婚姻大事得凭父母之命、媒妁之言，经过交换八字、送定、对看、完聘等一套繁复的礼数，不该像他们这样私订终身。他说他都打听过了，掌珠无亲无故，一个人在台北书局上班，他并不嫌弃她的出身，两情相悦，自己送做堆好了。

咧咧乌紫的嘴唇，许水德短促地笑了一下。

自己认识的，不必委托媒人，省下一笔媒婆礼金，他说：

“也不怕对看时，由你比较漂亮的妹妹代替出场，娶过来才发现……”

连相亲后选定，戴金戒指为的是看女方的手有没断掌克夫，这道礼数也省了。

“你的手我看过，只是还没摸过！”

又咧嘴笑了一下。

幸亏两人生活在文明开化的时代，社交公开，大可不必理会从前那些古老的礼制，台湾人固有的一些陋规恶习应该被淘汰。许水德批评至今犹存的聘金制度等于在开时代的倒车，女方以女儿学历的高低来定聘金的多寡，给女儿受良好的教育，为的是换取大量的聘金，第三高女、静修女学校、职业女校、公学校各有行情，简直把女儿当作商品在做买卖。

所幸最近报上登了一则鼓舞人心的消息，一位当判任官的日本留学生娶高女毕业的女子为妻，举行新式婚礼，聘金、妆奁全都废除，许水德很高兴陋习被打破了。男不可无女、女不可无男，他说他和掌珠符合现代化的婚姻自主，水到渠成。

男女关系不再任性地寻求欢爱，而是完成个人社会功能。许水德说着，移开他面前的咖啡杯，从裤袋掏出一个本子，慎重其事地放在桌上。

“我的银行存折，我盘算过了，我的薪水加上你每个月的工资，凑起来刚好是整数。”

掌珠问他怎么知道她的工资？许水德笑而不答。

结了婚住在一起，不过多了双筷子，可省去两人分开住的开销，他崇尚日本人节俭朴素的美德，也很少喝酒。

“偶尔喝一杯，是人喝酒，超过三杯，就是酒喝人，醉醺醺的，不成体统。”

掌珠和他结婚，屈尺山上半瞎的老母，还是托人照顾，她不必害怕受到婆婆折磨。作为人子，他理当事亲至孝，不过，他强调自己受的是日本教育，不会像中国传统二十四孝故事里那些愚蠢的孝子，什么冬夜躺在结冰的湖面借体温将冰融化捕鱼孝亲，或是夏夜招引蚊子叮咬自己，让父母免受蚊虫叮咬之苦。

“这些愚孝的故事，违反时代人情。”

显然他是有备而来。也不问对方的反应，大谈做妻子的分担家庭责任理所当然，职业妇女不像坐在家里的主妇只会当米虫，可是如果爱慕虚荣，拿薪水买衣服、化妆品，入不敷出，那也是要不得的。结婚的女人必须守妇道，不可做不正派的女人。

“日本妇人，丈夫没有回家，自己是不会先睡觉的。基督教有一句格言：人之头为基督，女之头为丈夫。”

许水德张合两片因性压抑过度而黑紫的嘴唇，宣称自己守身如玉，绝对不是好色的男子，不像他的日本男同事，一看到女人就联想到性欲，也不管年纪大小、心里想的只有情欲。性是堕落的开端，他说他结婚绝对不是为了肉欲的满足，他不会把妻子当作性欲的对象。

望着隔桌而坐的掌珠，他求婚的对象，许水德有着不可明说的忧虑。存天理灭人欲，他强将性欲压抑下去，却又忍不住对着日本同事送他的美女情色杂志自淫。中医说：一滴精，一滴血，百病皆生于肾，最近他老是失眠心跳，多梦梦遗滑精，他害怕自己肾亏，患了阳痿的毛病。

有经验的风月老手告诉他，女人嘴的大小和下面的洞口相等，望着求婚的对象两片厚厚的阔嘴，想象她下面秘密阴暗的洞口一定大得像个陷阱，令他会有面对坟墓口似的恐惧吧！他担心自己长度不够，害怕一交接就早泄。掌珠精壮的眼神让他气怯，如何在床上驾驭她？许水德怀疑自己。

其实他心目中理想的女性，是轻声细语日本化的女人，而不是大声说话、走起路来趾高气扬的王掌珠，虽然来了台北，穿上洋装，她还是不脱乡气，粗俗得很。许水德的心不听使唤地想到另一个人——温情脉脉、凡事顺着自己的兰子。要不是不幸发现她是“那种女人”，温柔体贴，把男人侍候得服服帖帖只是职业所需，全都是虚情假意，他今天也不会坐在这里吧！

瞟了掌珠一眼，许水德声明他不注重外表长相，只在乎家庭美满，他也不会把妻子当作传宗接代生殖的奴隶。嘴里这么说，眼前浮起第一次到文化书局买书，掌珠背对着他，弯下身找他要的书，两个滚圆的屁股瓣，秀水乡下的媒婆口中善于生养的标志，许水德想到屈尺山上嚷着抱孙子的老母亲。

掌珠知道他嫌她丑，为此恨死他。

有一次她穿了一件黄褐色的洋装，米白的翻领使许水德产生联想，把掌珠譬喻为含笑花，长在山坡地杂树丛中那种不为人注意的花树，花藏在褐色的花苞里，含苞待放，被阳光一晒，会飘出一缕芳香，如果摘下一朵放在手中捂着，温暖的体温会使花更香。一旦外层褐色的花苞脱落，里面的花瓣便会盛开。

许水德说她像一朵含笑花，属于内在美的女性。这样的比喻使掌珠觉得他是在嫌她长得丑，虽然他口口声声说世界上没有丑女，只有懒惰的女人。

一白遮九丑，掌珠心中恨他，私下却认真地用起许水德送的美白化妆品。他嫌她丑，他自己呢？

隔着餐桌，许水德顶住桌沿的胸部因吸气而鼓起，鼻腔发出嘶嘶的声音，他四肢短小，皮肤粗糙，脸上长满疙瘩疣肿，掌珠私下给他取了个“蛤蟆”的绰号。因为坐得近，她发现他的眼睛周围有黑色的背棱，只要他再深呼吸把整个身体胀成圆圆的，他简直就像一只蛤蟆。

5.

王掌珠十分讶异自己，居然会耐着性子坐在这里听这只蛤蟆自说自话。他要借她的子宫替许家传宗接代，他可是看错了人。要是在从前，她早已起身，悻悻离去。

最近掌珠情绪落入低潮，她最崇拜的和歌女诗人藤田芳子的丈夫另结新欢，女诗人悲伤欲绝，竟然投水自尽，留下遗书，感叹作为一个思想独立的女子，则与家庭幸福无缘。这样的自白令掌珠逐渐体会到一个女人要真正的独立其实不是一件容易的事。

她开始懂得早些年的台湾妇女运动，鼓吹妇女觉醒，少数的女性受到鼓励，真的摆脱亲情的压力，走出家庭的束缚，争取恋爱婚姻自由。人是走出来了，却又受到社会上守旧派人士的恶意攻讦，新派人士对妇女解放的过度要求，发现前面的路走不下去，又不肯走回头路，最后只有寻求自尽，酿成悲剧。

到头来，自己会不会也只是个“假新人”，只不过是塞满棉花、充实起来做人的人偶？

掌珠对自己起了怀疑。她很认同妇女运动中流传的一个譬喻：印度有一则神话，十只猴子当中有九只没有鼻子，五官俱全的这只被其他猴子嘲笑侮辱为畸形。妇运者比喻台湾毫无决断力的女同胞好比那只五官俱全的猴，不敢起来反抗那些印度无鼻猴似的卫道男人。

掌珠以那只五官俱全、一点也不畸形的猴子自况，自觉是个情感、经济独立的新女性。

她是吗？

被长得像只蛤蟆、偷偷查她每月工资的男人求婚，王掌珠的心里还是起了荡漾。居然有人要她，想跟她厮守一辈子。

回到家，忍不住顾影自怜，镜子里的她，嘴角往上牵，打从心底得意地微笑。捧着镜子，掌珠突然有一个大发现，她发现这张脸与早上梳头时有着明显的不同，好像变了个样，哪里不同？啊，嘴角往上牵的微笑改变了脸的线条，肌肉不再僵硬，哑口木面了。

一直以来，她的眼睛总是低垂，视线往下看，养女养成的习惯，反正得不到关爱温暖的注视，使她冷漠麻木而无所期待。她知道自己长得丑，老是垂着头，把脸埋在手中，绝弃自我。

现在掌珠注意到镜子里自己的眼睛，不再像先前一样，黯然无光了，而是开始闪烁着某种光彩。她与自己的感官取得了联系，伸手碰触脸颊、抚摸隆起的胸乳，都使她起了颤栗的骚动。她是个女人，外表体态都是女人，她的肢体吸引了一个异性，许水德看她的眼光令她浑身不自在，却又不是不喜欢。

王掌珠从自己的肉体吸嗅到了危险。她一直那么信誓旦旦的要做自己身体的主人，她真的做得到吗？

她不愿想象自己被许水德拥在怀里，让他拥抱。不是他，掌珠幻想的他，是个高大健壮的男人。长着黑色细毛性感的手，一把搂过她，把她紧紧抱住，呵，那令她颤栗气绝的拥抱。王掌珠曾经暗恋过文化协会的一个进步人士，他给她看俄罗斯革命的小册子，令她眼界大开，后来知道那人是有妇之夫，掌珠以自己的见识视野超越那人之上来自我安慰，决定那人不值得爱。

她想象许水德的手碰触她的肌肤，令她起了一阵鸡皮疙瘩，那不是欢快的微颤，然而也并非全然的嫌恶，而是一种混合欲望与厌恶的感觉吧！

到目前为止，他是唯一向她求婚的人，好歹也是个男人，他要为她戴上私订终身的订婚戒指，他说他没摸过她的手——掌珠蓦然羞红了脸，镜子里呈现一个她不曾认识的人，不再完全与先前的自己符合。

掌珠觉得存在于自我之外。

她会屈服于欲望之下，不愿再过无趣的独身生活吗？这个月的月经刚干净，掌珠感受到两胯之间热烫，体温上升，脉搏与呼吸加速，肉体在向她炽热地召唤，神秘密藏胶黏而潮湿的器官等着被刺穿，穿洞一样的被戳破，她想象自己享受那种被撕裂的痛苦的快感。

这种快感与她平时两腿摩擦刚洗过浆得硬挺的内裤，或跨骑椅子，睡前抚摸自己的快感，应该有很大的不同吧？生为女人，命中注定要被男人占有，掌珠听说新嫁娘衣服的最底层要穿一条白内裙，用来测定初夜是否为处女。她能够接受压在她上面的是许水德吗？

3　漂鸟（一）

漂鸟是留鸟中的一种，为寻觅食饵，做短距离的漂泊，夏居山林，冬迁平野。

1.

最近阮成义的眼睛很容易疲劳，对强光特别敏感，老感到头痛眩晕，夜视不良。有一晚，他用世界语和莫斯科的笔友写信，波兰眼科医生 Zamenhof 为了避免强国统治形成单一霸权，发明世界语，在各国平等状态下使用共通语言来表达想法。日本当局认为台湾人使用象征人类和平的世界语，等于故意排斥日本语文，与排斥日本划上等号，文化协会所组织的世界语学会，是殖民当局所无法默许的。

阮成义对日本人的禁忌视若无睹，他用这种国际语结交的笔友遍及东欧各国。这一晚他向莫斯科笔友报告台湾进步人士为“俄罗斯饥饿救援会”募款事宜。信写好后，也不理会日本当局严格规定昭和的年号，而使用世界通用的纪元，写下“一九二九”年后，突然眼前一黑，失明了。

凭着过去在台北医学校眼科学了两年的知识，阮成义判断自己得了夜盲症。隔天他的视线依然模糊，焦点不能集中，而且窄如管窥，只看到物体外围的光圈。他知道自己不该看的东西看太多了，离开台北，避免家族亲戚之间不堪忍受的吵闹，到南部换新鲜的空气，暂时的眼盲异状应该会消失吧！

父亲去世后，阮氏家族的茶行营业，经过伯叔之间明争暗斗，最后掌握权落在最有心机的小叔手上。他肆意哄抬茶价，剥削采茶、做茶的员工，阮成义不耻小叔只顾牟取暴利、不顾道德的资本主义行径，他尤其不耻小叔与日本人勾结，扮演经济利益的同盟。

几年的一手垄断，贪得无厌的小叔被发现账目不清，本来为争夺茶行的掌控权，手足之间早已失和，恩断义绝，为了分家各立门户，又起了争端，终日争吵不休，只差没闹到法庭。

阮成义至此才体会无政府主义者为什么认为私有财产是人类社会的一大弊害，为什么克鲁泡特金的经济理想会是废止私人财产，而主张以一个由人们自愿组织、无阶层分别的网络来协调经济运作，房屋、田地和工厂不再是私人财产，而是归属于公社，货币、工资和贸易也都被废止。

阮家没等到各房自立门户，茶行受到经济大萧条不景气的打击，资金周转不灵，积欠巨债，在台湾茶叶界风光一时的“珍奇香”茶行，最后不得不宣布倒闭。全盛时期阮家预备在基隆河畔筑建华丽的别墅，大宴绅商贵客的计划终成泡影。

阮成义来到通宵海边散步，踩在沙滩上的赤脚四周有东西爬行，睁大逐渐恢复视力的眼睛，他看到一大群螃蟹。靠近脚旁的那只，不知怎的跌了个仰面朝天，看它笨拙地晃动锅子似的外壳，竭力想翻转身好和同伴游回海中，徒劳地试了无数次。阮成义拾了一根海草，正要帮助那可怜的螃蟹，两只不知如何获悉同伴受困的螃蟹这时爬了过来，它们合力从下面推它们的伙伴，费了九牛二虎之力，好不容易让它偏向一边，眼看就要翻过身的刹那，不知怎地那只螃蟹又重重仰跌下去。两只援助者匆匆爬回海中，阮成义心想它们放弃了同伴，回大海产卵去了，便又拾起海草，想助受困的螃蟹一臂之力。没料海滩上多了许多移动的黑点，两只螃蟹带回来生力军，结合力量一起推动，终于把它扶正，一起游回大海。

凝目望向远处海连天天连海的地平线，已然恢复视力的阮成义平生首次看到了生命的坐标。螃蟹们互助营救的过程，使一向标榜特立独行、以高等游民自居的阮成义陷入思索。

几天后，他立在小丘上仰望无云的晴空，一只老鹰静静地盘旋绕圈子，当它低飞掠过丘陵一边时，突然发出刺耳的叫声，它想传达的讯息，被另一只低飞的老鹰接收了，也以同样的叫声回答，接着第三只、第四只……一群老鹰飞翔晴空，阮成义正在赞叹何等壮观的场面，才一瞬间，这群鹰朝同一方向飞去。

那天下午，阮成义走到老鹰飞去的方向，借着一个高坡的掩蔽，他看到那十几只老鹰，围着 一只死兽的尸体正在饱餐。

阮成义读过克鲁泡特金的《互助论》，书中也有类似的描述：十几只白尾鹰围着一匹马的尸体，身为动物学家的克鲁泡特金辨识出它们先让两只年老的鹰吃完了，由它们站在附近的草堆担任放哨，让较小的鹰依次饱食盛餐，“它们遵守长幼辈分的礼节”，克氏写到。

出身于俄国贵族家庭的克鲁泡特金，青少年时代接受宫廷教育，借任职西伯利亚总督府之便，多次游历西伯利亚东部，还到过中国东北黑龙江、乌苏里江无人居住的广大地区研究动物界生态，这些田野调查对他日后著作《互助论》大有启发。

这位有相当声望的动物学、地理学家，在瑞士旅行，受到西欧革命运动和俄国流亡者的影响，开始与巴枯宁的信仰者接触，很快服膺无政府主义思想，而成为巴枯宁的信徒。回俄国后投入运动，遭沙皇政府逮捕，后越狱逃亡国外，在法国因组织个人恐怖活动，被监禁五年，获释后移居伦敦著书宣扬无政府主义，完成《互助论》及其他重要著作。

凭着对动物界的实际观察，克氏整理出一个理论：在生物界的进化中，个体之间的互助远比互争所引起的作用要大得多，很多动物常是联合起来，以适应不利的气候环境，以及对各种敌人进行斗争。阮成义在台湾的海滩与天空印证了克氏的理论。

其实这种动物界受惠于互助胜过互相竞争的说法，在台湾并不陌生。蒋渭水早在《台湾民报》就大声疾呼一个口号：

同胞须团结，团结真有力！

他指出团结乃是生物界共通的本能。台湾人唯一的利器，求幸福脱苦的门径就是团结，蒋渭水举出动物互助的诸多例子：

西比利亚的鹿，要渡河避寒的时候，必等着多数的同群齐到，然后团结一起一齐渡河，以保其安全。

有水族中之虎之称的南洋鳄鱼，几十只小猴子可置它于死地。猴子臂挽臂、足缠足，变成极长的猴绳，从树上倒吊下来，吸引要吃它们的鳄鱼上树，然后用一根坚韧的青藤，把鳄鱼的尾缚在树上，倒吊两天，鳄鱼就不打自死了。

鲑鱼秋天到北海道的河川产卵，长到一二吋大，离开河川海口，有大鱼开口要吞它们，这些鲑子集群团结作一块极大的团块，大鱼见那样大的东西吃了一惊，一溜烟走了。

亚非利加（非洲）的马都群居，一见狮子来攻，它们将头集向中央，臀部做后方结成圆阵用后脚蹴沙，使沙飞腾满空，狮子看了就惊跑了。

从乡下回台北以后，阮成义头发往后梳，穿上圆领，左边一排扣子的黑色上衣，自称是反对一切权威，无政府主义的信仰者。

“自私的人就像一棵孤零不结果实的树。”

他引用屠格涅夫小说《罗亭》的话，不再以单飞的漂鸟、找不到生活位置的孤独者自喻，也不再像从前一样流连于“维特”酒家、“波丽路”咖啡厅消磨时光，或是到太平町的“山水亭”与文艺家们厮混，享受台湾文艺复兴的气流。

农民组合的干部为了使无政府主义的信仰者转向共产主义所举办的一场辩论会上，阮成义力辩所谓“无政府主义”并不是一般人所误解的，代表混乱、虚无，或道德沦丧的状态，而是一种自由的个体们自愿结合，互助、自治、反独裁主义的和谐社会。

台湾人依靠互助的本能，就能建立和谐的社会生活。他以互助论来责难阶级斗争，批评马克思主义主张无产阶级专政是错误的，农民组合的共产党虽然反对日本帝国主义，却想在驱逐日本势力之后，成为一个变相的中央集权专制独裁社会，无政府主义者誓言打破一切权力，推翻一切不自然的制度，呼吁台湾民众靠自主力量毁灭一切在朝的野心家，促成无强权、无剥削的真正共产自由社会，也就是无政府共产主义社会。

共产主义者则驳斥无政府主义是一个空有理想、不切实际的乌托邦，主张阶级斗争，辩论在激愤和怒吼中度过。为了排斥无政府主义的成员，文化协会召集会议的通知故意延迟日期，没能到场的无政府主义者在选举中全部落选。

阮成义纠合三十多个以自由联合主义为原则的同志，组织台湾劳动互助社，主张建立无政府的社会，取消私有财产，实行共产共有。

2.

雾社事件后，日本当局以检肃共产党为借口，对台湾左翼的民主进步人士进行大清洗的整肃。民众党被迫解散，蔡培火、林献堂等保守人士另外组织的“台湾自治联盟”，被蒋渭水形容为“政府所容许的，已被抽筋骨仅剩空皮的党”，他誓言将继续完成以工农阶级为中心的民族运动。可惜蒋渭水壮志未酬，伤寒夺去了他的生命。

阮成义袖子缠着黑布，到大稻埕永乐町祭吊，走在千人参加的大众葬的行列，一直送到大直山上。

蒋渭水逝世后三个月，文化协会左倾的成员纷纷遭到逮捕。统治者的镇压，已经控制了整个台湾，群众的力量变得微不足道了。

一切变化得太快，几个月前，无政府主义才发出“六一七台湾岛耻纪念宣言”，痛批美丽的台湾被一批穿木屐、着裙子的凶恶贪官与嗜食味噌汤、黄萝卜的奸官污吏所强占。六月十七日这一天是被日本人强权压迫、台湾人流泪的日子，宣言中呼吁热血的学生、有志气的青年、勇敢的工农阶级即时觉醒团结，以民众的暴力毁灭统治阶级，以直接行动来没收资产阶级的财产。

“民众们，起来，只有革命直接行动，才能使濒临死亡的台湾复苏……”

而今这样的口号，听起来等于最大的嘲讽。

阮成义和他的同志们不得不承认，徒具热情，一群理想主义者自信有煽动的演说才能，指导工人农人斗争，反抗压迫，轰轰烈烈的搞革命，其实犯了盲动躁进的“小儿病”。

一个从台北流亡到日本的无政府主义者，在东京高圆寺区参加了一个聚会，他向与会的朝鲜、日本、中国的无政府主义者回顾台湾先后组织的几个团体：

“每次发表一些乌托邦式的宣言，散发宣传小册子，举办几场演讲，便遭到日本当局检举……”

住过台湾的日本人，曾经加入小泽一组织的“台湾黑色青年联盟”，谈起当年在台北大正公园成立的经过。

这个台湾第一个无政府主义团体，一开始就受到警察密切监视，还没开始活动，四十几个成员立刻以违反治安维持法被逮捕，“台湾黑色青年联盟”成立后即胎死腹中。

“小泽一和四个同志被判徒刑，坐完牢，他搭船回出生的千叶岛，途中离奇地死了，”日本人愤愤地说，“到现在还弄不出死亡的原因，有一说小泽一上吊自杀，哼，我才不信！”

最近刚在前卫剧运的大本营筑地小剧场演出的朝鲜导演，说起他与张维贤的过从，两人曾讨论斯坦尼斯拉夫斯基的戏剧理论。

张维贤是台湾另一个无政府组织“孤魂联盟”的成员，这个组织在大稻埕民众讲座举办第一次演讲时，提出宣言：

“孤魂即为生前孤独，死后仍无倚靠的可怜灵魂之谓。其悲哀恰如吾人无产阶级农民现在的生活，吾人于兹组织孤魂联盟，将为我等的光明参加无产阶级解放运动。”

“孤魂联盟”推动无产阶级的解放运动，以演戏做宣传运动，虽然缺乏资金，还是组织了“民烽剧团”，标榜以戏剧改良不良风俗，教化社会为目标。热衷剧运的张维贤还远赴东京筑地去取经。

台湾来的无政府主义者不觉唱出“孤魂联盟”的宣言歌：

民众的旗帜——黑旗，
包裹着战士的尸体；
死尸逐渐冷却，
血泊染满黑旗。
高举黑旗，
让我们在旗下战死！
懦怯者大可离去，
我们坚决拥护黑旗！

以戏剧作为主要的战场，对象是城市的知识青年，台湾农民对被殖民奴役的处境，早就有切身深刻的体会，“民烽剧团”无疾而终。

阮成义组织“台湾劳动互助社”避免明确的团结行动，它又属于半合法的社团，所推行的活动不出于宣传教育的范围，警察找不出证据来检举，令其自生自灭。劳动互助社在没有表面组织的状态下，步履艰难缓慢地运作，在警察监视下，又受到共产主义运动的发展所挤压而萎缩。

该社利用无政府主义《明日》杂志的宣传，出版到第四期，便因出版费拮据终归停刊。开设在建成町贩卖与制造钙滋养乳的店，本来是为互助社争取资金兼收容社会中失业的人员，结果因经营者相处不睦，店员罢工，开不到一年便关门大吉。

无政府主义运动愈来愈陷于衰微的状态。

日本当局大肆整肃民族进步人士，岛上弥漫着肃杀恐怖的紧张气氛，没被逮捕的，转向的转向，不愿转向的，鹰扬之后断羽坠落，觉得一切都没指望了，陷入一种深沉的绝望。他们意识到虎狼当道，殖民者的蛮横虽惹不起，却躲得起，变得冷漠萎靡。这群失败了的反对者，激情过后回到资产阶级的生活方式，也不顾资本主义的危机产生经济大萧条，即时行乐，每天无所事事，只会懒散地瘫在椅子上，抽烟喝酒唉声叹气。对生活的厌倦，使他们憎恶自己，不少人捧着郁达夫的小说《沉沦》，无聊到模仿小说中主人公穿香港布洋服。

阮成义瞧不起这群人把空谈当作事业，在谈话中消磨时光，张口日本先进、现代化，闭口台湾落后，他不屑与这些懒惰聪明的废物打交道。日本人把他赶到中心之外，不让他插足任何事，阮成义在自己的家乡反而成为身外客。他一向以捉弄人家、玩世不恭来发泄殖民统治下的苦闷，却不因此获得一丝快乐。也许在这风雨如晦的时刻，自己反而可以留下一点什么痕迹，他追求刺激，具备充沛爆炸性的精力，相信自己有行动的勇气。

阮成义要做件大事，不愿像那群空谈的废物，在行动上只是可怜的懦夫。他很早就对林献堂走议会路线、温和的改革主义的慢调子不抱任何幻想。十几年来林氏向日本帝国议会提出十六次请愿，毫无结果，阮成义坚信台湾的自由解放绝不能依靠议会运动与帝国主义的慈善来达成。

蒋渭水认为思想和精神问题不能用医药解决，文化协会走向街头，争取政治社会的改革，在阮成义看来，实效也是微乎其微。他要用激烈的方式来唤醒沉睡的民众，做个真正的行动者，呼应巴枯宁的主张。他读过俄国大革命时无政府主义作家路卜洵的名著《灰色马》，书中佛尼埃说：

“我知道世界不能用刀枪来救，但需用爱……”

但在这世界上爱已渐渐被铲除了，人造的制度使少数人压制多数人，使得多数人民生于忧患，死于痛苦。

为了使憎恨早点消失，爱早日降临，阮成义决心以恐怖手段进行有计划的破坏行动，透过暗杀和暴动破坏，令日本帝国主义胆寒。

反抗武力的唯一利器便是武力。

欧美工业发达国家，罢工是对抗压迫者的有效战略之一。然而，台湾农民占绝大多数，难以动员劳动阶级总罢工。

一个炸弹胜过十万册书本的传播。

阮成义计划在日本统治者的经济机构中响起炸弹的声音，攻击破坏台湾银行、水利局、纵贯线铁路，造成经济损失、社会动荡，无奈日本人对这些地方防卫森严，无从下手。

退而求其次，阮成义呼吁为数不多的同志到校园策动学生滋事。规模最大的一次发生在台中一中，有一个住校生离开宿舍，行踪不明，日本校长发出无限期停课通知，引来学生不满抗议。阮成义策动学生向教师丢爆竹及石头，打破教室窗户，桌椅涂满泥巴，把校园内的盆栽砸个粉碎。

风声所及，淡水中学、台南长老教会中学声援，联合罢课。

破坏行动走出校园，对日本警察采取反抗态度，在台北三线道上骑自转车，故意冲撞日本行人。统治者大肆庆祝始政纪念日，六月十七日前一天晚上，阮成义和同志拎着糨糊，把诅咒殖民者的标语张贴在电线杆、公共建筑的外墙，以这些举动制造社会不安，挑起年轻人的反日情绪。

艋舺、大稻埕的流氓、无赖也浑水摸鱼，趁机响应滋事，他们戴斗笠，腰间怀着一尺多长的台湾刀，在街上游荡寻隙，基隆的大哥们策动码头的台湾苦力和日本工人冲突。

阮成义眼看这些大哥们横行街道，很当一回事地惹是生非，不由得心生羡慕。打斗滋事是他们的职业，不像他自己只是客串，为了苦闷无聊，徒然发牢骚罢了。他听说蒋渭水先后几次坐日本人的监狱，与牢中的鲈鳗结为朋友，打算出狱后编一本《鲈鳗语典》。他也同情那些被囚禁的妙龄妓女。

蒋渭水出身宜兰，是个草根型的人物，父祖以卜卦算命为生，他进台北医学校之前还当过乩童，很容易与鲈鳗、妓女认同。他结交各路英雄，创办的大安医院也是文化协会同志们的旅馆和大众食堂。

阮成义决心与他所属的资产阶级决裂，亲自以手枪利刃来铲除欺国负民之辈，暗杀堂堂以日本帝国之臣民自豪的“大国民”，此人既是日本人御用的头号走狗，又是资本家及特权阶级、无政府主义者暗杀的对象。

“大国民”的谑称来自一首《大国民之歌》，歌词是想做日本人的台湾人。每次有日本皇室贵族来台巡视，尾随在后都有一辆人力车，车轮特别大，上面坐了个穿西装、胸前佩戴一大堆勋章、身材魁梧的台湾人，当人力车经过时，夹道的路人小声叫道：

“大国民来了！”

有的甚至低声唱起《大国民之歌》，胆子大一点的更以“走狗”、“御用走狗”、“汉奸”来骂他。

阮成义在荣町一家日本人开的理发屋剪头发，受到东京来的师傅对他不甚亲切的对待，满心不悦地回到家里，翻开《台湾日日新报》，头版头条新闻：“大国民”捐献土地三十甲，作为台中州产业道路，获颁总督府奖状。恨恨地放下报纸，他早听说这几笔土地与公地界线不明，“大国民”漏缴税金，干脆以捐献名义捐地，它们本来是总督没收所谓“无断开拓地”，作为酬庸让渡给他的。洛津父老争相传诵，“大国民”带日本人进城有功，让他骑着马跑，所到之处的土地全归他所有。

利用权势占夺土地，此为罪状之一。更可恨的是日本人据台之初，台湾抗日义勇事件层出不穷，“大国民”辅佐日军献计献策，南征北剿，残害、出卖抗日义勇同胞，其后又打压台湾民主人士，创立公益会，纠合大小台奸帮日帝钳制林献堂、蒋渭水等，使台湾人永远沦为日本帝国的奴民。

近几年“大国民”三番两次远赴大陆，游说军头反抗中央，欲使中国四分五裂，最后沦为日本殖民地。

日本当局以“大国民”为治台功臣，封官赐爵，又给予食盐、樟脑、砂糖、鸦片种种专利特权，使他日进斗金，把财富建在台湾人的尸骨上。

4 月落

1.

黄赞云约了萧居正律师一起去参观博览会的第三个会场——大稻埕的“南方馆”。

本来总督府只计划把博览会安排在城内，后来因大稻埕的名人绅商联名要求，表示愿意负担部分经费也参与活动，总督顺从民意，趁此推行日本政府的南进政策，将“南方馆”设在大稻埕，凸显台湾及福建、南洋特色。

从街道整洁的城内一路走来，虽然是晴天，黄赞云却看到台湾人聚居的大稻埕没种路树的街道尘土飞扬，空气里飘浮着一股浓浓的煤烟味。然而，总督府的文宣从来不忘记宣扬整顿大稻埕、艋舺的政绩，指出当初日本据台后，卫生队到这两个地方的记录：

“……房屋四周或院子流出不清洁的污水，或各处积水成池沼，居民和猪狗杂居，或虽往往有公厕设备而到处排泄粪便……好像他们的头脑和眼里对不洁毫无认识。娼妓四处出没，感染恶性梅毒已达第三期，侵及骨髓者市内甚多……”

鼠疫蔓延，日本人烧毁了疫屋，又趁一次台风带来的水灾，清除倒塌的土角厝，进行市区改建，拓宽狭隘、阴暗的小巷，把妈祖庙迁移到太平町，又拆去安溪茶商供奉的法主公庙的后半，使交通顺畅。

日本人改造大稻埕主要街道的传统样貌，两旁街屋的砖瓦规格，以日本式为标准，用混凝土建造一楼半高度的大正型式，房檐前多设扶壁装饰铺号牌匾，规定屋子的台基比道路高出尺余，亭仔脚的设计使路人雨天过街不致淋湿。

殖民者眼中污水满溢、居民与猪狗杂居的台湾人的老城，在画家的眼睛里却别有一番风情。水彩画家石川钦一郎对大稻埕的印象是：

北门走进来，小火车站前有个水塘，对面有几间红瓦屋顶的房子，天气晴朗时，澄澈的青空下，约略可看到远处大屯山的姿影，永乐町后街的小水沟，用石头搭成的拱桥，长满青苔藓……

石川钦一郎在石拱桥畔写生，路过的行人看画家把绿竹掩映的红瓦旧屋移到纸上，禁不住啧啧称奇。

一阵轻风拂过，孩子们剥下的花生薄膜，随着风吹，飘落到水彩画上，粘住了，围观的人屏住气不敢作声，但见画家若无其事地匀出手，剥去粘在画纸上的薄膜，众人才舒了口大气。

“还好是水彩，如果是油画，你们就麻烦了！”

画家向吃花生的孩子扮了个鬼脸。

大稻埕绿竹掩映的红瓦旧屋，只存在于画家笔下。

医学校毕业前一年，黄赞云又去找过阮成义。第一次去的淡水河畔那栋红砖楼房，已经变成大正型的巨宅，原先的红砖墙换上灰白色马赛克的瓷砖。

“这种建材最近在大稻埕很流行，都是进口的。” 阮成义抚摸滑不溜手的瓷砖：“刚才你看到陈天来的大房子，铺的也是这种瓷砖。黄兄，考你一个问题，鲁班尺和日本尺的长度有什么差别？”

看到黄赞云被问住了的神情，阮成义皱着鼻子笑了。

“这次来，大稻埕比从前整洁，街道也光亮不少，这些瓷砖的关系吧！”

阮成义点头同意。

盖房子前，他父亲请土水师特地跑到日本人居住的城内观摩，向日本设计师偷师。阮成义要黄赞云仰头看天花板。木条错错落落拼凑成几何形的线条，好像一幅图案画。

“喏，典型大正式的设计，土水师偷师的作品。”

仰望天花板错落有致的木条，黄赞云心中想着第一次到阮家，后院种满用来熏茶叶的花草，有茉莉、树兰、秀英、栀子等香花。

沿着永乐町一路走来，多时不见，大稻埕又变了个样，先前大正型的商店，立面露在外面的柱壁、砖石，全被水泥涂抹得很平滑，利用耐震耐火的材料把市街家屋改造成昭和式。

淡水河畔阮家那栋大正型的巨宅，不知是否也变了样？

多久没来了？有四年了吧！萧律师参加蒋渭水的千人葬礼，写了封信给黄赞云，述说心中的哀恸，抱着慰问的心情，黄赞云回到律师的事务所。一上楼，房门虚掩，律师背对着他翻箱倒柜，撕毁抽出来的档案图片，闻声转过身，门框里的黄赞云看到他的模样，不觉倒退了两步。律师与先前参与文化协会时完全判若两人，一头乱发，满腮蔓长的胡须，露出布满红丝炭火似燃烧的眼睛。

“喔，是你，还以为四脚仔的来抓人了哩！”

萧律师把门开着，每天坐在事务所等着被逮捕。

“简吉的赤色救援会被日本人检举，好多农组的干部入狱，最近抓到文化协会的会员了……”

黄赞云站在门框里，进也不是，退也不是，他后悔在这敏感的时机出现。律师似乎看穿他的心意，伸手一拂：

“你胆子小，怕惹事，快走吧！”

站在“南方馆”卖票处等候萧律师，黄赞云打量大稻埕展览馆的设计，看得出日本当局利用高翘的飞檐、马背、花窗等传统建筑特色来凸显台湾的意象 。旁边新建的演艺馆，也是用双喜、翔龙这些民俗符号来渲染博览会喜庆气氛。黄赞云早上参观了城内公会堂，新公园第一、二展览馆，全是用最新奇摩登流线型的现代建筑来宣扬日本帝国的进步，大稻埕的南方馆，让他感到时光倒流。

难道台湾人注定要在红瓦飞檐古厝里打转?

黄赞云纳闷着。肩膀被人拍了一下，转过头，一时不敢认这个戴墨镜、一副黑狗兄打扮的萧居正。才下午两点钟，他满口酒臭，有点醺醺然，几年不见，也不先问候，劈头就批评殖民政府把台湾人居住的大稻埕当作博览会的一部分，让日本及外地来的观光客猎奇。

“弄这些椰子树、甘蔗丛、土地公庙点缀装饰，把住在这里的人当作动物园的猴子，” 拉拉吊带下的条纹裤子，萧居正扮了个鬼脸，“ 我用这身小丑打扮来共襄盛举，当作供人参观的一景吧！”

萧居正对妆扮游街似乎很着迷。当年文化活动大张旗帜，他也和一群同志身穿长袍马褂，只差头戴瓜皮帽，举着中国五色旗，在大稻埕昂首阔步，向日本人示威。只是眼前这种游闲人黑狗兄的扮相，看在黄赞云眼里，似乎过火了些。进“南方馆”时，他不自觉地后退一步，不愿与萧居正并肩同行。

馆内四处张贴标语，宣扬日本的南进政策，日本每年增加百万人口，本国天然资源已开发殆尽，欧美世界拒绝日本移民，生产的商品也受到排挤，为了生存，只有打破这情势，以台湾为基地，向南方开拓产业及经济的生活线。

穿行佛国暹逻馆，展出紫檀、铁刀木等珍贵木材，菲律宾馆可看到烟草、马尼拉麻、椰子油，也介绍日本侨民在印尼南洋等地开垦的状况，澳门、越南、新加坡、马来西亚出产咖啡、茶、甘蔗、棉花等农产品，台湾出产香蕉、乌龙茶、凤梨纤维布、苧麻、蔺草、龙眼干……。

日本人早已在用幻灯机、传真机了，他们与西方先进国家竞争，正在研发电视机，博览会第一、二会场的兴业馆国防馆展览制造飞机、钢铁、工业机械的技术，船舶馆陈列航行世界一周的轮船巨大舵轮造型。

代表台湾的还停留在凤梨纤维布、乌龙茶？

置身铺天盖地的农产品，黄赞云突然感到那些先进的科技工业，对台湾人而言是那么远不可企及，几乎是一个虚拟不真实的世界，不要说电视机、飞机，就是台湾中流家庭的电气化、现代化的生活，似乎也虚幻遥远不可及。他的妻子做家事有电器品代劳，下午两点钟闲情逸致地接待访客、品茶谈心的日子，也不可能很快地实现吧！

2.

入夜后，黄赞云和萧律师坐在淡水河边等着看烟火，这也是博览会的活动之一，市民成群结伴聚在河岸边看热闹。乞丐弹的三弦声从不远处断断续续地传过来，萧律师吐出一口烟，悠悠地说：

“台湾是个宝岛，树绿水蓝，这么美，我却感到悲凄，开心不起来。黄兄，下午你批评日本人都制造飞机上青天了，大稻埕的艺妲还在组织乐团唱南管、北管，从上海请什么三麻子剧团来唱戏，台湾人只知道在这些落伍的娱乐里打转，当时我没接腔……”

萧居正对着河上的渔火，喁喁地接下说：

“这四五年来我的日子是怎么过的？说出来你也许不会相信，黄君，我迷上跳社交舞，几乎每个晚上到舞厅抱着舞女的腰大跳华尔兹、探戈，跳到打烊，接下来转到太平街的酒吧喝酒。我还替艺妲灌曲盘，南管、北管、流行歌都有，‘江山楼’一带的艺妲间几乎家家都去过，只差到九间仔街宿娼。”

萧律师把剩下的时间用在美食上，光顾太平町有酒女陪酒的“蓬莱阁”、“小春园”几家酒家，尝遍广东、川扬各种菜式。他说他最爱吃费时又费工的福州菜，是“水蛙园”福州餐厅的常客，具有特色的菜肴一口气念下来：

“糖醋红糟、红焖水蛙、荔枝肉、腰子炒油条……还有一家叫‘芳明馆’，也卖福州菜，后面有一条小运河，与淡水河相通，我常常坐在二楼，看着河发呆，消磨时光。”

律师记得刚从日本念完书回来，正好赶上大正末期的好景气，大稻埕有“小上海”之称，餐厅酒楼多达两百多家，“同声”、“第一”两家舞厅的舞女就各有三四十个，音乐响到半夜。

“那时我一头栽进文化协会的活动，对那些夜夜笙歌的商贾很反感，最瞧不起穿和服的台湾人，骂他们没有骨头……”

萧居正承认他这两年也穿起和服了。日本妻子的朋友结婚，他穿上宽大的条纹裤，搭配暗色短外褂参加婚礼。

“我和日本妻子走在一起，人家说我们是一对日本夫妇，有意思吧！投入文化协会的民众运动那几年，外出时我不准馨子穿和服，一定要她换上洋装。在日本，夫妻出门，如果妻子穿和服，必须跟在丈夫身后，如果穿洋装，可以和丈夫平行，那时候，我宁可让馨子和我平行。最近一年多来我们已经不再一起出门了……”

律师和他日本妻子的关系每况愈下。

“上次你到我事务所，我不是把门打开，等警察来抓我吗？一起搞民主运动的同志、激进的左倾分子都坐牢了。”

简吉、谢雪红等四十多位共产党员，在台北监狱监禁了三年多，没有判刑，到了去年才第一次公审，日本的左翼律师古屋贞雄受委托出庭辩护。谢雪红一走进法庭，把头戴的斗笠脱掉，扔到一旁，庭上判定她精神错乱，延后审问。

谢雪红指出在狱中遭受到种种酷刑：

冷水浇灌、针刺指甲、全身衣服剥光，被用香烟炙烧乳头……

“律师根据日本人的记录，证实有二十多名左倾共产党员死于狱中，我一直逍遥法外。为什么？不必问你也清楚。”萧居正自问自答：“对，就因为我娶了日本老婆。照说是因为她，我才没被抓去坐牢，还可以在外头花天酒地，应该感谢她喽？”

黄赞云不由自主地点点头。

"其实不然。我反而怨恨她、嫌恶她，她让我知道自己是台湾人。靠一个女人来解救，哼，我气她代表的一切，把她当出气筒，蹧蹋她，发泄心中的火，可是，不管怎么骂她，馨子的声音和眼色丝毫不乱！"

因为这样，他更恨她。

黄赞云眼前浮起声音和眼色丝毫不乱的馨子的影子。

第一次拜访律师，他们的家已经装了自来水，水龙头一扭开，水哗哗地流了出来。馨子告诉客人，不必像从前一样，必须雇人用水桶去接公共的自来水，挑回来倒入水缸了。

馨子如释重负的神情使黄赞云印象深刻。

"她有洁癖，怕生铁水管生锈，也嫌人家接水的木桶没先洗干净。"

做丈夫的代她解释。

家中装了自来水，厕所也换上瓷白蹲式便池。他们坐在客厅聊天时，正巧工人来挑粪，飘来一阵阵臭气，馨子尴尬地起身，站在通往厕所的甬道口，好像要用身体屏挡袭来的一阵阵臭味，一边难为情地喃喃道歉，眼睛下垂不敢看客人。

意识到妻子的尴尬，律师带客人参观他的书房，指着墙上挂的浮世绘版书，他留学日本时，在东京神田旧书店买到的。

"当然是复制品，算是纪念做学生的那段日子吧！"

喜多川歌磨的美人浮世绘，律师说明是取材自江户时期水茶屋的卖茶女。

"捧茶的这幅浅草'难波屋'的茶女阿北足，你看她多娇美可爱，客人赏她的小费比别人的高六倍，另外这幅菊米阿繁，爱撒娇的样子很有歌舞伎的风情啊！"

黄赞云赞叹的是殷勤待客的馨子夫人。她轻声细语，对他用敬语，母音明亮优美，子音咬字清晰，说了一段客气的迎宾词，停下来，短暂的间歇，令人想入非非。

黄赞云做学生时，最崇拜他的日语老师松本先生，他鼓励学生一定要把日文、日语学好。

“日语是一种特惠语言，懂得日语便掌握了打开世界文明之钥。”

松本先生强调：

“在台湾施行国语教育是日本两千五百年来的壮举，幕府时期同化了北海道的虾夷，却禁止他们使用高贵的和语，对琉球的平民也禁止使用日本的假名文字，用了，就要受处罚。”

黄赞云感激日本人特别垂顾台湾殖民地的子民，准许他学习这种特惠的和语，使他得以欣赏馨子夫人如音乐般的悦耳妙语。他偷偷打量这位娴静贞淑的日本夫人，觉得不仅是说话，连举手投足一举一动也合乎音乐的节奏。奉茶过后，闲闲侧坐一旁，神情从容淡定，洁白细致的双手，指尖相对，却不碰触，安放在膝上，低眉垂眼，嘴角漾着浅浅的微笑，那容姿使黄赞云想起紫式部的小说《源氏物语》描写的女性。

他喜欢日本古典文学，差点走上当作家的路，进了医学校才改变初衷，把行医当作正途，文学当作嗜好。不过，他还是忍不住每晚在宿舍熄灯后，偷偷躲在被窝里点香，就着微光，逐字把《源氏物语》看完。

少不更事的黄赞云，读到作者细腻地描绘书中恋爱的男女种种心绪反应，也不免怦然心动。他羡慕源氏周旋在众多的女性情爱之中，既有爱妻紫姬，又钟情于空蝉、胧月，不过，从小接受的伦理教育，黄赞云对源氏与继母藤壶皇后私通的不伦事件不敢苟同，也无从意会好色的源氏在复杂的感情纠葛中享受情爱的艳美，同时内心又有一种挥之不去的哀感，当然也体会不到作者紫式部精心刻画的藤原时代由盛极而衰的那一段历史。

小说中的人物，不管男女，对四季自然变化所产生的对生命的无常之感，也不在他的理解之内。

馨子侧坐的姿容，使黄赞云不禁拿小说中的女子来做比较。也只有来自宜兰乡下的台湾人——尽管他读懂紫式部的小说——才胆敢把藤原贵族社会的宫廷女性和出身町人家庭、父亲是个经营酱菜生意的馨子摆在一起评比。

馨子夫人以及她的家散发出的日本风情，令黄赞云难以忘怀。他恨不得拿照相机把屋子的摆设拍下，带回去复制仿造。他在宜兰诊所后的日本房子早就完工了，也住了一些时候，到律师家做客几次，令他意识到自己盖的日本房子徒具外表形式，却缺乏人文内容，他必须师法馨子夫人的心思，注入许多细节。

黄赞云原本以为在外间座敷客厅纸门与起居室相隔的角落，摆上绘有八只白鹤的纸屏风，女儿节的人偶旁边的五彩万里烧瓷瓶插上时令鲜花，玄关吊上一盏岐阜的灯笼，这样就可以营造出东洋风的氛围。

萧居正告诉他，事实上，日本人对住家有极细微的讲究，他们用纸窗挡住户外的光线，造成室内空间阴暗，使屋子里的人舒适自在。这种阴暗之美的哲学也用到屏风上所贴的金箔，让它闪耀着黯淡的辉煌，显露点滴光彩。

这种审美观念对黄赞云而言，极其陌生。台湾什么都是在光天化日之下，凡事太过直接，缺乏情调，室内布置摆设也比较单调，注重对称，不像日本家屋是梁柱的组合，他们喜欢不规律，讲求投影产生的美感，达到余情效果，表现出不外露的含蓄之美。像日本和服，把最美丽的图案隐藏在衣服下摆不轻易被发现之处，称它为隐藏的美感。

有次午后造访律师家，突然窗户好像被什么东西碰了一下，水从上面洒下来，簌簌地往下落，下起雨来了。馨子夫人把客人让到缘侧，蹲下身款款拉开纸门，自己侧坐一旁，加入丈夫和客人，静静地聆听院子里的雨声，欣赏雨景。

黄昏雨停了，馨子夫人捧上漆盒的萩饼殷勤待客，黄赞云度过一个最美好的午后。告辞时，律师说下次请客人吃他夫人拿手的松鲊寿司，它是江户以后才有的食品。

3.

淡水河岸的烟火放完了，天空又回到一片墨黑。萧居正提议到圆环宵夜，和黄赞云两人随着人潮来到灯火通明的圆环，夜市人声沸腾，大鼎肉羹、蚵仔煎、豆笺、蚵仔面线、肉卷、扁食、割包的摊贩招徕食客，吆喝声连连。

两人坐下来吃肉粽，老板娘一边剥粽叶，一边抱怨：

“你们看人头抢抢滚，一定生意好做，到台北来看博览会，顺便来圆环宵夜，没错，客人是多了，东西也跟着大涨了，一斤猪肉贵了八成，葱头、蒜头也涨价，成本提高，一粒粽子还是卖一样价，这种生意怎么做啊？”

“一下子这么多人涌到台北，要吃要喝，物价一定上涨啰，不要说猪肉、葱头，今年连红桧、扁柏、杉仔这些建材也比去年涨了三成！”

“博览会场的建材需求量太大了，肥了建筑工人，那些石板工、电工、油漆工个个赚得饱饱的……”

食客们边吃边闲聊。

天色愈晚，夜市的生意愈火红，望着随地吐痰、骨头往地上吐了一地的食客们，萧居正想到四年前蒋渭水先生的大众葬，他们当中一定有不少参加过他的葬礼，抚棺失声痛哭，看这些人这副德性，葬礼过后，似乎又被打回原形了，或者他们从来没改变过。

尸骨未寒的蒋渭水先生，生前立志要从台湾人精神上的病医起，十年文化协会的运动，究竟改变了台湾人什么？达到他所期盼的台湾人精神的复兴吗？

文化协会活动，萧居正回想起来，似乎和迎妈祖没有两样，轰轰烈烈热闹过后，什么也没留下。

“当年我从日本回来时，行李中偷藏了一本《台湾青年》，创刊宣言是……”萧居正扬起声音念口号似地背诵，语气充满自我嘲讽：“……台湾要与世界同步，必须依照现代化的判断，用世界的眼光来看一切……”

文化协会反对迷信，禁止普度，指出迎神赛会只能换取殖民统治下暂时的麻醉。萧居正在《民报》上发表文章，挖苦那些建醮的主祭者所穿的马蹄袖清朝官服，沐猴衣冠像戏班的小丑。

“歌仔戏是淫戏，也要禁，台湾人风俗习惯种种缺点都必须去除。”

萧居正苦涩地回想：

“我们其实做了日本人的帮凶。文化协会等于帮日本人铲除台湾人自我认同的意识，正中殖民者的下怀，可以说是同化政策的共犯，把台湾人的乡土观念切断了。”

律师说他心情郁闷时，会回到艋舺铁道边的老家散散心，菜园早就没有了，几栋瓦屋半倒，古井也枯干了，在荒废的丝瓜棚下，想起小时候坐在竹凳上听祖母讲“蛇郎君”、“虎姑婆”的故事。

“小时候的记忆全回来了。祖母说话，都是用四句联，好像吟诗一样，字尾还押韵，这个目不识丁的老阿婆，比起读日本书的还有教养文化。”

台湾人口耳相传的民间故事有押韵的四句联、传统的戏曲话本、采茶褒歌，这些代代相传的庶民文化，被一心想提升文化素质的进步人士视为落后封建。

“结果，台湾的孩子不知道‘虎姑婆’、‘蛇郎君’，却很熟悉日本的狐狸精，又下雨又出太阳，天空出现彩虹，会看到狐狸结婚什么的！”

日本当局推行日语教育政策，消灭汉文，目的是使台湾人丧失民族意识，删除对乡土的记忆和历史，变得没有过去。同化台湾，纳入日本大历史的脉络，一切只有对日本认同。

“台湾人对中国五千年历史一无所知，却记住日本二千六百年的皇国历史。”

萧律师认为台湾可接受世界性文明，像电灯、汽车、西洋科学。

“可是不必要穿和服、睡榻榻米吧！”

望着一桌的狼藉杯盘，黄赞云医生思索：

“不要日本化，台湾人光靠民俗仪式、歌仔戏、传说，这些庶民文化的遗传，就能发展出改变命运所需要的自觉意识吗？”

仿佛猜中他心中的疑问，萧律师沉痛地回答：

“悲哀的是除了这些，台湾人还有什么？我们口口声声要现代化，却又找不到自己文化的主体，没有着力点。”

台湾人真正被日本同化了吗？

医生怀疑。撇开小市民不谈，他这一代的知识分子，从小读日本书长大，与汉文化早已脱节。照说受日本教育，言行应该日本化，学到日本人的种种优点，其实不然，医生觉得台湾知识分子的心灵反应依然很传统，行为做派延续父亲、祖父上几代根深蒂固旧有的连续，距离日本化、现代化何其遥远。

日本人说：国民性的改造就是国民类型的打造。

黄赞云医生意识到这点，他希望改造自己先天性的社会人格，但愿有朝一日能够符合日本人替他设定好的类型。

吃完宵夜，萧居正走在一地的垃圾中，想起从前在日本留学，一年到头大大小小的神社举行不完的庆典，街上挤满了祭祀、看热闹的人，不分男女，一听到鼓声，个个手舞足蹈，抬神轿的青年更狂热忘形，不顾一切地奔跑冲刺。庆典一结束，一个时辰不到，像变魔术一样，街道又回复原状，垃圾扫除得干干净净，见不到一片纸屑，让人对不久前举行过这么热闹的祭典产生怀疑。

“馨子不喜欢圆环，嫌小吃摊的东西不卫生，也受不了这脏乱，她整天关在家里，足不出户，除了到城内拜访她的日本朋友。馨子说，大稻埕每天被煤烟包围。”

萧居正喁喁地自语。

眼前闪过馨子在家中临窗而坐的身影，她总是腰板挺直正襟跪坐，面对窗外的脸若有所思。萧居正觉察到妻子脸上的美艳仙女香的白粉似乎愈用愈多，涂上厚厚一层，把脸藏在白粉后，好使做丈夫的看不透她。最近她脸上那种若有所思的神情也不见踪影了。

妻子不带任何表情的一张脸，使萧居正想到日本能剧的演员，用一张面具蒙住脸，遮盖剧中人随着剧情转折表现悲欢忧苦的情绪。他读过一篇文章，能剧是一种象征的剧场，在剧中人种种不同的众多表情中整理出一种所谓的“中间表情”。戴假面是为了遮断观众的视觉感应，演员以肢体动作来呈现剧情，举手投足表现内心的波涛情感，透过身体的动静来反映内心，使象征的内涵更加丰富。

萧居正在博物馆看过一个镰仓时期的能剧面具，是个女性角色，因年代久远，油彩黯淡苍黑，它嘴微微张开，露出一口黑色的牙齿，右边眼睑下一小块剥落，看起来像一滴眼泪，永远停留在那里。

馨子会不会躲在厚厚的像面具一样的白脸后哭泣？

住这么久了，馨子还是不习惯台湾，天气炎热，本岛人太吵闹，说话大声又不懂卫生，使她难以忍受。刚嫁到台湾，丈夫带着她到艋舺龙山寺玩，她还有兴致观察持香拜拜的妇女插在头发上的金玉银发簪，她们穿着鲜艳的纱绸长服，身上戴的饰物，使馨子觉得那些色彩和庙宇的装饰雕刻很搭配。

看到七八个人站在路旁水果摊合买一个柚子，再去一瓣一瓣地分，香烟也不是整包买，而是分几根，她觉得好玩。等到这些新鲜的感觉消失后，周遭刺耳吵杂的喧闹令她不耐，路人的大声谈笑，听起来像聒噪的乌鸦，他们那种旁若无人毫不客气的态度，很使馨子反感。

庙埕卖野药的发狂地敲打着铜锣吸引人潮，酒馆传出唱北管、打麻将的喧哗声，夹杂着东西煮沸的声音，馨子寻着一股恶心的气味看去，小吃摊一只大铁锅里头黑黝黝的油翻滚着肠子和动物的内脏，吱吱作响。

馨子拉着新婚的丈夫快步离开，走出巷子，茶室播放日语唱的爵士乐曲盘。

“放上内地的曲盘，不知有什么意思，他们也听不懂吧！”

馨子嘟囔。

“装门面呀！” 丈夫调侃，“好比喜欢好莱坞电影的日本人，放俄罗斯的曲盘当伴奏一样吧！”

皇民化运动一开始，多时足不出门的馨子走进大稻埕的社会加入爱国妇人会，成为本岛妇女美姿仪态讲习班的首席教师。她的学生很羡慕她一身白皙的皮肤，馨子怜惜地摸了一下自己的脸，叹了一口气，幽幽地抱怨，在台湾住久了，皮肤已经比从前在日本黑了许多，也粗糙了。

樱花从日本移植过来，花色也是年年变深，花型渐渐变小，没先前美丽了。

“我也是一样吧！”

她穿着比年纪年轻了好几岁的锦纱和服，训练本岛妇女在榻榻米上学跪坐，学习做客之道。馨子根据她小时候读过的女子教养书，教她们言谈举止。

本岛女性缺乏优雅的仪态，馨子觉得与台湾四季缺乏变化有关，一成不变的气候，可以影响的事物不多，使得本岛女性不够含蓄，情绪表现太过单纯直接，不懂轻声细语，对丈夫不够温柔，不会侍候。

“台湾男人不关心女性教养、礼仪的程度，令人吃惊！”

除了仪态美姿，讲述侍候丈夫之道，馨子也示范日本妇女梳岛田髻、化妆打扮的诀窍。她强调口红、腮红、蔻丹都要淡雅隐约，最好若有似无，这样才合乎良家妇女的身份，只有不正派的女子，像那些出生在台湾的湾妻才把嘴唇涂得猩红。本岛有身份的妇女也切忌穿丝绸光滑、花俏刺眼的和服，那种打扮会比日本低下的贵族的下女还不如。

她一发现她的学生穿和服，颈部涂上白粉，立即要她擦拭，责骂她只有艺伎才会这么做。

馨子讲究细节，连如何避免突出后头的发髫会弄脏和服的领子都不放过。

5　孤女的愿望

——掌珠情事之四

1.

王掌珠为了取笔名，费尽心思。她要用日文写一部自己成为日本人的小说，就叫“孤女的愿望”，书名决定了，笔名却还没想好。

一本以年轻少女为对象的文艺杂志《银之弦》，发表散文、短歌的作者的名字都很有诗意：泷泽千绘、水町若叶、植村兰花。不过，掌珠和一位笔名为鼹鼠女人的作者惺惺相惜。她很崇拜这位女作家的文学造诣，但吸引掌珠最大的理由，是这位女作家自道因长得丑，才以无法面向太阳的鼹鼠为笔名，掌珠也很为自己的容貌而感到自卑，她羡慕这位女作家一笔在手，可抒发己见。

鼹鼠女人后来改了笔名，以葫芦自称，形容自己就像垂吊的葫芦般，是个没用的女性。对这点掌珠则不能苟同。她最后决定以“白鸟丽子”为笔名。

期待已久的大作家菊池宽的小说《生活之虹》，终于开始在《台湾日日新报》连载，作家还特别声明：

“第一次在地方报纸写小说，绝不偷工减料。”

掌珠希望她用日语写的自传体小说“孤女的愿望”完成后，首选是在《文艺春秋》杂志连载，要不退而求其次，日本的《妇女之友》征选小说，如果将来她的小说能发表在这杂志也算差强人意，虽然文艺气息不及《文艺春秋》。

她还是《妇女之友》的忠实读者，每一期印刷精美、还经常加赠附册的厚厚一本杂志捧在手中，很有分量。对掌珠来说，杂志内容所报道的一切，内地生息环境，无论是气候、风土民情、生活卫生习惯、家屋的构造、料理…… 对她的帝都想象都是不可或缺的精神食粮，尽管这些知识讯息对住在台湾岛上的她完全派不上用场。

王掌珠抱着借来的最新一期的《妇女之友》，坐在台中公园的水池畔，想象她的朝圣之旅：

岸边的垂柳使她浮想联翩，东京昭和天皇皇居的外苑，伏见城楼和二重桥在水中的倒影，与岸边垂柳相映，照片上看来堪称是皇居最美的风景。

伸手捕捉翻飞的柳絮，掌珠联想到她读过的一篇报道，每年六月东照宫盛开的菖蒲达到六十多种，祭祀德川家康的宫殿前的参道口，悬挂一盏其大无比的灯笼，由诸侯贵族所献赠，称之为鬼灯笼，宫殿后的牡丹花园驰名日本。

掌珠想象自己朝拜明治神宫，站在日本第一大的鸟居下，该是何等渺小，遥望天皇专用的新宿御苑，想象春天樱花盛开的景致……

去过日本的人回来向她说起目睹日本社会的真相种种，善意地警告掌珠，报纸媒体的报道是有选择性的，吊诡的是台湾报纸对宗主国报道愈多，对真实的遮蔽也愈多。掌珠拒绝改变她对帝都的想象。

皇民化运动期间，掌珠喝稀饭吃早餐，一边打开《台湾日日新报》，多年的习惯使她先翻到报纸的妇女版，希望今天的提问会有点新意。

一星期两次，妇女版的咨询栏回答读者的来信，匿名请教的问题围绕女性议题，千奇百怪往往令掌珠喷饭，幽默的回答都是在皇民化运动之前才读得到。最近半年，读者的问题不外乎如何体会大和民族的心，做个贤妻良母，教育子女成为天皇的赤子，尽臣民之责，等等。

今天一个读者的问题是：看到学生排队到神社参拜，一路唱着歌，她听了极为感动，请问唱的是什么歌？

《九段之母》，歌词叙述一个儿子在支那战争阵亡的年迈母亲，拄着拐杖，拿着战死的儿子的金鵄勋章，从东京上野站至九段，最后抵达靖国神社参拜儿子的神主牌位，歌词如下：

> 从上野车站来到九段坡，我心情急切，有路难辨；
> 我手扶拐杖，走了一整天，来到九段坡，我看望你，我的儿。
> 高耸入云的鸟居，引向金碧辉煌的神社，
> 儿啊，而今你升天为神，你不中用的老母，为你高兴，泪流满面！
> ……
> 黑母鸡孵出了老鹰，你妈妈哪里敢当？

答复强调：哭泣的母亲并非因为悲伤，而是对儿子受祭为神出于喜悦、感激的眼泪。

另一个问题来自一位母亲：儿子住家中不肯说台湾话，也禁

止她讲。

“不服者滚到支那去。”

竟然对母亲说出这种话。儿子做了一个牌子，母亲犯规讲台湾话，必须戴上，让她知道惭愧。这个母亲性急地请教如何使她的日语快速进步，好与儿子沟通？

日本语是日本人精神的血液，台湾人不是生为日本人，体内流的也不是大和民族的血液。答复者对这位母亲表示同情，但是请她不必觉得遗憾，日语是日本人精神的母体，台湾人虽非生为日本人，但可把大和民族和血缘关系的定义从先天转为后天，以血换血，台湾人的身体混入日本人的精神血液。

这是一个输血的过程，输入日本人血肉的国语，涵蕴大和心，台湾人可以变成日本人。

皇民化运动不放弃任何一个人，日本人对台湾人一视同仁。总督宣扬“日台一家”的理念，用日语这种精神血液来输入提问的母亲这样的新附子民。

底下列出促进日语进步的种种方法，祝福提问者早日与受日本教育的儿子沟通流畅。

合上报纸，掌珠想起多年前她在彰化，教她日文书写的一位老师，戴眼镜、外表斯文的他，从日本留学回来，是文化协会的活跃分子，他讲了殖民初期民政长官后藤新平的一个比喻：

“台湾人和日本人的差异，如同比目鱼的眼睛与鲷鱼的眼睛。”

比目鱼要变成鲷鱼，台湾人要晋升到日本人的境界，需要一个很漫长的文化同化过程。后藤新平认为台湾成为日本殖民地之前，当了三百多年的中国人，他主张以生物学的统治方式来对待台湾人旧有的风俗和习惯，别有用心地提出鸦片渐禁论。

比目鱼变成鲷鱼的时间因日本对华战争而缩短了。日本人何尝不知道，被殖民的台湾人，在宗教、祭祀、风俗习惯上与他们依然存在着缩不短的距离，然而，为了战争需要，日本透过皇民化运动的强制教育，训练被殖民者恪遵国体、尊崇天皇、注重人伦、培养日本精神的德智，企图将台湾文化提升至日本的水准。

掌珠很想知道那位老师对时下如火如荼的皇民化运动的看法。当年文化协会举办语言讲习会，教日语、汉文、罗马字，掌珠跟这位老师学习殖民者的语言，他强调正确的态度是把日文当作一种工具。台湾人说的台湾话，虽然是一种古老的语言，可惜文字书写缺乏一套完整的体系，汉文作为文明开化的语言，又远远比不上日文，有识之士都有这种共识。

气质斯文的教师给掌珠说了一个故事：

梁启超应林献堂的邀请，到阿罩雾做客，送了一套日文写的与近代文明相关的书籍目录给林献堂当礼物，梁氏自称“把日文当作工具上的友性语言”，自己发明了日文拾读法，翻译近代化的西洋书，从书中吸取现代知识。

“明治维新短短几十年，日本移植了西欧花了六百多年才发展的文明，所谓通过死亡跳跃而重生。”

教师语重心长地说。

终生不学日语也不穿和服的林献堂，却认为日文是“ 政治上的敌性语言 ”，日文威胁台湾文化，他读严复用文言文翻译赫胥黎的《天演论》，感到一种民族的骄傲。

“可是，林先生还是把儿子送到日本留学。”

这位教师认为日文是文明开化国家的语言，台湾如果要从封建社会蜕变为现代社会，就非学习日文不可。

2.

掌珠放下《台湾日日新报》，出门到巷口的杂货店买东西，她看到理发店门口，几个拎菜篮的主妇围着一个青年，个个仰着头，倾听他用日语在读一篇文章。掌珠见过那个念日语的青年，几年前理发店不识字的老板，为了招揽客人上门，订了一份《台湾民报》，这份代表台湾人立场的报纸，很受警察注意，一般民众不大敢到报摊买。

理发店老板让青年把《台湾民报》的新闻念出来给客人听，剃头还可以听闻时事，接触外界的讯息，批评日本当局不当的殖民政策，实在大快人心。理发店总是座无虚席，生意好得很。

有次掌珠趁理发店老板外出，私下问青年读报可拿到多少报酬?

“剃头免费。”

青年沾沾自喜，掌珠觉得他很小家子气。

日本当局厉行皇民化运动后，青年手上的《台湾民报》换成《台湾日日新报》，他晚上也不再拉着胡琴散步了。现在家庭主妇上菜市场之前，都会先到理发店听新闻。今天早上青年已读完报纸，一个主妇递给他就读公学校儿子的课本，要他读小学校长加藤元右卫门早年到台湾教日语的故事：

加藤校长为了将日文教给殖民地未开化的子民，毅然辞别六十岁的父亲、八十高龄的老祖母、三岁的长男、怀孕的妻子，单独一个人从日本到台湾来。当时的殖民地是土匪抢劫、疾病流行的死亡之地，本地的教师必须换班当卫兵来保护他，睡觉前给他短枪当枕头……

青年的日语发音带着浓厚的台湾腔，掌珠很想上前纠正他，还是忍住了。青年听起来很刺耳、不纯正的日语，使掌珠想起自己从前在台中学日语的往事。

悦子凭着公学校毕业生的学历，加上在日本人家当下女的优越感，总是讥笑她的日语发音。

"怪腔怪调，说话像九州种田的农妇。"

掌珠忍辱负重，一个音一个音不厌其烦地重复练习，一定要练到悦子点头为止。

终于练到有一天，翻开悦子送她过期的《妇女之友》杂志，辨识出跳入眼帘的平假名，好像手中拿的钥匙对准了匙孔，打开一扇门，霎时间掌珠感觉到眼前的视野宽阔了许多，她兴奋地就着白纸黑字逐字逐句念给悦子听。听的人先是大感诧异，以不可置信的眼神看着她，听了半晌，不情不愿地点点头。

"嗯，总算念对了，腔调也还不太难听。"

悦子指着她念过的一段文字：

"你说说，什么意思？讲些什么？"

以为像活在黑暗中的瞎子，豁然睁开了眼睛，正为眼明而雀跃的掌珠一下子气馁了。她是只学舌的鹦鹉，平假名、片假名照念如仪，对内容却一知半解。

日语要学到能读能写，最理想是到排字版店里找个工作做下版，将初号或一学号、六字的活版铅字捏在手指间，牢牢印入脑海，分配活字的过程中，对她的日文认识一定大有助益。可惜掌珠找不到这种工作的机缘。

日后她跟那位留学日本的老师认真苦读，印刷在书本杂志一行行的文字在纸页上闪耀着，向她亲切地招手，似乎要开口跟她说话，邀请她进入字里行间，深入每一个字的心脏，里面藏着秘密的知识讯息等待掌珠去认知发现。

掌珠发誓要把日语学到对方——当然是日本人——闭上眼睛听她说话，认定她与有教养的日本女子无异，然后告诉她：

“其实你是日本人。”

日语好，在日本人眼中就不属于低贱的本岛人。

3.

随着皇民化运动的深化，以皇道精神抵抗美英帝国主义的呼声高唱入云，市面所有洋货——即使连洋历印刷的小册子、日记都成为日本反国际联盟攻击的对象。台北警察局规定大稻埕一带的商店橱窗，凡是西洋人长相的模特儿，都下令禁止展示。为了配合对华战争的节约政策，日本当局不许店家花钱购买新的东洋模特儿来取代，于是想出一个折衷的策略：特地从东京模特儿制造商请来技术人员为金发蓝眼的模特儿改换面目。

在日本技术人员到台湾为模特儿改装之前，警察局下令商家用深色的布将模特儿的头脸包裹起来，不准它们以金发蓝眼昭示街上的行人。

掌珠晚上路过永乐町，店家橱窗里蒙头的模特儿，在为了节约将电灯转为昏暗的光线下，看起来阴森可怖。

改装的技术人员来了，用黑色的颜料将模特儿的金头发、蓝眼珠一律染成黑色，使它们变成东洋女子的面貌，流风所及，城内菊元百货公司也仿效改装。

变装后的模特儿，站在橱窗里的姿态也大不相同，不再像从前个个把头偏向一边，又长又卷的睫毛向行路的路人抛媚眼，一副烟视媚行的样子。换上和服的模特儿，双手交叠放在腹前，身体向前倾，梳着岛田髻的头微微向前俯，显出日本女子恭谨温驯的姿态。只是模特儿的体型本来是按照西洋女性的比例，高挑细瘦的身材，上半身很短，下面一双修长的腿。

日本女人身材矮小，上半身比较长，和服腰带的设计就是为了弥补东洋女子天生体型上腿短的缺点。女人穿上和服，美丽的腰带成为视线的焦点，除了装饰之外，兼有美化人体的作用，使女人看上去显得腿部增长。

掌珠从壁橱拖出一只柳藤箱，她的日本化比总督推行皇民化运动早了许多年。柳藤箱里面塞满了手提包、包袱巾，不同形状装饰的蝴蝶结、耳环、手绢、木屐等，她曾经与一个日本女子比邻而居，颇有姿色又喜欢打扮的京子，那口漂亮正宗的东京腔日语，令掌珠艳羡不已，加上待人温柔和气，在掌珠心目中，京子代表日本女性完美的典型，不禁把她当作模仿的对象，偷偷学她的穿着打扮、举止作态，穿木屐双腿微微向内弯，内八字走路的姿态，甚至装出京子抽香烟的样子。

刚开始，京子对她很友善，掌珠告诉她帝都朝圣的想望。

“喔，我这一生最大的愿望，”徐徐吐出一口烟，京子说，“是回东京，加入宝冢歌剧团跳舞！”

说着，拿手掀开浴衣的下摆，露出白白的腿，使劲往上踢。

有次京子正要出门，被掌珠截住，赞赏她手上挽的手提包漂亮极了，她已经注意它好久，自己也想拥有一个。

“哪里买的？菊元百货公司吧！很贵喔，我买不起，真可惜！”

搓着双手，掌珠羞涩地小声恳求京子，明天如果她不用这手提包，可不可借给她一下？掌珠说她从太平町的布店买到花色接近的布料，想依照这样子仿造一个。从未碰到类似的场面，京子也不好意思回绝，真的把手提包借给掌珠。几天后，看她拎着仿做的手提包进进出出，心中有点不是滋味。

掌珠亦步亦趋，手上拎的、身上穿的、头上戴的，尽量与京子的酷似，最好一模一样，她暗示京子，请她到家做客，参观日本人家居摆设，如果可教她和菜的烹调，那就太美妙了！

京子不堪其扰，尤其是看到掌珠身上穿的浴衣，花色布料几乎和自己的没两样，带子打结也学她在肚腹下扎得松松的，她再也受不了这本岛女人对她的模仿，感觉到自己被利用了。

于是京子毛遂自荐，自愿充当掌珠的顾问，带她到城内的商店、百货公司帮她选购适合她自己品位的洋伞、草帽、蝴蝶结、浴衣、包袱巾……这样做等于委婉地让掌珠别再一味地模仿她了。

掌珠把塞在最底部的那件和服翻出来，京子告诉她，和服上的紫藤花可以把她黯淡的肤色衬得明亮可人。

几年前第一次穿上为她而做的和服，掌珠把肩膀当作衣架，披上去，两只手在大袖子里摸索秘密的空隙，好让她穿进去，有所支撑。掌珠的身体在宽袍大袖里徘徊，找寻可以依附的所在，她开放自己，让肌肤碰触到和服，感官起了一阵酥麻的颤栗，产生交互感应。

和服是有灵魂的，对她耳语，令掌珠听了心醉神迷，她将自己融入衣服之内，让它深入血肉，融为一体。腰带扎在从前养母毒打留下的疤痕上，把累累的伤痕覆盖，让它们隐藏消失，多时以来徘徊不定的灵魂找到了归宿。

穿上和服，掌珠与过去割裂，她变成另外一个人，另一个与先前完全不同、由和服所创造出来的新人。透过身穿的和服，掌珠觉得幸福，从碎裂中感到完整。

她的内在，她的语言与思考方式和日本人一模一样，她是“她们”，她与日本女人外表的差异可由和服来弥补，和服可改变这事实。她把套在宽大袖子里的两只手轻轻交叉按住肚腹，头微微偏低，露出微笑，她相信衣服的魔法，一旦穿上它，她就是那个穿衣服的人。一个人等同于他的穿着，以外貌打扮为准，所谓“先敬罗衣后敬人”。

掌珠很庆幸自己生对了时候，碰上对时阵的雨，如果日本人没有来，她的一生将永无出头之日。

她穿的是一个梦。当她听说东京清和女塾长山东泰欢迎台湾女学生渡海到日本深造，掌珠很受鼓舞，穿上和服，体内流着日本人精神血液的日语，成为日本人，到帝都朝圣，是她这孤女一生的愿望。

当年王掌珠曾因自己腿短而自卑，后来才体会到和服腰带的妙用，觉得自己与日本女子的体型并无多大差别，她这才放下心来。

她读过一篇谈论和服美学的文章：穿上去令人感觉舒坦的和服是必须用“心”来穿的，作者表示穿的人的心情会展现在和服上，没有系好腰带会被认为失魂落魄，日本人按照穿衣服的方式来满足对生命的追求。

文章有句话令掌珠读了惊心：

和服里面有灵魂栖息，日本人相信即使肉体腐烂，只要有和服在，灵魂也还会继续生存。

帝都朝圣的想望没能达成。退而求其次，也许穿和服到满洲国去。

愈来愈多的台湾人到支那东北教日语、当医师，甚至当官从政，像有一个叫谢介石的，带了从良的艺妲去当外交大使。

从满洲国回来的人大谈日本人在新京大兴土木，短短时间内完成了八个大建筑，最壮观的国务院，仿造日本国会大楼的外形设计建成：

“日本国徽菊花有五个花瓣，满洲国国务院的少了一瓣，溥仪在大楼旁种了一株松树，才几尺高！”

国会大楼的阳台有阅兵台，又宽又大，听说大楼有中国第一部电梯，是用纯铜做的。满洲国国都新京地下整个被掏空。

“可以在地下开汽车，通到火车站，神不知鬼不觉地搭上火车，不必暴露身份！”

掌珠也听一些满洲国人民的民生百态：

东北人不吃米饭，用玉米粉做饺子皮，比白面还好吃，长白山的野生木耳可以生吃，清肺，菌子蘑菇遍山都是，人参也随手可挖到。

住民必须持有居民证，夜里不准点灯，三个人不能在一起讲话，行动受到监视，粮食只一顿一顿地供应，怕给多了，拿去给反日的义勇军吃。她还听说满洲国总理大臣对日本有求必应，要什么，二话不说，全给。

下　卷

1　漂鸟（二）

1.

阮成义很受古田大次郎的《狱中记》一书所感动，他因实行恐怖主义在断头台上殉了道。古田大次郎看不惯日本的社会现状，不能再忍受下去，所以不得不走上恐怖主义的道路，杀了维持制度统治的首脑。

“我为什么要杀人？”古田大次郎在书中自问自答：“为了爱。”

他是为爱而杀人，而自己也牺牲生命。他以自己的痛苦来报偿被杀者的痛苦，像《灰色马》中佛尼埃在死囚牢里所写的：“我的血使我痛苦。”古田大次郎的《狱中记》也是一部血和泪的结晶。

临刑前的日记，他写道：“父亲的信来了……文中有‘父和同胞会永远把你抱在胸中的……’我读的时候，不觉落泪了。”

阮成义读着，眼眶也潮湿了。

这位无政府主义者上绞首台受刑时，带着一只心爱的狗、一张纪念克鲁泡特金取名为克鲁的猫的照片，以及他最爱的妹妹寄到狱中的一片枯叶。这位为爱而死的烈士的手枪、炸弹，阮成义认为不是钢铁和炸药，而是自己的血和泪，以及无数民众的血和泪造成的。他所掷的炸弹不是装满了炸药，而是载满着大众的眼泪和痛苦的炸弹向剥削他们的恶人丢掷出去。古田大次郎但愿以他的行动驱逐人们心中害怕的恶魔。

决定暗杀“大国民”，阮成义庆幸自己生而逢时，有这个机会为民除害。为了避免同志间走漏风声，他预备一个人单枪匹马直接行动，希望一举成功。

可能自知树敌太多，怕遭人暗算，“大国民”狡兔三窟，每晚轮流住在三个不同妻妾的公馆：淡水河边的公馆、永乐町府邸，以及日本妻子的住处，白天出门，两旁有保镖保护无从下手。阮成义想到能够穿墙走壁、有义贼之称的廖添丁也许可助他一臂之力，奈何这劫富济贫的义贼早已被日本人捕杀。

阮成义曾经与“大国民”远距离地打过一次照面，那是几年前在板桥的一个大花园，他从照相机的镜头中凝视他。当年他阮家经营的“珍奇香”茶行，生意做得风生水起，他父亲研发的特种乌龙茶畅销南洋，在巴黎、大阪、京都的博览会更是大出风头，欧美订单应接不暇，阮家从过年邀请日本官员、地方士绅喝春酒，酒席一直摆到端午不断。

他的伯叔嫌大稻埕的大正型的巨宅不够气派，有意在台北近郊风景优美之处盖一栋别墅作为社交场所，来接待政经商界的宾客。阮家看中面对基隆河的圆山一隅，至于建筑什么风格的别墅，伯叔之间意见各异。他的小叔心仪英国都铎式的风格，墙外有树枝状优美的壁面，彩绘玻璃有绿、黄、红三个颜色，室内有造型优美的壁炉，新艺术风格凸花、瓷砖和吊灯，沿河二楼建露台，可一边喝下午茶，一边欣赏基隆河泛舟的景致。

阮成义的父亲和他大伯则倾向中国传统庭园，以为亭榭流水更能吸引来访愈来愈频繁的西洋客人，闲时可在花园举行南管演唱，邀请诗人吟诗雅集。

阮成义与板桥花园的少爷有私交，父伯派他进园子取景，作为将来庭园设计的参考。拎着最新出品的莱卡相机，阮成义从百花厅后的游廊入园，转弯到汲古书屋，那是藏书之所。他在占地广大的园子盘旋了大半天，望之不尽的假山曲水、亭台楼阁，坐船来到用樟木建造檐牙高啄的楼阁，花园风景最佳之处，上了二楼，凭栏眺望，花园东边一角的美景尽现眼前。

傍晚坐船划过半月桥，来到莲花池，池中浮出一个戏台，题有“开轩一笑”匾额，少爷告诉他当天晚上演正音，邀请了许多高官巨贾士绅，爱看戏的“大国民”也将出席。贵宾先在主厅举行大宴会，然后到这里来看戏。

那晚“大国民”一直到戏开演前才现身。

有关他发迹的过程，有不同的版本，阮成义相信其中最贴近事实，却又荒谬无比的一则传说：

罗汉脚的“大国民”，生活无着起了厌世之心，醉酒躺在澳底海边，打算给海浪卷噬，一只上岸的大海龟三番两次撩拨他的脚丫，“大国民”只好爬起身，举手遮住毒辣的阳光眺望海面，正巧接收台湾的日本军舰，看到海边有人向日军敬礼，喜之不禁，从此荣华富贵！

“遇水则发。”

乙未年前洛津通灵的青暝朱用他的心眼预测到，不久之后，整个海岛将起天翻地覆的大变数。“大国民”八字命盘有武魁，太平盛世毫无所为，但依他的运势定会遇上改朝换代，跟着新朝可封侯晋爵，福禄无尽。

青瞑朱预言他遇水则发。

谨记术士这句箴言，“大国民”北上艋舺，没赶上清末顶郊下郊漳泉械斗，睡猪砧混迹，白天当苦力轿夫等待翻身机会。

青瞑朱果真料事如神。

阮成义相机镜头远远对准他，正襟危坐的“大国民”，像一座山，比两旁的日本贵宾整整高出大半个头，天生魁梧的身躯把特别矮小的日本人衬托得更不堪。日本人对巨伟壮躯有一种复杂的心态，青瞑朱看出他南人北相，魁伟的身躯有助他在官场扶摇直上。

果真他占了高头大马的便宜。日俄战争日本人打败了俄国，“大国民”作为台湾人代表，在东京火车站迎接凯旋的日军，曾任台湾第四任总督的儿玉源太郎中将是此次战役的参谋长，在欢迎的大官显要队伍里，注意到站在最后面、高出人一个头的“大国民”，主动上前与他握手，吩咐副官邀请他参加当天的晚宴。获得如此青睐，对“大国民”的身价增加难以估计。

人高气也粗，据说有个来台上任的日本低级军官，仗着殖民者的气焰，不把他这总督跟前的红人看在眼里，“大国民”指着胸前的勋章，运用丹田之气大喝一声，吓得那个日本人从椅子上跌到地上。另一个也是凭着优越感，拿日本刀威胁他，“大国民”也是大喝一声，竟然把那日本人吓昏过去。

然而，在日本高官面前，“大国民”卑躬屈膝，缩骨术运用到炉火纯青。他巴结逢迎的功夫深入骨髓，每次坐车经过日本神社，或是东京的皇居前，也不管身体有多疲惫，立刻像弹簧一样坐直身，脱下帽子，恭恭敬敬地致意敬礼，做一个敬神尊上的皇国臣民。

在高级料理店进餐，有人提及对他提拔有恩的后藤新平生前的事迹，“大国民”立即两眼泪水直流。明石总督在台湾任内发病，“大国民”接到传闻，立即赶到总督府设在东京的出张所，只见他形色慌张，把应有的礼节都丢在一边，明眼人一眼看出，他是在演戏。

2.

大热天看戏，只见“大国民”全身穿戴深色的西装礼服、雪白的衬衫，领结严严地围着脖子，手上戴着白手套。出身寒微的他崇奉衣裳哲学，娶了日本夫人教他穿衣，出席重要典礼所穿的和服礼服，都是东京名店量身定做的。

“大国民”自信好汉不怕出身低，每每以丰臣秀吉的事迹来自我安慰。丰臣秀吉从一个替藩主提草履的最低贱的武士起家，到后来令天下诸侯都慑服于他的天威之下，连让谁当天皇都得由他说了算。

不过，与日本人社交，“大国民”粗野无文的习性，举止应对有失分寸，引人侧目。刚出道不久，有一次到公馆拜见一位日本长官，在客厅大剌剌地坐在贵宾的位置，公馆仆人立即纠正他，示意他应该到下座等候被传，令他尴尬不已。“大国民”曾经接待一位到台湾访问的日本贵族，临离开前的宴会上，这位贵族称赞殖民地的庶民好客热情，只可惜台湾社会缺乏主导礼教的士绅阶级，没有形成自己的精致文化。

为了令自己脱胎换骨，得以与日本人周旋自如，“大国民”从东京重金礼聘日本最负盛名的礼节流派小笠原流的掌门人小笠原清务，由他教“大国民”社交上的进退礼仪。

所有的礼节都在锻炼性灵。茶道、花道是贵族的艺术，喝茶的仪式必须符合规矩，关节姿势律动都是修养灵魂的一连串程序。

接受小笠原先生的建议，“大国民”在东京新宿御苑边的自家花园，春天举办赏樱会，秋季则是观菊会，一年一度的河川祭典，他模仿东京贵族豪门的习惯，在河岸旁的高级餐厅招待亲友欣赏烟火，包下豪华料亭招待，受邀的无不赞叹台湾人有如此阔绰的，大概只有他一人。

小笠原先生告诉他：脸上流露情绪是懦弱、没有男子气概的表现，训练他不要将自身的哀伤或痛苦表现于外。如果喜怒形之于色，在日本长官面前会损害他们的愉悦和宁静。“大国民”对这一点牢记于心，从不逾越。

亲密感在日本是孟浪无礼。小笠原流掌门人为他举出两个自我克制的实例：父亲担心生病的儿子，却只站在门外听儿子呼吸，害怕自己软弱的行为被发现。日清战争，日本连队从驻地出发，火车站送别的亲朋友人同僚好几百人，只是静静地脱下帽子弯腰道别，全场安静得没有因离别不忍而发出一点悲声。

其实“大国民”觉得日本武士道精神和罗汉脚的行事作为颇有相通之处。从有记忆起，他不曾流过一滴眼泪，在洛津龙山寺庙埕与野狗群争抢香客布施的食物，一只特别凶狠的野狗因抢输了，狠狠地咬掉“大国民”小腿上的一块肉作为补偿，血滴了下来，他面不改色地望着恶狗把那块肉吞下去。他很早就视死如归，饥饿难忍，到郊外新沟桥下偷南瓜，手臂被水蛇咬了，蛇毒攻心，很快就会一命呜呼，“大国民”还是砸破南瓜，挖出瓜囊充饥，然后，坐下来等着死神降临。

小笠原先生告诉他，为了训练胆识，日本人把少年带到刑场去观看死刑犯行刑的整个过程，少年还得摸黑到行刑的地方，把犯人的首级留下记号。

同治年间戴潮春叛乱清廷，洛津抓了一伙肇事者，把他们手铐脚镣绑在柱子上受凌迟之刑，“大国民”小小年纪也伙同罗汉脚同党，拿刀割受刑人的皮肉取乐。

日本人为了试探他的胆子，请他吃生鱼片，从水中取出还在游泳的鱼，当着他面前片出一片片的鱼片，覆上冰屑，头朝他的鱼还活着，嘴一开一合，鱼尾也会动；龙虾也一样，端上桌时，须脚还在动。一桌子的人眼睁睁地看着“大国民”，他想到洛津受凌迟的犯人，毫不犹豫夹起生鱼片送到口中。

“大国民”的胆大在巴结他的人当中经常被传诵，他单枪匹马到澳底迎接日军，由于言语不通，日军怀疑他是唐景崧民主国派来刺探军情的间谍，吓唬他把军刀架在他脖子上，他依然面不改色。和他吵架的日本军官向他身上喷汽油，表示只要一点火，就会被焚烧而死，没料“大国民”泰然自若抱手站在那里，日本军官反而被镇住了。

罗汉脚反正烂命一条。他一无所惧。

最被巴结他的人称颂不已的是，“大国民”能够把到手的经济利益，像到口的肥肉，毫不犹豫地全盘吐出。他立意执台湾糖业界牛耳的企图，与强势的日本企业在台湾建立糖业帝国的决心、利益起了冲突，他二话不说将斗六、嘉义、台中、溪湖无数家糖厂出让给东洋、明治制糖。

不只一次碰到经济大变动，财务面临周转不灵，“大国民”总是毅然切断祸根，他这种不拖泥带水的决心，连浪人出身的他的日本策士都称赞他为“ 不世出之非凡人物” 。

其实这无非是罗汉脚的本色，反正本来一无所有，失去了，一点也不足惜。

阮成义从相机的镜头看到“大国民”腰背挺直，上身微向前倾，透过身后的翻译，与身旁的日本人寒暄。坊间嘲笑他不会说日语，在日本长官面前，凡事只会一句“尤罗须”（遵命）害死台湾人，认识他的说是他母亲给他出的主意，知道儿子个性莽撞，劝他在官场上不要与日本人直接交谈，中间有个翻译，有缓冲余地。

母亲之见似乎是穿凿附会，“大国民”有自知之明，晓得一张开嘴巴，肚子里的东西一览无遗，不直接对答显得莫测高深，他的日本策士所谓的“ 隐藏思想的艺术”。他谨记日本策士的金玉良言：

“服侍两主子，不需吹捧其中一个，或诋毁另外一个。”

“大国民”侍奉不同政治派系的总督和行政长官、军事贵族一视同仁，不因政党色彩而有偏差，远离民政党内阁、贵族院政争，从儿玉源太郎到上山满之进，对历任总督总是抱持忠勤逢迎，所谓“无向阳背阴的分别”，凡事“尤罗须”，以绝对的顺从来赢得主子的信赖。

相机镜头里的“大国民”，木口木面喜怒不形于色，看在阮成义的眼中，他只是个从里到外由日本人组装操纵的傀儡，没有灵魂生命，只化妆演戏，一如台上的演员。穿上殖民者为他选定的戏服，赐给他贵族家徽的和服，掩盖了小腿被恶犬咬掉一块肉结的疤、手臂被水蛇咬过的痕迹以及当罗汉脚时与人打架的伤疤。

镜头焦点聚焦在他的脸上，阮成义发现“大国民”脸上斑点处处，似乎是患过天花留下的麻点。报纸上看到的照片没照出麻子，原来是日本当局用滤色镜加工，在他黑白的官方照片动手脚，经过特殊处理，让照片泛上一层锈黄色，掩饰脸上的疤痕。

一切都在欺罔之中。

3.

有关阮成义的下场，有两种说法：

一是日本当局依违反台湾铳炮火药类取缔规则，将他判刑入狱。这种说法是根据警察搜捕台湾共产党的行动中，在员林火车站审问一个行迹可疑的青年，搜身时发现他藏有手枪，枪膛装了三发实弹，手指戴有两枚行凶的戒指，从他随身携带的背包搜出无政府主义的文告和著作。

该青年被查出是劳动互助社社员，手枪及凶器乃为暗杀滋事行动而携带，警方根据这线索，全面检举互助社的主要成员，阮成义的住宅也遭到搜查，没收他准备暗杀“大国民”的那把手枪，以及行刺的具体记述地图。证据确切，阮成义当场遭到逮捕，“台湾劳动互助社”被判定为一欲破坏殖民统治权的无政府共产主义企图暴力革命团体，于昭和七年（公元一九三二年）六月二十一日——始政纪念日后的第四天，将十四名社员判刑入狱，阮成义及员林火车站被审问的社员都在其中。

第二种说法是阮成义暗杀“大国民”没能成事，逃离台湾，到中国大陆加入地下共产党。

以上两种有关阮成义下落的说法，都是因他突然失去踪影所做的揣测。

就在众人议论纷纷的时候，艋舺、大稻埕的风月场所沸沸扬扬地传诵一件大新闻，艋舺一个艺妲拒绝日本人寻欢，向她求欢的日本人，还不是一般泛泛之辈，那人是会作汉诗、名重一时的日本诗人。更令好事者哗然的，是从中撮合牵线，企图成就这桩好事的，竟然是大名鼎鼎的“大国民”，而被牵线的艺妲月眉，还是他从洛津家乡带到台北的老相好。

本岛稍有见识的艺妲都不肯把肉体卖给异族的日本人，她们清楚如果触犯这条戒律，被当作“番仔酒矸”，不但会弄得声名狼藉，见不得人，令本岛阿舍避之唯恐不及，而且一旦弄上这烙印，就不得不远走高飞，到别处讨生活。活跃在台北酒楼茶馆的艺妲莫不以此为戒。

风月场爆出这条大新闻之前，阮成义打听出“大国民”喜欢听南管曲，不只一次进出艋舺淡水河边的艺妲间听月眉弹琵琶唱南管曲。阮成义躲在岸边扬柳树后，靠暗夜掩护，狩候“大国民”的出现。

打发鹄候的无聊，阮成义扯下一条条垂柳，放在掌中揉碎，闻嗅青腥的青草味，如果这时给那些爱造他谣的好事者看到了，一定又要去议论他这个花心阿舍玩厌了游廓的日本艺伎，跑到艺妲间换口味来了。

为了排遣苦闷，也是对自我的厌恶吧，他的确在欢场中玩着爱情游戏，而且乐此不疲。他向比较有见识的烟花女子讲些时髦的启蒙主义的词句，念两首俳句，一等对方死心塌地地爱上他，阮成义立即闪人，离开为爱而啼哭的女子，到别个风月场所寻找下一个供他戏弄的对象。明知自己的行为有失厚道而且无聊至极，阮成义却不愿停止这种勾当。

现在他向留着长发、一心憧憬红色之恋的马克思青年大力鼓吹无政府主义暴力革命的理念，大谈西欧国家的暗杀事件，他们为打破旧环境而革命，为自由而战，也就是为道德而战。阮成义强调暴动、暗杀、威吓，一切破坏殄灭的行为都是革命家的新道德。

“台湾人太郁闷了，快要窒息而死了，必须打开窗户换换新鲜的空气！”

他不齿日本虚无主义者的行径。

“这帮人认为人生存没有意义、目标，没有价值，不相信真理、美、爱，不在乎社会准则，无政府主义绝对不是虚无主义。”

阮成义捏了一下藏在身上的手枪，很庆幸自己终于找到了生命的重心。

他常常对着镜子比晃手枪，练习冷枪射击“大国民”，不时纠正自己太过僵硬的肢体，生怕到时候无法运用灵活如意。不管成事与否，他已经准备牺牲，如果侥幸脱离死神，他想重游小时候去过的东京，到筑地小剧场，漫步神社旁边的墓园，向夏目漱石、樋口一叶致敬，希望在青林绿叶间，与一群社会革命者、文学青年深刻地讨论知识分子的责任。

阮成义很遗憾没赶上五月一日的劳工运动，那一天岩佐作太郎、山鹿泰治、犬冢员三郎和许多劳动者实际行动，他们扛着无政府主义的黑旗与赤色工会分庭抗礼。听说人潮汹涌却有相当的秩序，是一次合法的劳工运动，很可惜“台湾劳工互助会”，没有人前去东京助阵。

“大国民”没有出现。拒绝日本人寻欢的月眉跑到“人类之家”要求收容避难。自称为人类的使徒的稻垣藤兵卫，是个被媒体界视为怪杰的人道主义者，他提倡人类必须超越民族壁垒，进而相互友爱，支持台湾人反对殖民者的剥削，在艋舺、大稻埕风化区散发“给被虐待的姊妹们”的传单，鼓吹娼妓自行废业从良，成立“人类之家” 给逃离火窟的妓女藏身。虽然稻垣的行动被比喻为摇撼大山的一只小老鼠，然而，他鼓吹娼妓自行脱离贱籍，回复自由身，在花柳界引起极大的震撼，短短期间，就有六十几个娼妓决心跳出火坑，跑到“人类之家”，月眉是其中之一。

被娼妓奉若神明的稻垣，卖春业者视他如蛇蝎。谣传他大肆鼓吹自废，是因为内地的救世军即将大举来台，试图解放所有的娼妓。于是有人设下陷阱，利用一个赋闲住在“人类之家”的工匠小泉，以炸药及手枪栽赃，稻垣被警察拘留。

查明真相后，被释放的稻垣听说小泉因诬告他被收押，摇头感慨道：

“真可怜，还有妻子的人，为何心地那么卑鄙？”

小泉出狱那天，稻垣还前往接他。

2　嫁接

1.

从小到大，施朝宗印象中的祖父总是病恹恹的，抱着药罐，整天躺在床上哼哼唧唧唉声叹气，抱怨个不停。父亲叮咛朝宗不要去吵他，祖父心情郁卒，还没从几年前所受的打击中恢复过来。

那年岁末一个刮风的黄昏，到台北来看孙子的寄生，临回洛津前，走进大稻埕一条昏暗的巷子，看到路边摆着一个旧书摊，有个老人驼着背，坐在一张破凳子上寂寞地卖着纸笔。寄生认出那个风烛残年的老人是曾经引领诗坛风骚的汉诗人孔文达先生，一位有实学的汉学硕儒，他在《台湾诗汇》杂志发表的诗，那份遥想故国的暗喻，令寄生低回不已。

这位才气纵横的艋舺阿舍自号“悔迟生”，感叹生不逢时，是艺妲群集的“蓬莱阁” 的常客。他与风月场所中有才情的诗妓感怀身世相知相怜的诗句，曾经被传诵一时，于今失意沦落到暗巷卖纸笔为生。

年来欢少觉愁多，百事无成蹉又跎。

诗人惆怅的诗句不也正是寄生心情的写照？

回洛津后，寄生躺在床上，再也找不到起床的理由。

汉仁担心父亲所受的刺激太深，怕他一时想不开，会有三长两短，执意把寄生接回台北就近照顾。

一直到皇民化运动“大东亚协会台湾支部”成立，以皇道精神拯救支那、解救东亚的呼声高唱入云，一向不愿社交与人往来的寄生，稀罕地接待了两个来客。朝宗从学校放学回家，踏入玄关，听到客厅传来谈笑声。平时家里静悄无声，父亲以寄生正在治疗慢性病为理由，禁止家人喧哗。朝宗纳闷地进了客厅，祖父与两个客人有说有笑，禁不住好奇，朝宗走过去拿起桌几上的杂志，翻开来，里面全是汉字，仗着祖父平时对自己的纵容，朝宗当着客人不屑地撇撇嘴：

“哼，支那文……”

祖父不但没责备他，还抚掌和客人呵呵直笑。

从那一天起，他的祖父简直换了一个人，一个他从来不认识的人。他从病床上一跃而起，打开终年紧闭的窗户，引进新鲜的空气，让人把房间收拾干净，面窗的书桌崭新的纸笔墨砚准备齐全，笔酣墨饱，只待诗人落笔。

朝宗看着祖父背着手，绕着房间盘旋寻觅灵感，一有佳句，便拿起毛笔伏案疾书。不只一次，祖父又唤朝宗进他房里，把他自觉得意的诗句念给孙子听，抚着染霜的长须比喻自己过去好比困在沙滩的蛟龙，而今得水再起。

潜蛟岂应长夸困，正是风云得路时。

声称“中流砥柱赖群儒”，矜矜自喜之余，也感慨万千，没想到有朝一日，他的汉诗还能白纸黑字印在每一期的《风月报》上。

汉文起死回生令寄生大感振奋，他预感到汉文将成为这个时代的新宠。

卢沟桥事变后，日本对懂得汉语的人才需要突然大增，他鼓励孙子掌握时机把汉文学好，到满洲发挥，加入东亚新秩序建设。

“学语言易，学文字难，欲入中国活跃，非语言文字二者俱精，殊难望其大成功，朝宗孙儿勉乎哉！”

做祖父的要他留心《风月报》每一期的“战地诗抄”汉诗栏，不要去看同本杂志连载的流行小说，那些词不达意的白话文消遣游乐的戏言，根本不值得一观。更何况这些白话文的作家古套歪用，戏拟古人，颠倒认知，寄生以为简直罪不可赦。

朝宗不敢告诉祖父，他的姑妈每天追着《台湾日日新报》长篇连载小说《可爱的仇人》看，姑妈不愧为祖父的女儿，汉文根底深厚，批评《可爱的仇人》作者写的白话文夹杂台湾话和日语词句，与纯正的汉文有所距离，嘴里这么说，还是穷追不舍地看连载，一天也没漏过。

作家张文环把这部小说翻译成日文出版，朝宗读了还和姑妈津津有味地议论：既然是仇人，怎么还会可爱？

2.

施寄生说他要做他自己。用文言文写汉诗他才能做他自己。他拒绝成为自己以外的另一个人。

第十七任总督小林跻造如火如荼地推行皇民化运动，实施国民精神总动员。寄生的孙子朝宗早上拎着海苔包的冷饭团便当上学，今天又轮到全校师生步行到圆山参拜官币大神社的日子。到公学校途中，他向设置在每条街的拜揖所鞠躬，看到警察命令一个穿台湾衫的阿伯站住，从口袋掏出剪刀，当众剪掉阿伯胸前的盘扣，喝令他下次不准穿台湾衫上街。

两个穿日本和服的台湾女子拎着菜篮去买菜，远远看到大人，故意大声叽哩咕噜讲日语，怪声怪气的发音，使得朝宗向她们投以白眼，十分不屑。

他是老松公学校五年级学生。从小父亲汉仁梦想送他上小学校，专为日本子弟设的小学校也收少数的台湾学生当点缀，学生必须来自中上阶级，通过户口调查，经过笔试才准入学，一班五六十个学生，台湾子弟占不到十分之一。

汉仁以为他任职公卖局，公家机构应该可获优先录取，没想到户籍调查却没通过，不得已只好把儿子送到公学校。教朝宗日语的女老师没有学历，从东京——她说帝都——随丈夫到台北来，宫本老师鄙视通行台湾的九州腔日语，她认为从鹿儿岛、熊本、福冈来台的九州人，都是下层阶级的农民，日语腔调不堪入耳。她更瞧不起台湾人混合日台语法所说的日语，痛恨被殖民者把日语台湾化。

“学生只有在学校使用日语，一走出教室，回家就讲他们的土语，”宫本老师嘲笑，“台湾人不懂日本人的家庭语，把敬体和敬语错误地使用，闹出父亲用敬体对儿子讲话的笑话！”

她把台湾话贬为低俗下流，说它是一种残障语言，有着土语的下品感。学生在课堂上讲台湾话，自视很高的宫本老师脱下鞋子打了那学生一嘴巴；还有一次用铅笔放在另一个犯规的学生的手指缝间夹紧作为惩罚。

皇民化宣扬日语是日本人的精神血液，学习日语是成为日本人的方法。朝宗家是“国语家庭”，在入口处悬挂“ 国语之家” 的门标，令朝宗引以为傲。他们全家都用日语交谈，只有到台北来和他们住没几年的祖父得到父母亲的默许，使用台湾话。小林总督明文规定六十岁以下的人必须在家中使用日语。

母亲告诉朝宗，“国语之家”是必须经过核定才能获得的殊荣，只有知识家庭、公教人员、医生才有资格。 这荣誉使他们得到种种优待，尤其在战争时期，一般人家中粮食一到月中就没有了，他家米缸的配给米还半满。国语家庭和日本人配给的布料一样，都是六码，一般台湾人减半。他母亲带着户口名簿到荣町松井吴服店，推开日语注明的“童叟无欺，随手关门”的玻璃门进去领配给布。

最近朝宗故意躲着祖父，他要做个彻底的日本人，不想用台湾话回答他的问语。其实祖父曾经帮过他，父亲为了栽培他进以日本学生为主的小学校，从牙牙学语开始只教他日语，后来进不了小学校，到为台湾学子设的公学校，他因不会说台湾话遭到同学欺负，躲在厕所里不敢出来，幸亏祖父常到台北小住，让他学会了台湾话。

不过那是他一年级的往事了。现在他最不喜欢祖父叫他给起的学名。父亲告诉他，当年祖父抱病从洛津到台北来给他做周岁：

“可能是我和你妈结婚时没有按照传统那一套，什么送定、纳采那些古礼，阿公给你做周岁，补偿一下他的遗憾！”

周岁的仪式特别隆重，完全照传统，连朝宗母亲娘家互送礼品的礼数都不得免。当天由寄生亲自主持，准备牲礼、红龟供奉佛祖神明以及施家列代祖先，又举行“抓周”的仪式，为了预知一岁大的朝宗的志向，未来是否成器，将书、笔墨、鸡腿、算盘、小秤、葱仔、田土，每件物品各有其代表意义，这些东西放在一个竹筛里，祖父抱着孙子，以他先抓到的东西为准。

“你抓了一本祖父写的诗集。”

“啊，多可惜哟，抓的不是鸡腿……”

“看你抓到他的汉诗集，阿公呵呵直笑，开心得很，当场给你取了学名，说是让你读书时用的。”

“可是，我的名字是太郎呀，你取的嘛！”

“公学校规定学生要取日本名字。”

朝宗出生那年，刚好是昭和元年，寄生引经据典，以“昭和”年号来证明日本文化来自中国儒家渊源传统：

“昭和二字出自《书经·尧典》，取‘百姓昭明，协和万邦’的好兆头，千万不要弄到百姓遭殃，万邦不和才好。”

寄生也说“明治”年号是取自《易经》：

“圣人南面而闻天下，向明而治。”

才三四岁大，寄生把孙子抱在膝头上，教他一笔一画认汉字，要他跟着背唐诗：

“月落乌啼霜满天……”

祖父晃着头，眼睛微眯，每一句诗拉得长长的，漫声长吟的样子，使朝宗觉得好玩，也模仿阿公摇头晃脑的神情，跟着不知其义地朗诵。

进公学校读书那天，祖父脱下他新戴上的学生帽，摸摸他的头黯然低声说：

"可惜阿公的书塾被日本人关闭了，从前学子入学拜师，得经过一套规矩，马虎不得的！"

那套拜师的仪式是：家长得给先生奉上束脩，还得准备礼品，用葱代表聪明、芹菜表示勤学，都是同音字。这些东西连同豆饼、砂糖一起供奉在孔子圣位前，礼拜后，取一个煮熟染红的鸡蛋，从学子胯下由后往前滚，如果鸡蛋刚好停在股下中间，表示学子的书一定能读得很好……

这一套入学规矩简直又迷信又滑稽，朝宗很欣慰当时他听了有这样的反应。

几天前，有个洛津同乡到台北来找祖父，来人摸摸他的肩膀，说长这么高了，用台湾话问他话，朝宗指着大门大声呵斥：

"台湾人，出去！"

父亲汉仁上来解围，事后跟朝宗说，同乡在公车上用台湾话问路，也被不客气地阻止，他自称天生太过鲁钝，到国语讲习所学了三个月，连简单的问路都学不会。

皇民化雷厉风行，朝宗的母亲穿和服更觉得名正言顺，到市场买菜，人家把她当成日本婆子，让她喜滋滋的。她从来不穿台湾服装，回洛津探望婆婆时也都穿洋装，婆婆找裁缝给她量身，做了两套对襟台湾衫给她，下身松垮垮的裤子，还配上剑带。

不愿伤婆媳之间的和气，只好勉强穿着，一出洛津家门她立刻到邻居家换了洋装回台北，下次到洛津，便把台湾衫装在包里，下了火车先到邻居家换上，再回去。

3.

外面闹哄哄的推展皇民化运动，施寄生把自己关在屋子里用文言文写汉诗，做他自己。

洛津乡亲到台北来找他时，他在里屋，没听到孙子对同乡人的呵斥。日本殖民者把台湾的民生风俗信仰连根拔除，从民间信仰的庙里搬出观音佛像、妈祖王爷到屋外举行“升天祭”焚烧，命令每一户人家移走正厅供奉的佛像、祖先牌位，取而代之的是天照大神的神龛，以及伊势神宫颁发，用白纸扎成的神位大麻。

寄生眼睛朝屋梁上看，他早已把施家列祖列宗的牌位藏在梁柱上，每年祖先祭日，他偷偷照常祭拜。唯一可抱怨的是台北的生活起居有些不习惯之处，媳妇响应皇民化运动，连饮食也日本化，老给他一些生冷的东西吃，冷饭团、凉拌豆腐、冷面之类的，吃得他胃里寒气直冒。媳妇又特别爱干净，一天到晚洗洗刷刷，让寄生看书都不得安宁，三天两头要他坐在木头浴桶泡澡，泡得他皮变薄了，老受风寒。

然而，这些生活上的琐碎细事影响不了他澎湃的诗兴。寄生双手背后交握，在房间里盘旋酝酿写诗的灵感，下月初诗社又有诗人要到中国大陆去发挥，他要写首诗登在《风月报》上祝贺表扬此君维持汉学的功劳。这类的诗他已经写过许多，这一年来不少汉诗人抱负日华亲善、新东亚建设的使命，纷纷雄飞大陆，这一期《风月报》的写题征诗的题目是呼应时局的“新兴亚洲”，同时登载一首《提倡吟诗报国赋》，其中两句：

即今大陆风云急，报国文章正及时。

道出时下汉诗人的心声。

寄生翻阅杂志，近半年来每一期都以大量篇幅报道对岸大陆不同地区的风俗民情，专文讨论北京话以及进出大陆活动所需的一些常识。抚着几近全白的胡须，寄生欷歔，看来今生只能神游故国，无缘亲自踏足神州大地了。

寄生一直相信台湾与中原唐山本来陆地相连，中间被海峡隔开，是在亘古时代一次云鳌动眼、天柱震摇的大地震，地牛翻身，山海移动，台湾才从唐山剥离出来，自成一个四面环海的孤岛。

乙未变天，台湾岛上的人在不知不觉间被大清帝国遗弃，一夕之间变成弃地弃民，当北白川宫能久亲王率领的日本禁卫军进驻洛津的文开书院，道光初年邓传安的“新建文开书院记”碑被毁后不知去向，寄生真不想继续漂流在这海岛上了，他但愿率领族人穿过海峡地道，回到泉州沿晋江而居，重又贴近华夏文化。

其后嘉南平原一次强烈的大地震，崩塌了八卦山，泥沙滚滚的浊水溪溪水奇迹似地转为清澈可照人影 。寄生对窗棂断绝、门户崩塌的灾情，预感到历史将在他眼下重演，从唐山剥离出来的台湾，终将再一次回到中原，与大陆复合连成一块，而他也不会再被囚禁海岛无路可出了。

回归中原的幻想始终没有在真实生活中发生。寄生只有借诗文神游故国，他自动请缨，帮助企图重振汉诗的《台湾诗荟》杂志整理清朝以降的汉诗人未曾发表或是散佚的作品，杂志着重登载两类诗文：一类为清廷派遣到台湾来的官员、幕客所留下的宦游诗，另一类为乾嘉以来，台湾土生土长的本地诗人的作品，以诗表达岛上的风土民情。

寄生集中整理评介宦游诗。可惜《台湾诗荟》才出版四期就停刊了。

而今《风月报》杂志有汉诗栏以文载道，斯文未丧。寄生很庆幸自己能活到今天，亲眼目睹汉文起死回生，汉文的文艺界空前蓬勃景气。幸亏没被慢性病夺走性命，否则辜负他满腹经纶无从发挥，那会令他抱憾而终，徒然与草木同腐，不能立言传世。

他做梦也不敢妄想早已被贬为守旧落伍、边缘外的边缘的文言文，有朝一日会变成时代的新宠，令寄生有突然从百无一用的弃材变成栋梁的惊喜之感。紫珊室主在《风月报》一百期祝贺文中，充满感触地公开感谢杂志“不弃樗栎”，让他得以借文章报国，不致没没终老，从旧学不合时宜枉费满腹才学的黯淡悲凉，转为踌躇满志。

寄生心有戚戚焉。他早已把功名镜中看，汉学书塾被迫关闭，击钵唱吟被推动白话文的文人耻笑为无病呻吟，他一介书生屈守家中，有志难伸，郁郁不得志了大半辈子，总算有这么一天，困龙而起，蓦然进入佳境，无怪乎《风月报》同人以“皇恩浩荡迩遐施”报答天皇陛下的无极恩德。

汉文是汉民族的文化精粹，也是东洋日本文化的传统。两国本来同文同种，肤色亦同，用不着日本当局鼓吹汉文文艺与东亚新文艺道德如出一辙，寄生早就心领神会。

闲时他与几个志同道合的汉诗人品茗聊天，说起日本的汉学、日文中的汉字，与中国儒学、汉文如出一辙。

座中有一位诗人，对历代日本汉学的演变娓娓道来：

古代日本用汉文体写文章，到了镰仓时代文章与口语才分开，其后和汉混合文语文体一直沿用到江户末期。江户时期汉字、汉文和儒学被崇奉为最高学问。

即使明治维新，过度崇尚欧洲文明，日本摸索新的文体，物极必反，到了明治中期，保守的国粹主义反扑回来，主张使用元禄式的雅俗折衷体，汉文直译，还是肯定汉字的重要。

寄生提到日本据台初期第一任学务部长伊泽修二的主张。

“日本和台湾同文同种的手足关系，日文和汉文是同文，伊泽先生说的，他把四书五经纳入学校教育课程里，指定为台湾人必读的书。”

寄生不去理会伊泽修二的目的是在中日共通汉文儒学的文化基础上，灌输日本天皇万世一系的国体精神，把儒学经典当作扩充天皇国家意识形态的主要媒介，借以养成顺良的国民性格。

“教他们我们的国语，我们也要学他们的语言。”

寄生对伊泽修二这句话，感激涕零。

这位学务部长相信汉语作为本岛人的生活语言，与学习日语并不相悖，于是重新找回书塾教师，对八至十五岁的学生教授《三字经》、《孝经》、四书等。寄生义不容辞挺身而出，号召区长向当局申请创办义塾，在洛津城隍庙后殿举办夜学，招徕百多个学子，免费教授汉文、尺牍、书法。

可惜好景不长，公学校的教师担心学生学习汉文，会阻碍日语学习，警察也忌讳学子太过踊跃，勒令解散义塾。

自此之后，教育界的日语同化主义变成主流，严厉批判伊泽的日文同种思维，应该把四书、五经踢到淡水河中，或者投入惜字塔放火烧掉。

转了这么一大圈，汉民族文化精粹的汉文，终于与当前的时代重新接上轨，汉诗人借着诗文扮演日华亲善的角色。

浩道秦灰烧不尽，珍藏鲁壁尚遗谟。
此日欧风翻浪急，中流砥柱赖群儒。

4.

寄生把尘封的至圣先师孔子像打开，挂了起来。他很高兴日本人终于回心转意，重新肯定儒学的重要。日本人知过能改，他以孔夫子弟子儒家宽阔的胸怀原谅了。

何况第十七任的小林跻造总督一上任，就支持他的洛津同乡诗友施梅樵发行《孔教报》，延续传统文化的脐带，尤有甚之，去年至圣先师孔子诞辰，小林总督担任祭孔的主祭官主持仪式。

大龙峒的孔庙兴建期间，寄生为了看出生不久的孙子经常到台北来，他不只一次抱着崇圣的心情前去探看大兴土木的孔庙，黉门、泮宫、百仞宫墙都是在他眼睛底下盖起来的。寄生最大的想望是在至圣先师诞辰那天，他得以身穿长袍，头戴六角凤凰顶瓜皮小帽，神情肃穆地在大成殿前参与祭孔仪式。

看来他平生志愿很快得以实现。

回想起来，寄生对台南击钵游食那几年始终不能忘情。除了府城文风鼎盛，与“南社”诗人唱和甚欢，还有一个使他念念不忘的原因，就是他亲自参加祭孔大典。日本据台后，台南的祭孔仪式停办了几十年，任凭孔庙赭红的宫墙倾圮荒废。寄生到台南的隔年，前清廪生、望重于翰林的诗坛领袖赵云石，召集府城文士修葺孔庙，恢复祭孔。

寄生把他肃立台南焕然一新的大成殿前的心情，写成一首五言律诗登在当地文士办的《三六九杂志》，获得主祭官赵云石的赏识，请他在“史遗”一栏写文章，该专栏以刊载史迹逸史、耆老琐闻为主。

小林总督主持祭孔，招来台北一些思想民主的知识分子的议论，明眼人一看就知道日本当局耍两面手法，他们对早年日军破坏建于光绪五年的孔庙记忆犹新。日本据台，进驻孔庙大肆毁坏文物，甚至拿圣贤牌位当厕所板，几年后又以市区改正拓宽道路为理由，夷平了整座孔庙。

受到大正民主潮的影响，台湾成立文化协会，提出设置台湾议会的请愿，要求撤除“六三法案”，日本当局御用的保守士绅认为文化协会人士高唱民主自决，颠覆东洋文化与伦理纲常，是危险的思想，必须提倡尊师重道、忠君孝悌的儒家孔孟之道来对治，于是向总督倡议重建孔庙。统治者顺水推舟，也以当初拆除孔庙是一大失策，接纳御用士绅斥资建庙，选定大龙峒重建孔庙。

一方面小林跻造装模作样，全身穿戴祭孔，维护封建保守的儒家思想；另一方面却把本来已经降为选修的汉文课完全废除，同一个月主流媒体如《台湾日日新报》的汉文栏也遭到禁止而停刊。总督却又笼络传统文人，容许立场保守的汉文通俗杂志《风月报》的存在。

具有民主意识的知识分子以为《风月报》之所以成为汉文栏废止政策下残存的异数，是总督利用这些无聊的文人的笔报道都会酒楼、风月场所的消费活动，写些花丛小记的汉文诗，以白话文描绘都会男女情欲的连载小说，借此美化日本帝国的殖民统治，塑造繁荣浮华的社会假象，一群自命风雅、过气失势的旧文人和一些无行的新文艺作家臭味相投，提供市民茶余饭后的消遣而已。

这本颓废娱乐取向的通俗杂志创刊时，还组织了“风月俱乐部”，标明纯文艺、纯休闲，绝不涉及政治立场。随着日本军国主义以武力侵略中国，卢沟桥事变后，战场作战以及统治占领区大量需求懂华文的人才，汉文同文主义咸鱼翻身，在时代需要下，再度被起用。具有中、日文能力的台湾人派上用场，纷纷投身大陆当翻译，汉文被当作促进日华亲善的语言工具，鼓吹东亚新秩序，为日本宣扬国策。《风月报》变成同文主义论述下的新舞台，汉文书写被东洋殖民主义渗透嫁接，扮演兴亚文学的角色。

5.

寄生没想到这些。趁着写诗余兴，推开纸门，走下玄关，他来到屋前小院探看半个月前嫁接的玫瑰。

小小的院子经过他两年来的经营，已然花木扶疏。刚到台北住儿子家，本来也提不起莳花种草的兴致，偶尔读到一句诗：“芭蕉叶大栀子肥。”不由得想到洛津老家后院初月亭四周他手植的栀子花树，他曾经每天坐在亭子里的瓷凳观鸟品茗赋诗，闻着栀子花香。

日本人的市区改正计划，初月亭有一半成为拓宽道路的一部分，拆除那天，寄生发誓与亭共存亡，坐在亭子里抵死不肯离开，派出所的警察拔出腰间长剑指着他的鼻尖，不得已寄生抱着鸟笼，进到前屋，从此听任后院荒废，剩下半园子的栀子树也自此不再浇水。

花树犹如此，人何以堪。

手抚着玄关前的玉兰回忆往事。去年夏天一次猛烈的大台风差点把树刮倒，风止息后，寄生到小院察看灾情，触目一片狼藉，花盆碎裂翻倒，篱笆角落的芭蕉连根被拔起，位在风头的玉兰树灾情最为严重，折断落地的枝条铺了半院子，剩下的主干简直遍体鳞伤，叶子被风刮光了，枝条折断的伤痕在初晴的阳光下惨不忍睹。寄生不由得怨恨造化无情，此后他对这株受难的玉兰特别细心呵护，勤于浇水施肥。

一年不到，寄生发现断裂的枝丫被长出的新树皮覆盖了，伤痕愈合了，手抚着新长出的树皮，他有点吃惊伤口恢复得如此迅速。

不知嫁接的玫瑰伤口愈合了没?

原先寄生以为他只偏爱花形娟小、香味怡人的花树，像桂花、栀子花等。在台北住下之后，闲时去逛附近的花圃，立刻爱上多姿的玫瑰，不仅紫红、粉白、鹅黄美不胜收，更为浓郁的芬芳所迷。寄生在院子角落种了一排玫瑰，春末夏初开了一次花，没想到红色的花形状远不及花店的好看，而且必须凑上去才闻得到淡淡的香味。

寄生想用嫁接来改良品种，特地到花圃找来芽眼饱满健壮、适于繁殖的母株枝条作为接穗，选在春天萌芽以前，一个晴天早晨，露水干了以后进行嫁接。将接穗插入已经削好的砧木，用绳子绑紧，使两种不同的枝条紧密地扎在一起，生长成为不分彼此的新个体。

绑好后，浇了一次透水，外面用报纸包好，再拿竹叶裹覆，寄生怕日光直射蒸散水分，还把它们移到阴凉的角落。嫁接完成后，他每天探看，苗圃的人告诉他十天后如果发芽，表示嫁接成功，可以拿掉覆盖的报纸、竹叶，接下来拆除嫁接时用来绑紧的绳线。

“已经长在一起，没必要再绑了，”苗圃的人说，“一看到砧木长出嫩芽，记得摘掉，只留接穗芽生长，不要让根砧的蘖芽消耗养分，影响愈合。”

接穗的绿芽在他的期待中长了出来，寄生很为嫁接成功而得意。

弯下腰，寄生伸出手指预备摘除砧木又长出的芽，没想到几天之间砧木颜色变黄黑，得了病虫害，给病菌腐蚀了。嫁接成功后一个月，花圃的人说，便可开出品种高贵、香味沁人心脾的玫瑰花的想望落空了。

直起腰身，寄生不自觉地把目光转向先前种的被他嫌弃的那一排玫瑰，一朵花形不怎么美丽的红花，孤零零地兀立在枝头。寄生趋前细看，这朵花已开到尽头，却倔强地随风摇晃，花瓣不肯萎落凋谢，再往下看，寄生发现玫瑰的根茎也受到病虫害，已经腐败的根固执地不让花朵凋落，兀自摇曳风里。

一对美国的海耶特兄弟，一个英国人帕克，隔着太平洋几乎在同一时间各自用樟脑和硝酸纤维素研制压缩出一种半透明、易燃的塑料，发明了赛璐珞（Celluloid）的原料，这是人类发明的第一种合成塑胶。它外表上看有点像象牙，摄氏九十度下会变软，可渗入各种色泽，捏成各种形状，冷却后变硬，具有很大的扩张强度，耐水、耐油、耐稀酸。

制作赛璐珞的樟脑，必须是最精纯的，拿纯度高达九九·三以上的改良乙种樟脑，再继续进行连串的升华，除去水分及杂质，经过干馏得到九九·六的精制樟脑，以它作赛璐珞的原料。

这种合成塑胶用途极广，可用来制造假象牙、化妆品、人偶娃娃、玩具等。最重要的是，随着人类文明的进步，电影发明后，赛璐珞成为制造电影摄影用的软片不可或缺的原料。

这是我最风光的时刻。光是日本，在一九三〇年代，软片的销售每年高达七八百万元以上的巨款，美国伊士曼、柯达公司的胶卷原料，绝大多数来自台湾的精制樟脑，水涨船高，价格涨了三倍，还供不应求。若说台湾的樟脑促进了世界电影业的发达，贡献不可小觑也不为过吧！

3　旗袍与电影

——掌珠情事之五

1.

台湾光复，重回祖国怀抱之前，掌珠对中国的认识，都是从银幕上得来的，她靠看电影与祖国取得情感上的联系，她以为知道了中国的一切。

光复后到台湾来的接收大员的嘴脸，使她想到《故都春梦》一片中，那个投身宦海、贪污的税务局长，好像活生生地从银幕走了下来鱼肉台湾人，而横行霸道的国军，简直就是电影里作恶多端的军阀手下的兵士。

国民政府才接管几个月，物价像断了线的风筝日日升高，车票、电灯、自来水费节节上涨，征收的税金也比以前多了几倍，整个社会有如箍圈松散的木桶分崩离析。

光复后过农历新年，连续两年台北都阴风惨雨，一点也没有过年的欢欣气氛。老天在为置身双重边缘、处境尴尬的台湾人哭泣。中日发生战争，有些台湾人但愿能够挺身而出，与大陆同胞并肩作战，却因身为日本“皇民”而被中国抛弃。战争末期，当总督征召本岛青年赴前线残杀自己的同胞，百姓被迫夹道欢送，诗人用两句诗形容台湾人复杂伤痛的心情：

无地可容人痛哭，有时须忍泪欢呼。

台湾人是因为表面上帮助日本侵略中国，光复后才听任来接收的大陆人欺凌吗？

台湾像只缺少了舵的船，在太平洋里浮沉飘零无依，老百姓盼望作家、知识分子挺身而出，做人们的口舌，像日据时期一样以笔为剑，批评异族统治者的剥削。遗憾的是，他们有口难言，也写不出流利的白话文，无法借文字来批判时政，即使暗地里发牢骚，也不觉舒畅。

光复后不久，有一天掌珠路过永乐町，现在改名为迪化街，看到路旁一排卖香烟的摊贩向路人兜售，她对这日本时代从未见过的景象颇为好奇，不免驻足旁观。一个老妇人的烟摊被穿制服的查缉员扣住，白发苍苍的老妇奋不顾身地抢救被拨落了一地的香烟，跪在地上向查缉员求情。掌珠穿过沉默围观的人群，上前想为老妇人说情，她张开嘴，空气从肺部进入喉头，引起声带震动，咿啊了半天，却有口难言，脑子一片空白，说不出一句话来。

后来还是一个会说国语的半山上前翻译，得知老妇人卖的是外省牌的私烟，丰原制造的，用火车运到台北，查缉员人证物证俱获，以违法贩卖私烟的罪名扣留老妇人。

掌珠狠狠地敲了几下自己的脑袋，骂自己是哑巴，得了失语症，不会说国语，比废人好不到哪里去。她恨那个半山，把她当成丧失表达能力的白痴，半山还特地转脸对住她，让掌珠看清楚他的表情和说话的嘴型，慢慢地吐出一个字一个句子，发现掌珠对他所说的语音一脸茫然，他甚至还透过手势比手画脚想让她明白。

悻悻地回家，巷子口的理发店使掌珠想起那青年，文化协会运动办得有声有色时，懂汉文的他读《台湾民报》给上门剃头的顾客听，替老板招来财源。皇民化运动如火如荼的那几年，青年改用日语向一群家庭主妇念公学校的课文。那青年看上去二十来岁，所谓的大正郎，一般像他这样完全受日本教育的，不要说读懂汉文，连台湾话都说不完全，他两种都会，实在难得。

现在改朝换代，得说中国国语了，但不知他是不是和自己一样，看得懂一些白话文，却是个开不得口的哑巴？国民党政府来了以后，是不是和自己一样也沦为失落的一群？说不定那青年正在哪个国语会话班卷起舌头，鹦鹉学舌一样拼命学北京话。

光复后，原本教授“天地玄黄”的书塾恢复了，掌珠在南门市场看到屋檐角挂上一面小黑板传习几句国语会话，当临时教室，用日本人编的《华语急就篇》的课本，用假名注音，以日本人的方式学中国话。掌珠听说也有以标准注音教学的地方，但学费比较贵。

行政长官陈仪来台上任，禁止台湾人使用日语，认为那是被奴化的象征，他相信唯有国语能够使国家统一，承传真正的中华文化遗产。他担任福建省主席期间也不学台湾话，自己留学日本，娶了日本妻子，可是到了台湾，明知用日语可以改善他和台湾士绅的关系，还是坚持用国语，从来不肯说一句日语，以之表示日本对台湾影响的结束。

掌珠考虑要不要报名学国语，台湾省国语推行委员会的“国语推行所”从中国各地招聘国语教师，声言要清清楚楚地把国语声音系统的标准散布到台湾。政府施行中国文化重建，首先要解决的就是语言问题，令六百万的台湾人回到祖国的怀抱。据委员会的调查，其中百分之七十——四百二十万左右的台湾人的生活语言竟然是日语。

“五十一年中，敌人用种种心计，不断对台湾同胞施行奴化教育，不仅奴化而已，并禁用国文、国语，普遍地强迫实施日语、日本教育，开日语讲习所达七千余所之多，受日语教育者几乎占台湾人之半数。”

所以台湾五十岁以下的人对于中国文化及三民主义差不多没有了解的机会，委员会警觉：

“这真是十二万分的危险！”

掌珠有点遗憾当初没参加“一新会”，到雾峰学白话文及国语。

林献堂带他的长子林攀龙结束了环球旅行，回到雾峰，夏天的夜晚，把欧洲带回来的留声机搬到院子里，放上曲盘，听一个名叫卡罗素的意大利歌唱家演唱《善变的女人》，歌声回荡在萤火虫飞舞的夜空。

林攀龙引用欧洲名言：

“凡人不能如日月之光照遍世界，亦当如灯火之光照遍一室。”

他认为“台湾的再建设要从地方落实和开始，地方的革新先把清新的气性广大地散布开来”，他梦想“要让番红花在大地的沙漠开放”。

“九一八”事变前一年，山雨欲来风满楼的诡谲气氛下，他们成立了“一新书塾”，向日本当局提出申请教授汉文，遭到一再拖延，后来以书塾也开设日语课程为条件，才得到许可。掌珠对一新书塾开的“六百字篇”这门课特别感兴趣，她听说每一个汉字都附有白话的标音与造句举例。

她也听说林献堂亲自批改学生的作文、日记等家庭作业，还不吝奖励栽培有天赋的才女，先后资助好几个诗文字画俱佳的女学生到大陆的专科学校深造。

掌珠早就知道雾峰林家，她秀水乡下的启蒙师朱秀才，是“栎社”诗社的会员，出席林痴仙的诗友聚会，回来形容林家大厝的百花厅雕刻摆设极为精雅。掌珠小小年纪，恨不得下次聚会，朱秀才带她一起去。

长大后，掌珠计划以她的养女身份写一部自传体的小说，书名都想好了，拿起笔来，才发现识字有限，跟朱秀才学了几年的之乎者也根本不够诉诸文字描写受尽虐待的苦楚生涯。正在为词不达意而烦恼，掌珠打听出雾峰林家莱园举办夏季学校教汉文，还提供学员膳宿，掌珠认为这是充实汉文的大好时机，直至看到申请的学员必须具有中等学历。从没进过一天学校，自幼失学的掌珠，与莱园为期三年的夏季学校失之交臂，她的自传体小说始终没能写成。

掌珠有点怨怪雾峰林家的阶级观念，只看高不看低，不给像她这种出身寒微的贫苦养女一个机会。听说当年活跃于“一新书塾”的女性，大都是林家的女眷，再不就是雾峰当地有头有脸的士绅的家眷千金，庆祝“一新”两周年的游园会，饮食摊位便是由这些夫人小姐亲自贩卖招待，让贵妇闺秀抛头露面，无怪乎远近扶老携幼前来参加。

掌珠也不是不羡慕那些有机会弹风琴、舞蹈唱歌、写作文演讲的学员，听说“一新书塾”还经常放映电影。

总督府举办始政四十周年的博览会，“一新会”组团到台北来参观，学员们光鲜亮丽的打扮，听说吸引了不少注视的目光。

王掌珠为了看懂中国电影银幕上的对白说明而起了学白话文的念头。

她立志要当台湾的第一个女辩士——默片电影的剧情解说员。后来听说早在大正初年，报纸上就登载过台北新起街市场内常设馆演电影，有一位日本女性讲谈师当辩士，她有一个很美的名字，叫本庄幽兰。

掌珠退而求其次，希望当上第一个用台语发声的女辩士。

她此生第一次看电影，还是在文化协会“美台团”的活动写真电影巡回队上，社会运动的积极分子先后用演讲、讲习会、舞台剧向农民、劳工宣扬民主思潮，启蒙人心，反对殖民政策，而用“会动的照片”放映电影宣传反对总督言论的“美台团”活动，则是把文化协会运动带到最高潮。

蔡培火从他母亲七十岁的贺仪中捐出三千余元，另外又募集同志的捐款，到东京购得美国制的放映机，以及七卷教育民智的影片，挑选文化协会口才好的青年会员，把他们训练成剧情解说员，首先在台南大舞台首映，接着巡回台中、台北，全岛各地放映。

每到一地，电影开映之前，团员合唱《美台团之歌》：

爱台湾，爱伊风好月也好……爱伊花木透年开……大家请认真，生活着美满……

“美台团”下乡演电影，每每造成轰动，民众一听到风声，奔走相告，穿上过新年的衣服，兴奋地扶老携幼，夜晚聚集在庙埕空地，好奇地看着用竹竿撑开的白布上会动的画面，拍手叫好。

一旁解说剧情的辩士，趁机会顾左右而言他，对日本统治者的种种苛政剥削明喻暗讽，观众心领神会，激动拍掌附和。批评太露骨了，高高坐在最后面的临检警察便大声吹哨子阻止，放映师不得不停下手摇的机器，警察上前警告辩士，要他小心言论。

王掌珠当场见识到辩士解说员鼓动人心的影响力。

有鉴于电影放映启蒙人心的宣传效果比预期的成功，蔡培火趁上海之行，又买回一些影片。可惜好景不长，“美台团”巡回不过一年，文化协会分裂，受到左派分子的阻挠。日本统治者无法压制的“美台团”活动，却因自己内部分裂，手足相残，无疾而终。

王掌珠到电影院看剧情片，是她到台北以后。迷上电影之前，她是剧场的座上客，后来发现摄影机像变魔术一样，可以把千里之外的风景、事物拉到眼前，让观众直呼不可思议，银幕上街道、室内、电车、餐厅、汽车、海滩，与银幕下的观众距离那么近，相互交织成密切的网络，看久了，让人几乎要身临其境。尤其是电影的那种流动感，不断变换场景，前一秒钟还在车水马龙的都会，一个瞬间，转换成绿树满荫的乡下，天马行空，迁流不停，影像视觉的丰富层次，远为空间固定的剧场所不能及。

舞台剧的演员，或坐或站老是在同一个空间位置，喋喋不休说上半天话，听得人呵欠连连，哪里像流动的电影把观众带入镜头，和剧中人一起哭笑，一起冒险。好莱坞的喜剧片，是身心忧苦、生活艰难的台湾人散心消遣的良方；卓别林的默片，令人捧腹大笑大快人心，饿昏了的流浪汉，把人看成了鸡，三番两次拼所剩的力量扑上去要吃了它，观众笑过后，摸摸脸颊，是湿的。

王掌珠对电影达到痴迷的地步。假日一天连续看三场，中午进去，出来时天已黑尽，她还以为是日食。为了看电影，她可以走好几里路，到郊区看她以为漏过的好片，坐在设备简陋的小电影院，银幕好像一直在下雨，沙沙直响，她睁大眼睛从头看到尾。其实乡下电影院为了赚钱，把片名改了，她对早已看过的片子，还是津津有味再看一遍。

台北市内的电影院她每间都熟悉，挤在人群当中，像过节一样热闹。她会一个人跑到万华游廓的芳明馆，发现观众清一色都是男人，他们以为设在花街柳巷的电影院，附近的欢场女子一定会成为座上客。男人们为了看美女而来。

大稻埕太平町的第三世界馆，掌珠从最初脱鞋进去，里面铺了草席，如要垫子得多加五钱的费用，一直看到后来设了木制长凳，可五六个人坐一排。

暗黑的电影院，眼睛盯住银幕上川流不息的画面，鼻子闻到外面小吃摊食物的味道，也可听到街上小贩的叫卖声，散场后踩着一地的瓜子壳、龙眼核、香蕉皮、甘蔗渣出来。

永乐座的观众也是以台湾人为主，门口不贴海报，只用粗笔把放映的片名写在竖立的招牌上，同一部片子连续放映几个星期。

2.

台湾人不看日本电影，对专门放映日本影片的荣座、新世界馆、第二世界馆都裹足不前。总督为鼓励本岛人学日语，不理会片商的要求，坚持不准在影片上打中文字幕，借以惩罚那些不肯学日语的人。

“要享受就得学习日语，不懂日语，不来看电影也无所谓吧！”

掌珠是少数不在此限的台湾人。她常是与日本观众平起平坐，坐在舒适宽敞的位子，欣赏半年前或一年前，有时甚至两年前已经在东京首轮放映过的电影。

台湾在举行始政四十周年的博览会之后，经济大为好转，西门町被规划为娱乐区，新建的电影院富丽堂皇，有回转式的椅子、冷气设备、咖啡厅等。

她也是西门町芳乃馆的常客，这家电影院和第二世界馆一样，都是日本风的建筑，售票窗口左右两边的橱窗陈列着剧照，夏天晚上，会有凉风吹过庭园走廊。经营芳乃馆的是一个年过中年浓妆艳抹的肥胖日本女人。默片时代的电影配乐是由乐团伴奏，后来改为播放唱盘，华丽的旋律经常飘到街上来。

掌珠穿和服坐在日本内地观众当中看日本电影，自以为就是其中的一分子。她随着剧情的发展与银幕上的日本明星一起哭笑，自觉融和无间。

邻座的日本人转过头，从肩膀往下打量掌珠的穿着，先是不敢确定，直至礼貌的两句寒暄，掌珠一开口，这人便确定旁边坐的是个本岛女子，她穿和服，头上戴蝴蝶结，把自己装扮做内地女人的样子。

被这样评头论足，掌珠浑然不觉。

有次看完《秀子的车掌先生》，散场走出新世界馆，街上一个穿大褂衫的妇人，好像得了急病猝然仆倒地上，和掌珠一起走出电影院的日本观众，不约而同地把目光投向她，好像知道唯有她能够上前与倒地的妇人沟通。

掌珠回家照镜子，也许是自己生得皮肤比较黑，鼻子塌一点才会被认出是本岛人吧！对着镜子，她用日语把银幕上女主角的一句对白重复了一次，发觉自己龇牙咧嘴，口型的牵动与那日本女星完全两样。同样的话语，从她嘴里吐出来，却是那么难听，完全缺乏女主角悦耳的节奏感。

摄影机把镜头拉近，放大演员的五官，可以看到日本女人长相骨骼的好多特质；镜头推远，女明星举手投足，上身微微向前倾，内八字的小腿向内弯，扭捏走路的样子，也不是掌珠学得来的，虽然她也穿日本木屐。

掌珠双手放在膝前，对着镜子弯下腰鞠躬，她实在不像内地人。

隔天她到永乐座看上海胡蝶主演的《女儿经》，掌珠发现她看了那么多中国电影，却没曾去注意银幕上的明星其实熟口熟面，好像她老早就认得的，他们的家居摆设、生活习惯，都令她感到无比的亲切，剧中人的欲望希求、情感的需要，她也大都能认同。察颜观色，掌珠觉得能够与他们灵犀相通，意会出他们的心语。

电影里那个工人蹲在小圆凳上抽旱烟，使掌珠想起住家巷子口那个捧着海碗扒饭的老阿伯，同样蹲着，老阿伯是蹲在地上。电影里的那工人吃起饭来，也是张大嘴喳喳有声地咀嚼吧！

掌珠困惑不解，和日本人平起平坐看电影，距离那么近，为什么近身的日本人反而使她感到亲疏有别，当中横跨逾越不得的鸿沟。相反地，银幕上十万八千里外，摸不着的支那人，反而令她不感到陌生。

也不只是她，散场后掌珠听到观众议论不停：

“那一个明星，叫胡蝶吧，只有一个酒窝，亲像我的小姨子，真古锥……”

“不稀罕吧，同样是汉民族，当然长得比较亲像，鼻子不像阿本仔那么尖，皮肤也没那么死白……”

一个青年小声问同伴：

“喂，不是说有一个台湾人跑去上海当明星？”

“怎么样？也想去吗？”

“哪里敢，看到支那的山川风景，有点思慕，一起去念书如何？”

几个女观众欣赏胡蝶的拖地长旗袍，也想去做一件来穿。

3.

光复第二年，台湾文化协进会在中山堂开第二次服装问题恳谈会，计划制作“文化服”，先制成一般市民、农民、商人、学生各种服装各一种，然后举行公开展览会，邀请各界人士批评。协进会视此为台湾文化重建的项目之一，目的是消除残余的日本风俗习惯的影响，把日本化的台湾人改造为中国人。

王掌珠很得意她身上穿的旗袍正是协进会制定的妇女服饰。她已经穿了好几年的旗袍了，皇民化运动的最高潮时，她穿旗袍上街，不只一次被日本巡警呵斥，命令她立即回去脱下，换上和服。掌珠死不肯从命，仍旧穿着旗袍，挑着僻静的巷子走，避开巡警的耳目。

“二二八”事变动乱的那几天，穿旗袍的掌珠被当作外省婆，把她从三轮车上拉下来，用剪刀剪掉下摆裙裾。掌珠回家脱下旗袍，从此换回大裪衫。

王掌珠打算当默片的辩士而穿上了旗袍。

辩士的重要性不容轻视，他的解说风格与技巧多少决定了影片是否卖座。观众与其说喜欢某部片子，不如说是喜欢解说剧情的辩士。

受欢迎的辩士在电影开场前，在观众的鼓掌中出现在银幕左边的小桌子前，桌子上会有一盏小灯照亮桌上的剧本，使他可以不用转头看银幕打出的字幕，方便忽男忽女念对白说明剧情。

最受观众欢迎的詹天马在第三世界馆当辩士，他擅长解说《关东大侠》、《火烧红莲寺》之类的武打片和古装片。明快清脆的口齿，为他博得了“台湾的德川梦声”之美誉。德川是全日本最著名的解说员。

据说连不懂台湾话的日本观众，到第三世界听詹天马的解说，也能感受他杰出的技巧，尽管他与德川梦声的声音格调不同。

掌珠对当时泛滥的武侠神怪片不感兴趣，她喜欢文艺片，剧情可以使她联想到自己的身世。她最初也跟着影迷起哄，喜欢永乐座的辩士“海咖啦源”，他因发蜡涂到可以滑倒苍蝇的西装头而得到这个绰号。他每次出场，总是戴着墨镜，西装上衣口袋塞了条红色的手帕，自觉风度翩翩，银幕下有一个他专属的乐队配乐，小提琴、黑管、伸缩喇叭各一只，由五六个乐师所组成。

无声默片转得很慢，配合乐队的伴奏，“海咖啦源”两只手悠闲地插在裤袋里，缓急自在地解说剧情。

王掌珠对“海咖啦源”的说明愈来愈不满意。她每次坐在第一排的位置，距离辩士的小桌子很近，她发现“海咖啦源”解说剧情时，既不转头看银幕上的字幕，也没照着灯下的剧本念对白，其实他戴着阿狗兄的时兴墨镜，就是看也看不清楚吧！掌珠看他两手抱在胸前，编造加添一些银幕上所没发生的故事，喁喁自语，好几次摘下墨镜，眼睛闪着泪光，好像被自己编的故事所感动。

五六个人的小乐队，也与辩士有默契，尽量把配乐调到最微弱，让他尽情发挥。

掌珠不想听“海咖啦源”忽男忽女瞎扯，他嘴里说的与故事情节的起承转合不相配合，段落也交代不清楚，她尤其受不了“海咖啦源”用他那嘶哑的破锣嗓子扮女声，向观众说明《神女》、《桃花泣血记》等阮玲玉主演的电影。

这位女明星是她最崇拜的偶像。身世和掌珠一样飘零，是个苦命女子，才五岁当工人的父亲辛劳过度离开人世，阮玲玉跟着母亲到富人家帮佣当小婢女。靠自己力争上游，终于当上明星，她没有忘记自己微寒的出身，电影里扮演的都是社会底层被侮辱、被损害的悲剧型女性，虽然出身阶级卑下，但却有生活理想，努力向上。

这是掌珠最认同赞叹的典型。令她愤愤不平的是，形势比人强，在封建社会的压力下，除了像《野草闲花》，阮玲玉饰演街头卖花女成为歌女，富家少爷有勇气打破门阀观念，这对情人最终有完满的结局。其余她所主演的片子，不是被迫投河自杀而死，就是被关进监狱，下场悲惨。

阮玲玉在《神女》一片中饰演一个受尽屈辱的妓女，为了让儿子上学，卖身赚来的钱却被流氓拿去赌光，在痛苦与愤怒之下，她用玻璃酒瓶意外打死流氓，以杀人罪被判刑。电影中，饱受摧残的阮玲玉，紧蹙两道眉，无语问苍天的眼神，看得掌珠揪心揪肺，只恨帮不了她。

对这可怜的女子，辩士“海咖啦源”没有丝毫同情之心，在阮玲玉被警察带走后，还说了些天网恢恢、正义道德的话，气得掌珠真想上去叫他闭嘴。

另一部《桃花泣血记》，富家子弟厌倦于上海灯红酒绿的都会生活，到乡下认识、爱上了阮玲玉饰演的牧羊女，这是场注定失败的恋情，被抛弃的牧羊女最后在凄苦中死去。哭红了眼的掌珠体会出导演是用桃花来比喻牧羊女的薄命，如果由她当辩士，同为女性将心比心，她的说明不知会赚取多少观众的热泪。

王掌珠多么想取代“海咖啦源”的位置。她要为电影中可怜的女性发声，拿回由女人解释女人命运的权利。她听说当辩士要参加考试，通过后拿到解说员的许可证，到电影院讲一天可赚一块钱，做半个月便能定做一套新西装。

当上用台湾话发声的第一个女辩士，王掌珠连穿什么样的衣服都心里有数。站在银幕旁讲解上海天一、联华、明星制片厂出品的中国电影，当然是穿长旗袍才有味道，更何况电影里阮玲玉总是一袭拖地的长旗袍，风韵十足，衬得她更楚楚动人。

爱赶时髦的女友，认为掌珠穿旗袍太古板，缺少变化，建议她多去看日本时装片，好把握时下穿着打扮的最新流行趋势。掌珠摆摆手，说她迷过和服，也穿洋装，旗袍才是她现在的最爱。

她想象自己穿上旗袍，像阮玲玉在《三个摩登女性》一片中饰演的那个思想进步的女性。这部电影有一场戏，她穿着朴素的旗袍，出现在十里洋场的上海的大宴会上，以自己逃难受苦的亲身经历驳斥在座的绅士淑女不知民间疾苦的谬论，而令男主角听了，有感而发：

“今天我才知道，只有真能自食其力，最理智、最勇敢、最关心大众利益的才是当代最摩登的女性！”

这句话说到王掌珠心坎里。台北都会那一群以摩登自诩的女性，她们抽烟、穿美国进口的丝袜、荡秋千、在草地上跳舞、标榜维新自由恋爱新风气，整天唱着：

> 阮是文明女，东西南北自由志，逍遥恰自在，世事如何阮不知。阮只知文明时代，社交爱公开，男女双双，排做一排，跳舞乐道我上盖爱。

掌珠一向看不惯这些“文明女”。

满洲事变后，中国电影渐渐受到总督府的禁止。事变爆发的第二天，台北西门町电影院前的电线杆上面贴了号外：

“昨天十八日夜，奉天郊外柳条沟满洲铁路被炸，因此关东军已做好战斗态势了。”

卢沟桥事变，中日战争爆发，总督对中国电影的输入愈来愈严格，庆祝新年上映的电影，规定只准放映有声日本片，还是不准片商放上中文字幕。

日本对英美开战，太平洋战争发生的那一天，国际馆本来放映米高梅、派拉蒙制片厂的洋片，立即被取消，改演日本电影。芳乃馆、大世界馆同时安装扩音机，让路人听战事新闻，并且在剧照窗涂上有色地图，通报战况的明显动向。

在日本当局的检查控制下，永乐座只放映满洲制片厂夸大宣传大东亚共荣圈的影片。禁演上海出品的中国电影后，掌珠只去过一次永乐座，为了看李香兰的《支那之歌》，她没想到随片登台的歌星是那么娇小。

在总督府“主动远离支那电影”的宣传下，乡下的压力比城市小，掌珠宁愿走远路，到景尾、三重埔看小电影院放映以前的中国旧片，也不愿意光顾市内票价便宜的日本电影。

到了战争末期，连乡下也彻底控制中国电影，并透过台湾映画协会强制民众观赏日本电影，连台湾人拍的影片也必须用日语对白。

掌珠既无电影可看，梦想做台湾第一个台湾话发音的女辩士的想望，也终究没能实现。

掌珠转而计划用她刚学会的白话文写自己的自传体小说。

读了一些坊间流行的大众小说，她发现《三六九小报》、《风月报》、《南方》这些杂志连载的言情小说，那些都会爱情故事，毫无例外地都是出自男作家之手，情节总是跳不出一个多情男子被两个或更多的女性围绕，一男多女纠缠不清的三角、多角关系，要不然就是已然为人夫的禁不住未婚少女的追求而外遇，知情的发妻犹是在家痴痴等待他回头，这类一波三折、男作家一厢情愿的小说层出不穷。

掌珠还读过好几篇描写内台联姻的，题材不外乎是优秀的台湾男子远赴日本或留学或任职，受到异地东洋女子的青睐，自己投怀送抱，情不自禁地偷尝禁果，未婚同居，甚至产下私生子。

这类内台联姻的小说，结局千篇一律，无不是东洋女子遭台湾情人始乱终弃而无怨无悔，结果是女的流落风尘，或因难产而死在医院。

即使是掌珠，她也一眼看出，写这种小说的男作家，是出于一种补偿心理，在作品中满足对日本女性的情欲想象。

不难想象这类表现男性集体意识的小说广为流行，深受台湾男读者的喜爱。

掌珠环视周遭的女性，她们处在新旧社会交替的夹缝中，受到环境的限制，要不是被男人当作肉欲的对象，出卖肉体，就是婚姻不幸备受婆家欺凌，丈夫在外受尽日本统治者的气，回到家把委屈发泄在妻子身上，而主妇大都缺乏突破传统礼法的勇气，不敢走出家庭，寻找自己的一片天。

比在家做小伏低的女人好不到哪里去，甚至更为悲惨的，是为了糊口必须外出打工谋生的女工，离乡背井艰苦谁人知。有一首歌曲形容这份感伤的景况：

> 小雨毛毛落昧煞，冷风吹来也会寒。
> 单身谋生来出外，亲像雨中的梅花。

在仰人布食的职场中，受到老板上司挑逗性骚扰，工作环境恶劣，男女工资不平等的对待俯拾皆是。被羡慕为好差事的女车掌，文人把她们当作摩登的象征，还写诗赞颂：

> 长裙短发衣开襟，辘辘声中俏影临。

升降有权休贱视，七香车上载千金……

事实上女车掌在公车上历尽风霜，从早忙到晚，身心筋疲力尽，女看护、电话接线生、女店员也好不到哪里去。

掌珠构想的小说，主要想描写一个处在新与旧的过渡世代，却勇于追求命运自主，突破传统约束，情感独立，坚贞刚毅的台湾女性。

卢沟桥事变后，樟脑的需求孔急。

本来樟脑大都作为药用，中医以它治疗风湿、疹癣、霍乱等疾病，西医用它做内科强心剂、皮肤病、神经衰弱的治疗，樟脑也可制造药用注射液，及防虫、防腐、熏香等。

无烟火药发明后，樟脑成为制作过程中最重要的塑化原料，硝化纤维素与硝化甘油混合而成的无烟火药，必须用樟脑作为稳定剂，中和剩余的酸及其他有催化作用的分解剂。

日中战争期间，日本为了确保台湾樟脑生产供军事上火药应用，凡是在山里制作樟脑的脑丁、脑长都属于国防产业，从业人员不必受征召及当志愿兵。

4　三世人

1.

施朝宗躲在洛津海边的林投树后，昔日祖父写诗赞叹的沧海，已变成举目无尽的盐田，沙滩上长着野草，随风海浪一样披靡，朝宗眼望一寸寸隐没的落日，感到泉州远如天边，不可企及。

为防止煽动民变造反的共产党徒乘渔船逃回大陆，国民党派重兵严守海岸加紧封锁。

至此，朝宗不得不承认偷渡无望。

他还有另一条路可逃，祖屋后院月洞门旁有条地道可通唐山。他父亲年少时曾经走过这条黑黝黝的地道，还说闻到一股强烈的泥土的味道。

他父亲汉仁是个武侠迷。祖父不肯送儿子上学接受日本教育，以公学校的秋千、运动场太过危险，怕儿子受伤为理由，汉仁早已超过入学的年龄，还是把他留在家里。派出所警察上门劝导，寄生也置之不理。

流连布袋戏棚下，汉仁看了无数遍《火烧红莲寺》的连台好戏，痴迷到起了入山修道当剑侠的念头。他以为施家屋后月洞门旁边的地洞，往下走，沿着长长的地道，最后可抵达唐山拜师学艺。

半夜背了包袱，带着米粉作为干粮，悄悄推门而出……日后汉仁向儿子形容恍恍惚惚感觉自已真的进去了，走在黑黝黝的地道，鼻子闻到泥土的味道，走着走着，也不知走了多久，始终到不了尽头……

不只是汉仁，朝宗的祖父也一直相信台湾与中原本来陆地相连，一次天柱震摇的大地震，山海移动，台湾才从唐山剥离出来自成一个岛屿。表面上波涛汹涌的海峡阻隔了两岸，其实，施朝宗的父祖两代都相信深海底下，存在着一条互通往来的海底隧道，让人可以如履平地，从台湾这一端走到另一端。

汉仁所走过的地下隧道，那是日本人来之前，清朝的土匪觊觎施家的财富，企图进屋抢劫而挖的。施家的父祖辈为了防贼入侵，设了两重厚厚的后门，月洞门地下埋了沉重的青石板，土匪再是强悍，从屋后挖掘地道，终不能得逞。

大东亚战争期间，家家户户挖防空洞躲美军空袭，施家族人移开月洞门下的青石板，赫然发现地下被挖空了，原来土匪挖地道想打劫，最后无法移开压在上面的青石板，被迫放弃。

“结果挖空的地洞变成现成的防空洞，省了好多力气！”

白天施朝宗躲在黑黝黝的防空洞内，借着手电筒的微光，双手在洞壁上摸索，他想象朝着唐山的方向继续挖下去，有没有可能穿过台湾海峡，到达对岸的泉州？

清乡运动由北到南，警备总部发出命令，各县市政府应严饬乡镇区村里长，以及警察会同当地驻军宪兵检举奸暴，如被发现窝藏奸匪，依法从重处分，执行连坐法，一人有罪，累及全家族。

施朝宗害怕族人向派出所通风报信，迟早会有人前来逮捕他。天黑后，从防空洞潜回屋里，他躺在红眠床，看到墙壁似乎变柔软了，石灰后的砖块进进出出，浮现出无数只眼睛与耳朵，窥视偷听他在屋子里的一举一动。

一次深夜，警察突击上门清查户口，朝宗及时逃入防空洞侥幸躲过。自此他以防空洞为家，连晚上也不敢回屋里，害怕突如其来的户口检查，他躲避不及。

禁闭在密不透风的防空洞内，因恐惧恶心呕吐的秽物，使得空气更为混浊，朝宗感到胸闷心悸，手心出汗，全身肌肉酸疼，头痛欲裂，精神无法集中。他老是处于一种强烈的兴奋之下，只要两腿一摩擦，阳具立即勃起，却又不能发泄，令他更焦虑烦躁，晚上老做些与狐仙魅女相好的春梦，梦境令他羞愧，想抑止性欲，却又欲罢不能。

朝宗惩罚自己，将阳具施以痛楚，拿绳子把它绑住用力缚系，禁止它勃起，但终归徒劳。一边手淫，一边禁不住想着那个肌肤雪白的女学生。

日本投降前一年，朝宗当志愿兵，驻防观音山海边，因被征召参战的青年农民太多，下田耕种的人力短缺，各高女的女学生组成挺身队，下乡到农村帮忙，用简单的农具耕作。观音山脚下的田地，有天来了一群台北高女的学生，大热天，又以为身在野地工作没有人会看到，女学生一个个裸露双臂。

施朝宗坐在坡地往下看，发现一个皮肤最白的女学生。夜晚他躺在星空下，想念那个因弯腰而胸口鼓起的女学生。她一定是日本人，本岛的女性不会有那么白皙的皮肤，也不会有那么一头丰盛浓密像浮世绘似的黑发。

这种时刻还在想日本女生。施朝宗警惕自己。晚上又做了在军队里与其他志愿兵因无聊传阅日本春画的绮梦，醒来一身冷汗，眼前还摇着春画上日本男人如巨柱般的阳具。朝宗曾经觉得在日本人面前，他显得软弱自卑，有次躺在沙滩上假寐，被日本排长用军鞋在他身上踩踏，当时他不以为忤，还感到快乐。

果真自己如民政长官陈仪所说的，台湾人被日本奴化的程度深到无可救药？

2.

I'm not Japanese，I'm Chinese.（我不是日本人，我是中国人。）

日军以迅雷不及掩耳之势，抢先攻占了菲律宾的美国基地，又趁势占领了菲律宾和马来西亚。美军夺回菲律宾，台湾人个个谈空袭色变，以为空中投弹的下一个目标就是台湾。

I'm not Japanese，I'm Chinese. 这两句英语是施朝宗在皇民化运动的青年道场受训时学到的，教台湾人在美军登陆岛上时这么说。

结果美军并没登陆台湾，跳过它去打琉球，日本对美军的威胁不敢掉以轻心，调了十八万满洲军到台湾，加上岛上的后备军一共三十五万军力，派军队沿海岸造栅栏、挖地洞盖掩体、建机场，将整个台湾要塞化，准备美军上岸时打游击战。

施朝宗就在这时当了志愿兵。那是他在台北高等学校的最后一年，校长把英美两国比喻为“魔鬼畜生”，每天朝会恭诵完明治天皇“教育敕语”，在肃穆的余音里他会在一张大东亚地区战局地图上，把昨天日本军轰炸、登陆的地点画上红圈圈，在攻陷的要冲插上小小的太阳旗。

美军占领菲律宾后，日本当局下令关闭学校，施朝宗接到志愿兵的报到书，带着千人祝福的千人针腰巾加入“圣战”，身披大红彩带，与一起入伍的同志站在“祈皇军武运长久”的白布条下，接受队伍旗海飞舞欢送。高唱军歌两天前，施朝宗还夹在人群当中，默默地参加“无言的凯旋”迎骨灰仪式，战友用白色的布带把阵亡士兵的骨灰坛吊挂在胸前，从海外战场一路捧送回来举行告别式。

千人中取一个的志愿兵是台湾人最高的荣誉，施朝宗的家门口挂上标志表扬，平日作威作福的日本警察经过他家时都得敬礼。

朝宗割破手指，用鲜血写效命的血书：

> 天皇陛下万岁，我是日本男子，具有大和魂……

额头绑着用鲜血染红的太阳旗巾，虽不是生为日本人，却发誓要成为日本鬼。安藤利吉总督称他们为伟大帝国的人民，不再是支那人，不再是清国奴。

朝宗和其他的志愿兵在火车站排队上车，在欢送的人群高唱着《光荣的军夫》声中出征：

> 挂上红色的带子，光荣的军夫，年轻的我们是日本的男子汉……

这首由《雨夜花》的歌曲，曲调不变，歌词改为激励台湾人伍的军队进行曲，听在朝宗心里，他发誓经过军队猛烈训练，脱胎换骨的身体完全处于如虎添翼的“鬼に金棒”，他将无视于如雨飞般的弹丸，勇敢地挑起解放东亚民族免受欧美帝国主义侵略的天职，粉身碎骨在所不惜。

打开火车上发的便当，白米饭当中一粒象征太阳旗的红梅，朝宗盈眶的热泪终于哗哗流下。

出征前跟随军队从缅甸打到马来西亚、爪哇、香港，完成天皇大东亚共荣圈的梦想立刻被打碎了，朝宗所属的一三八六二部队被分配到观音山南郊驻扎，任务是防守海岸线的周围，预防美军登陆。

说是防守，中队长却只发步枪给他们，而不发子弹。朝宗托着没有子弹的长枪发愣。一个并非像他一样自愿，而是被征召的学生，猜测中队长是怕万一台湾兵和敌人的登陆部队内应外通，从背后偷袭日本皇军，一直要等到美军真的登陆才发子弹。

朝宗呵斥那学生这种对日本人不信赖的推测。狩候敌人上陆期间，他们每天的工作就是挖战壕，帮队伍中的日本兵打饭、打水，被规定给日本兵饭多一点，台湾兵少吃一点。

朝宗在山脚下当兵，听说观音山上有个麻风病院，院子外面的坟场很大，专门用来埋葬鼻烂肉腐的病人，军人避之唯恐不及。有一个上去过的形容病院四周种的相思树，长得歪歪斜斜，没有一株是直的，他看到一个车夫带一个有病的男孩上山住院，那男孩明知为什么被送去，却因能坐车而很高兴咧着嘴笑。

“I'm not Japanese，I'm Chinese.”念咒语一样，朝宗背着没上子弹的步枪在海边巡逻，轻声唱着《光荣的军夫》，唱着唱着，猛然觉察到他是用台湾话唱《雨夜花》的歌词!

雨夜花，雨夜花，受风雨吹落地……花谢落土不再回。

吓得他赶紧捂住嘴。

那个总是喝得醉醺醺的中队长，有次清酒喝多了，摇头晃脑地连连叹息：

“战争恐怕拖不过今年……”

出征那天，士兵排队等他来，却迟迟不出现，等到火车快要开时，中队长才乘人力车赶来，摇摇晃晃地走进车站，显然喝醉了酒，摇摇手中的便当，向欢送的人群告别，上了火车便没有再露面。

“I’m not Japanese，I’m Chinese.”

朝宗的这两句英语始终没派上用场。

美军轰炸台湾总督府那天，轰炸机遮住了晴空，天地一片灰暗，炸弹落地浓烟和火光蹿起。空袭警报解除后，朝宗在海滩上捡到美国空军撒下的传单，避开监视的眼光，他偷偷躲进厕所，打开来看是一幅漫画，一个戴墨镜抽烟斗的美国大鼻子军人和一个日本军人在下象棋。朝宗认出蓄着短髭的日本人是东条首相，他用手搔头，不知该如何走下一步棋，因为他只剩下相和仕，而美国人车马炮俱全。

战争到了末期，军中严重缺乏粮食，掺地瓜的米饭令朝宗饿得惨兮兮的，陆军大臣还从东京发出指示，就算是嚼草根、吃泥土、伏尸原野也要决战到底。

饥饿难忍，朝宗发现观音山西边脚下种了一片凤梨田，他打算强忍住肚饿，等凤梨熟了，才采来充饥。结果还没等到它熟，日本就投降了。中队长并没立刻把投降的消息告诉他们，有两三天，美军停止轰炸，军机飞得很低很低，几乎掠过农舍的屋顶，飘下雪花一样的传单，朝宗捡到一张，才知道日本投降了，距离天皇用日本女人似的哭嗓广播终战的消息已经有好几天了。

朝宗仰望温柔起伏的观音山上的晴空，回想八月十五日，日本投降那一天，天空一朵云也没有，只听到蝉鸣。后来他听说这一天在日本，除了广岛、长崎，也是万里晴空，只听到蝉鸣。

3.

日本投降的消息传来，台湾人还不大敢喜形于色，家家户户不约而同把家里的电灯捻得亮亮的，到处灯火通明，好像过节庆祝一样，空袭时灯火管制以来从没见过这么亮的灯光，每个人都为之目眩，眼睛眨呀眨的。尽管没有什么事，都纷纷走出家门，脸上漾着抑止不住的笑容，主动招呼并不认识的路人。

施朝宗看到他的父亲三两下动作十分利落地拆掉奉祀了八年的日本天照大神的神龛，随手丢弃一旁，又见他登上竹梯，双手从天花板捧下两个盒子，打开一看，原来是一尊白瓷观音像，以及施家祖先牌位。父亲恭敬地把佛像和牌位安置在本来放天照大神神龛的位置，焚香祭祖，禀告列祖列宗，台湾光复了。

没想到多年来只说日语、皇民化得彻底的父亲，竟然会把牌位偷偷藏在天花板上，这颇出乎施朝宗意料。

难道八年来的皇民炼成不过是虚情假意，从来没有过真心？

隔天施朝宗在一个场合里的感受，令他体会到民族情怀不仅深植于他父亲的骨子里，自己竟然也感同身受。他回到还有一个学期才毕业的高等学校，操场上低班的学生在自动举行朝会，他也加入行列里。站在最前头的班长用台湾话喊口令，全体一致望着青天白日满地红的国旗缓缓上升，眼睛含着泪光，可惜没有一个人会唱中华民国国歌，升旗仪式在寂静无声中进行。施朝宗打从心底涌起复杂的情绪，令他全身皮肤起了鸡皮疙瘩。

几天前还愿意为天皇牺牲性命的他，竟然像翻手掌一样迅速改变了效忠的对象。施朝宗不懂他自己。

皇民化运动开始在各地设“皇民炼成所”之后，就在同一个操场，空地用两枝竹竿拉起一块白色的布，手转的电影放映机放映一些充满殖民色彩的纪录片，校长规定学生们提着用木片纸糊的灯笼，坐在夜晚星空下的地上，听纪录片的旁白者用很纯正的日语报道在日本统治下，世界上最模范的殖民地——台湾的种种，日本据台后举凡卫生、教育、经济神速跃进的实况。在这些充满数据的宣传片中，被访问的台湾百姓，对殖民者的德政恩赐无不额手称庆、感恩不尽。

中日战争爆发，操场拉开的白布逐渐放映战地的新闻片，无非是日本皇军气势如虹，在中国大陆连连攻城略地的捷报。

虽然电影胶片的原料供不应求，但是战争时期新闻片依旧源源而出，除了在各学校操场放映，关心战局的群众也都蜂拥到公会堂看“七七事变”的纪录片，区区一百米长的片子，每天吸引一万两千个观众，场场大爆满。

战争越演越烈，一九四一年底，美英加入世界大战，一群年轻人配合日本军方政策受到支援，组织“台湾电影协会制作部”，将淡水河畔一栋原为英国人居住的洋楼，改装为冲洗室、印片室、放映室，一个月定期制作一部新闻片，称为“台湾电影月报”。施朝宗看过一部《被打败的将军们》，是关于花莲港厅下管辖的英美同盟军俘虏的生活片段，另外拍摄陆军特别志愿兵的《明日的神兵》更令他印象深刻。

配合军国主义大东亚共荣圈政策所拍的新闻片，看得施朝宗和他的同学们热血沸腾，恨不得立即出征，为天皇粉身碎骨而无怨无悔。银幕上将起飞出击的日本军机编队，令他和其他观众起立合掌向开军机的战士致敬送行，鼓吹台湾人当军夫出征的《光荣的军夫》，令施朝宗义不容辞地加入了志愿兵的行列。

他哪知道到了战争末期，日军已节节败退，已到日暮途穷。经过删剪改编的纪录片，竟然看不出日军败象已露，使他和同学们犹然陶醉于皇军节节胜利的狂欢中。

4.

离开学校操场，回家途中路过太平町，派出所前人头汹涌，几个赤膊壮汉围着殴打穿制服的警察，围观的人愈聚愈多，痛快的喜悦形之于色。

“日本仔，打乎死，打乎死！”

打的是日本警察。为虎作伥同样被痛恨的台湾警察害怕被报复毒打，早已逃之夭夭，躲得不见人影了。派出所一片狼藉，桌椅被打翻，公文散了一地，两个臂上有刺青的汉子拉开抽屉翻出一叠文件，哗一声倒在地上，蹲下身在纸堆中翻寻，一发现什么立即扔到火盆中焚化。

“大哥在毁尸灭迹，用火把证据烧掉。”

围观的人低声交头接耳。

“对，烧了户籍簿，日本警察登记有案的不良记录烧掉了，没了犯罪刑事，在新政府眼里，大哥变成良民……”

滚滚浓烟里，施朝宗看到抱着头任人殴打不敢还手的日本警察，年纪较轻的那个，眼镜被打掉到地上，弯腰正要去捡，立刻被殴打他的一脚踩过去，把眼镜踩成稀烂。那警察蹲在地上，睁着茫然空洞的眼睛，瞬间瞎掉一般。施朝宗想起跟大场原先生——学校教文学的老师——借的一本小说还在家里。

大场原先生节省到用棉线扎住断成两片的眼镜，却拿自己的薪水从东京订文艺杂志给学生当课外读物。朝宗回家翻出先生借给他的小说——芥川龙之介的《河童》，外出还书前看到厨房桌上母亲为庆祝光复提早过年所蒸的年糕，切了一大块，用包袱巾包好，赶到大场原的家。

青田街的日本宿舍，家家门户紧闭，街上杳然无人。施朝宗曾经到过大场原先生的家一次，那时是暮春，转入街口就闻到柚子花绽放的清香，先生告诉他，这日本人住的社区每个月都有不同的花枝飘香，都市中常见的鸟，白头翁、绿绣眼、麻雀、过境的伯劳、白腹鸫也会在落叶中觅食。

来到大场原先生的宿舍，探出灰色墙头的桂花飘过一阵清香，闻到花香，施朝宗莫名地感到心安。他相信日本老师不只人好好的，脸上依然戴着用棉线扎住断成两片的圆框眼镜，还没有被遣返日本。

推开先生家虚掩的大门，眼前出现了一个不可思议的景象：

大场原先生咬着烟斗，专心一意地在糊纸门，上身只穿背心，因工作而汗流浃背，听到开门声，转过身看到施朝宗，好像算准他会来似的，竟无惊讶之色。口咬着烟斗不便作声，使眼色要朝宗把糨糊递给他。

外面的世界乱成一团，台湾人终于熬到这一天，长时期以来剥削压榨他们的官吏、怕挨打的日本人多半逃逸无踪，也有受不了战败的刺激饮汞自杀的。四处闹哄哄的，大场原先生还留在家里，心平气和地在糊纸门，难不成他想留下来继续教书？

那天施朝宗回到学校，所有的日本教师、职员好像一夜之间全部消失，他蹑手蹑脚地来到校长室，赫然看到本田校长背对他，立在那幅“大东亚战局”地图前。从前每天朝会，学生恭诵完《教育敕语》、《战阵训》，本田校长会把日军轰炸最新登陆的地点，用红笔在“大东亚战局”图上画下醒目的红圈做记号，再骄傲地插上太阳旗。

朝宗看到他拔起一支支太阳旗，握在手中，校长背对着他，看不清校长脸上的表情，应该是很沮丧吧，施朝宗不想看下去，转身跑离校长室。

纸门糊好了。大场原先生退后几步打量他的劳作，似乎很满意自己的成绩，空出手摘下烟斗，悠悠地吐了句：

“要离开的鸟儿不弄脏窝。”

他让妻子先搭船回名古屋，自己留下来等下一轮遣返。

先生是为了把纸门糊好才留下的吗？

施朝宗差点脱口而出，大场原似乎意会到他的心思，淡淡地说：

“住了这么多年，也算是家吧！一大捆糊纸不用，可惜呢！”

进到屋里，大场原从厨房取了半瓶清酒，两个酒杯，示意朝宗在玄关坐下。他感慨自己离开以后，不知这栋日本房子会面临什么样的下场。

“多半被拆毁吧！”

他幽幽地叹了口气。单扇拉门是日本建筑的特色之一，到镰仓时代才出现，大场原告诉他的学生，室町时代才普及开来，为了配合单扇拉门，日本屋舍建筑设计了格窗。

“格窗不只是为了采光或通风，它的另一个作用是挡住户外的光线，不让刺眼的光线直接射入室内。有了格窗，室内比较阴暗柔和，人住在里面，舒适自在，没有压迫感！”

大场原说清酒喝完了，也好走人了。原本以为会在台湾生根，教一辈子书终老。他给施朝宗倒了一杯，两人对饮起来。与一向敬畏的老师平起平坐，而且还喝清酒，做学生的做梦也不敢想象。

“昨天听到一件事，西川满先生，你知道吧，那个作家，也是《文艺台湾》杂志的编辑……”

施朝宗颔首。

“啊，西川满先生，唯美浪漫主义的作家，对台湾的风土人情很有兴趣，他写的艋舺、迎神赛会那些小说，先生介绍我们读过！”

“是呀！他也编过《妈祖》，西川先生很喜欢美化台湾的风俗，趣味性很浓，本岛一些写实主义的作家对他有些批评，不过，这些都已经过去了，西川先生就要回日本了。”

大场原啜了一口清酒，接着说：“临走前，他把围棋的棋谱还给文友杨云萍先生，还告诉杨先生他自己的祖先是中国人，有意思吧，太郎！”

听到唤他的日本名字，施朝宗反射性地身体一震，下意识往旁边挪移，似乎要与日本先生拉开距离，又立刻警觉到这样的动作很不礼貌，一时不知如何适从，尴尬地僵在那里。

日本人也敏感地意识到两人立场的对换。

“变化太快了，”他微喟着，“最近我很少上街，现在车辆和行人都要靠右走，如果不按照交通规则会受到处罚。”

大场原埋怨天天把自己关在宿舍，感觉到与外面的世界隔绝，切断联系。

“好像住在外国，想知道时事，报纸改版了，二三版的中文新闻有好几则消息很想知道内容，可惜无法完全看懂！”

抬头望着屋外的天空，他寂寞地自语：“好像才几天，日本的影响全部消失得无影无踪，不要说五十一年，最后八年的皇民化运动难道会是一场梦？”

“不，大场原先生！”

一开口，意识到自己说的是日语，舌头打结，施朝宗说不下去了。

日本人看出他的窘困，也就闭口，默默地啜着酒。

隔了半晌，借着酒力，还是忍不住说：“不过，我还是不明白，太郎，台湾人积极推动脱离日本化，前一阵子支那军来了，你们很高兴地欢迎，可是市场休业，什么都买不到，台湾人一看到支那兵，赶快把店门关了躲起来，不是很尊敬他们吗？怎么会不想和支那兵打交道？”

施朝宗很想反驳，可是日本人说的都是事实。对他口口声声的支那兵，觉得很刺耳，却又鼓不起勇气跟他说，施朝宗为此很恨自己。

告别前，大场原带他上了凌乱的客厅，指着一些带不走的家具，表示很愿意送给他父母，施朝宗连忙摇头。这两天他母亲正忙着折叠她穿了八年的一袭袭和服，把它们藏在箱子最底处。朝宗出门前，他父亲拿着从相框拆下来与公卖局日本长官合影的几帧照片，为不知如何处理而发愁。

他建议大场原先生学其他的日本人，在路旁设摊拍卖，大场原哂然一笑，摆摆手。他送给学生一件卡其色夹克，学校最后一次上课，他就是穿这件夹克。日本人又在夹克口袋插了一支钢笔，说是留给学生做纪念，又递给他一扎日本制的信纸，留下名古屋的地址。

“如果你愿意，以后可以继续联络。”

抱着一大摞过期的文学杂志，施朝宗却拒绝大场原先生放在上面的一顶全新的日本制蚊帐。

“拿去，以后你会用得着，”大场原带着深意叮咛，“小心卫生，不要被蚊子咬了，请转告你母亲，别忘了春秋两季的大扫除！”

走下玄关，穿上木屐，送施朝宗到大门，大场原语重心长地嘟囔了一句：“不知为什么，我对台湾的将来感觉到不安，模模糊糊的不安。”

道别时，把朝宗的手握得紧紧的：“好好为你的人生奋斗吧！太郎。”

没有问大场原先生何时离开台湾，即使知道船期，他也不可能去送行。日本先生将寂寞地搭船回去，岸上不会有人拉起船上抛下的各色彩带，唱着《萤光窗雪》这支歌曲，在汽笛声中为他送别。

没想到大场原先生送的这顶日本蚊帐，没多久就派上用场。国军来了以后，占据所有的医院，连观音山上的麻风病院也占了，士兵把医院的门框、楼梯的栏杆扳下来，在水泥地上生火煮东西吃，又把台北市的垃圾车全部据为己有，街头的垃圾堆积如山，无人清理，老鼠横行。

一九二一年以后已经绝迹岛上的传染病，国军来了以后，霍乱、痢疾、天花又复发，鸡瘟、猪瘟更不用说。

5.

从日本投降到“二二八”事变发生，短短的十八个月，施朝宗好像做了三世人。从日本的志愿兵“天皇的赤子”，回到台湾本岛人，然后国民党政府接收，又成为中国人。到底哪一个才是他真正的自己？

朝宗回忆那一次到青田街看大场原先生——他即将被遣送回去的日本老师，师生在玄关并肩而坐喝清酒，谈到台湾人、中国人、日本人的身份认同，大场原先生站起身来，回复到从前在学校上课的严肃神情。

“一个人可以是日本人，又不是日本人，”他说，“几个月前，你刺血自愿当志愿兵，发誓为皇国——日本帝国奉献生命在所不惜，那个时刻在国家意义上来说，太郎，你是日本人……”

朝宗当时默然，无言以对。

“……日本战败了，台湾已经不属于日本帝国，不再是殖民地了，在很短的时间内，你们立刻把日本这个‘国家’丢得一干二净，好像翻手掌一样容易，要你——太郎，回归日本这个国家，你是抵死也不肯的……”

朝宗自觉地点点头。

“这种心情我多少可以了解一些，你认同支那，在民族意识上，太郎，你从来就不是日本人。”

台湾一光复，五十一年的日本皇民几乎在一天之间就消失得无影无踪。

施朝宗最怀念从八月十五日到十月十七日，日本投降到国民政府军第七十军登陆基隆接收，当中两个月的政权真空期，那是台湾人当家做主的自治时期。那两个月，客观来看，是政治上最不稳定的空窗期，台湾人却感到从未有过的安稳。

虽然处于无政府状态，海岸线没军队防守，关卡也没人管，坐火车不用买票，直接从窗口钻入车厢，然而，这两个月的群众权力时期，台湾各地组织三民主义青年团，既无报酬，也没接受任何人的命令，自动自发担任治安的工作维持秩序，夜间自愿轮流担任防火、警卫、清理垃圾，从监牢放出来或亡命海外赶回来的左翼活动分子，积极筹备学生、农民、工会等组织，颇有令农民组合再生、文化协会复活的气象。可惜这些组织后来在陈仪政府命令下被迫解散。

那两个月，台湾人自尊自爱，治安良好，家家夜不闭户，台湾人向战败的日本人示威，做精神上的竞争，虽然经过五十一年的压制，台湾人并没有屈服。

那两个月，施朝宗是青年团的一分子，代理警察维持治安。站在街头，来来往往的路人，个个脸上露出喜悦适意的笑容，使他禁不住打从心底欢呼：

啊！台湾人可爱的表情呀！

施朝宗在公共汽车上看到了动人的一幕：一个年轻的母亲从皮包掏出纸巾，弯下腰细心地擦拭她孩子掉落在地上的冰淇淋，不厌其烦一遍又一遍地擦着，那母亲把车厢当做自己的家，一定要保持到完全干净。

呵，台湾人的公德心！

台湾人一面当家做主，一面以孤儿迎接母亲的心情，一日如三秋，以赤诚而且空前热烈的场面欢迎国民政府军队的到来。从北到南，再是穷乡僻壤，都搭起彩门，准备让凯旋的国军通过，百姓自动杀猪宰羊，以备慰劳士兵，台北、基隆的旅馆住满了客人，没地方住的甚至在野外或路旁露宿。鹄候国军期间，日夜都派人到高处山顶守望，一见船舰，群众便燃放鞭炮，挥扬青天白日满地红的国旗。

守候了整整五天，即使从船上走下来的，是一群军服破烂，脚穿草鞋，小腿绑了一大坨布，也有的光着脚，形容邋遢的国军，老的满脸风霜，像苦力一般，也有十几岁的少年兵，他们一根扁担跨肩头，两头吊挂着的是雨伞、棉被、锅子和碗筷，摇摆着推挤下船，为终于能够踏上稳固的地面很感欣慰似的，眼睛却不敢去看两旁军容整齐，制服一无尘垢，皮靴擦得雪亮，向他们敬礼的投降日军。

听说有位日本将军无法接受日本居然输给这么邋遢的破烂叫花兵而饮弹自尽。台湾人还是自我安慰，八年抗战就是靠他们，运用想象力替这群衣衫褴褛的残兵寻找解释：

“绑腿那么大，里面扎有铅块，拿掉了，军人跑起来就轻快如飞。”

“绑腿里头藏有铁棒，部队要追击敌军时，取出铁棒，可以快快行军……”

“啊，比日本忍术还棒喔！”

“士兵背了把伞，遇到危难时，当降落伞，从高处降落到地面脱险……”

也有人说那不是雨伞，而是杀日本鬼子的铁叉，也有的说是青龙偃月刀等。

陈仪座机降落松山机场，装备机关枪的吉普车枪口对着学生欢迎的队伍，后面还是跟着用扁担挑大铁锅与棉被、褐色油纸伞的士兵。台湾人为了庆祝民政长官莅临，还是买空飘氢气球，飘满了天空……

衷心期盼的中国同胞终于给盼来了。

台湾人的期待很快地落空了，他以为大陆人会对被迫沦为异族统治的同胞的苦难表示同情，没有想到在国民党政府眼中，台湾人深受日本奴化，与儒家传统文化断绝，已经忘记自己的祖先是中国人。

台湾人看到中国官员的愚昧贪婪、腐败无能，相信国民党政府只会把台湾拖累到和中国一样贫穷落后。为了宣泄愤怒，台湾人把既矮又胖、细眼厚颊的陈仪画成猪，用“狗去猪来”的漫画讽刺。

太平町天马茶房外的枪声一响，原本理性善良的台湾人，愤怒得好像水牛看见火焰在面前燃烧，挥动双角不顾一切冲向火焰。

施朝宗也感觉到自己在一夕之间变了样，从因怒火满腔以致双肩高耸肌肉僵硬的他，一下变得暴戾而冷酷。他加入“若樱敢死队”，自喻为人中武士，戴回他当日本志愿兵的军帽，从军警手中抢夺了手枪，挥动第一次上手的枪支，一路唱着日本军歌《军舰进行曲》，与同志出发去跟陈仪拼个你死我活。

“人中之王是武士，花中之后是樱花”，武士精神像盛开的樱花一样，在清晨第一阵风吹起时，随即飘落死亡。美和死的结合。施朝宗誓言要像武士一样，为正义荣誉而战，表现他的男子气概，发挥本能，承担最大的痛苦，漠视死亡，随时准备告别生命。

当他面对欲置他于死地的二十七军，施朝宗畏惧退缩了，把没发射过的手枪丢到阴沟里，躲藏起来，当追缉的脚步逼近时，他展开南下逃亡。

5　伤逝

被囚禁在集中营的犹太人向卫兵要水喝，被拒绝。

“为什么？”

Hier ist kein warum.（Here there is no why.）

（在这里，不需要理由）

1.

“二二八”事变发生后，台湾的女人变得十分勇敢。几乎在同一时间，一群伤恸得疯了一样的女人，在台湾各个城市、乡镇焦虑地奔跑疾走，找寻失踪的丈夫、父亲、儿子、兄弟。

这些台湾人都是在家里，有的在病床上，或是在办公室被破门而入的持枪宪兵逮捕，戴上手铐，推上军车、吉普车、轿车——国民党政府的车辆不够使用，必须向各处车行调动车子去抓人。

不讲理由，不出示拘捕令，这些被逮捕的台湾人，临离开家门时都异口同声地向家人说：

“我没有犯罪，不用怕，很快会回来。”

“我跟他们去，我没做什么坏事。”

自认为有功于地方社会，反而被列为要犯的被带走时说：

“我去向他们说明。”

那些被带走的台湾人大都从此就再也没有回来。

这一群突然变得非常勇敢的女人，她们都有一个共同之处：同是在一夕之间家破人亡，同时失去最亲爱的人，失去一切，她们将永远不会知道亲人何时离开世间，真正的忌日是哪一天，失踪下落不明的，找不到尸体，无法举行葬礼，无墓可扫。

这群彼此并不认识的女人，有丈夫一去不回年轻的妻子、拄着拐杖找寻儿子的白发母亲、背着刚出生婴儿寻觅父亲的少妇、手足情深的姊妹，在还活着的男人不敢上街时，她们不约而同地跑到水门、桥下、公园空地、坟场、殡仪馆……去认尸。这群女人害怕随时因焦虑伤恸过度而晕死过去，她们扣住手掌心提起全部的精神跑到城乡交界的桥旁，在传闻的地点辨认尸体。听说原本要运到海港岸边沉入海中的，半途被枪杀，家属不顾死状难看，动手翻看尸体。

一个母亲痛苦地狂叫。儿子向信佛虔诚的母亲托梦：哪里可以找到他。

“我在南港。”

儿子的喉咙被刺得稀烂，死状凄惨。

没有梦见的，心存希望，表示亲人尚在人间。然而一听到哪里发现死尸，她们还是不放心地前去寻觅。

基隆河河道曲折处，浮现好几个著名人士的尸体，里头有“二二八”处理委员会的委员、大学文学院院长、高等法院推事、检察官、台湾省议员、报纸发行人、企业家……

新店溪交叠着眼睛暴突、全身赤裸的七八具死尸。

台北植物园的树下血迹遍处，地上显示尸体被拖走的痕迹，只留下难以忍受的尸臭。

台北桥下、关渡坟场尸体遍处。

而这群勇敢的妻子、母亲、姊妹在尸体堆中翻寻，看到死者被铁丝铅线贯穿鼻孔、手掌、脚掌，有的用老虎钳转紧，嵌入皮肉中，有的用钻子将双手穿洞，再用铁丝穿起。

几乎在一夜之间，变得勇敢无比的女人们，惊惶地传递讯息：

淡水河六号水门的几具浮尸，都是先被铁链捆绑，枪杀后踢下水。基隆港口也同样发现用铁丝、铁链捆绑的尸体，海岸边可看到双脚绑着石块，却沉不下去的死者。

高雄火车站、爱河畔横尸处处，双手双脚反绑的尸体卡在萤桥下的石头间，面目模糊，已然无法辨识，渔夫用竹篙将衣襟挑开，露出上衣内绣的名字。

绝大多数的死者都是衣衫不整，帽子、西装、钱包、戒指、手表、怀表，甚至鞋袜都被剥光。

宪兵到家里逮捕，有的还穿着睡衣，有的从病床被拖走，妻子给他们穿上外裤，加外套，有的把衣服整理一箱让他带走。

“明天就死了， 还穿什么。”

宪兵恶狠狠地，还是把衣箱拿走。

裸着身的尸体，死前遭到种种刑求，使面目扭曲变形，亲人从补过的牙齿辨认。死者一见亲人，七孔流血，生前枉屈而死，有的尸体运回家中，血流不止，用好几包棉花都不能止血。

冤死不瞑目，四肢僵硬，经过家人抚慰，手足变软，才瞑目而去。清洗过程中，有的子弹打过太阳穴，另一边露出白骨，有的子弹从右颈射入，额头穿出，炸开一个洞，被枪杀的有的胸口还有刺刀的伤迹。

火葬场有一堆尸体，没交代为什么被枪决，也不通知家属，其中一个被认出来了，双手反绑，身中八枪，领回尸体还得给钱。

“人死了我也要钱。”

肚肠外流，把血肉模糊的伤口缝起来，也被索价要钱。

横死的不只是头面上的精英，一般百姓也难逃劫数。野地放牛的牧童被士兵们当活靶，以他们戴的斗笠当作靶，轮流射击，兵士相互以手势作暗语，比赛打死人数的多寡。

农夫到田园里去巡田水，一去不回。

兵士跑入农家，护主的狗狂吠攻击士兵，使枪口朝天，没被射中的农人躲到猪舍，躺在猪群中藏匿，杀不到人的士兵拉走猪作为补偿，农人还是一命呜呼。

荒僻的渔村，打鱼回来的渔民，被迎面驶来的军车挡住，渔民在长枪下被拖上车，自此一去不返。

乡间仙公庙的神筶，附在神桌的桌围上，以为神明有所指示，吸引了许多好奇的人，庙对面的军营看到群众聚集，出动军车沿路扫射，挨家挨户撞门抢劫，用麻绳捆绑住民，强押上车枪决。

2.

施朝宗做了一个噩梦，梦中的他使劲地挥舞着青天白日满地红的国旗，嘴里却用日语喊："万岁！""天皇的赤子。"朝宗在睡梦中被自己的叫声喊醒。

南下逃难时唱过日本国歌，这也会是他的罪状之一。他在五股投奔胜光歌仔戏班，班主看他穿卡其夹克，头发理得短短的，一副学生模样，先用台湾话问话，听说是台北来的，问了地址，又用日语试探他，对答几句，班主还是不放心，要他唱日本国歌证明自己是台湾人。

这要求令朝宗很难从命。乡间田野阖暗一片，歌仔戏棚是唯一有亮光的所在，为了让可能追缉他的宪兵辨识不出，朝宗摘下近视眼镜，以为这样可以改变样貌，变成另外一个人，阖暗一片的田野，看在他朦胧的眼里，更是凄清恐怖，朝宗无法想象自己在山沟里以稻草取暖度过眼前和以后春寒犹重的夜晚。

深深吸了一口气，施朝宗以低到几乎听不到的声音轻轻地唱日本国歌：

君之华年，
千代八千代。
小哉石兮，
卓然成岩，
苔生方亟。

获得班主义气收容，朝宗随着歌仔戏班穿城走乡，投入一个与他所熟悉的截然不同的环境，那段经历让他觉得既真实又虚幻。戏班在乡间巷道、田野阡陌、土地公祠、妈祖庙前搭台演酬神戏，红色布帘当横批，戏棚左右挂一副对联：

千里路途三五步，
百万大军六七名。

夜戏点两盏电土，放出绿幽幽的微光照明，拿掉眼镜的他，望着绿色的光，朦朦胧胧，总是把他带到梦的边缘。

戏班的老生告诉他一些必须遵守的禁忌，像是道具人头、眼睛、喉咙不可动手触摸，摸了唱戏的嗓子会哑掉，严重的甚至唱不出声。扮仙的道具有仙气，碰了人头会疼，戏箱不准人坐，狗接近戏棚是好兆头，表示班运要兴隆……

胜光歌仔戏团的演员都是乌合之众，除了几个“有戏演戏，无戏种田”的，其余都是失业、赌输钱欠债跑路的躲到戏班混口饭吃。胜光一路走来，经历过不少风浪，日本偷袭珍珠港那年，台湾三百多团歌仔戏班，一下子只剩三十多团，胜光是人气最旺的一团。皇民化时期，禁演歌仔戏，他们不敢公开演，背着警察的耳目偷偷演酬神戏，从都市演到小地方，最后只能在穷乡僻壤演。战争激烈的那几年，日本当局要歌仔戏演员穿和服，演武士道的剧本，宣扬皇民思想，大东亚圣战，每年还规定缴大洋十三元的“俳优登记”。

“不甘心那十三元，日本剧演到一半，换上古装演《狸猫换太子》，叫人在外面把风，警察仔一来，赶快脱下龙袍，换上和服，和日本仔捉迷藏……”

讲戏的先生说给施朝宗听。加入戏班之前，他原本在妈祖庙前摆摊给人测字算命，此人见多识广，颇赢得生旦们的敬重。每场戏开演前，他个别给每个角色讲一段情节，由演员上台即兴发挥，散戏后，众人聚在后台打四色牌、掷骰子赌钱，玩累了，看他用红纸写上日本据台第一任总督桦山资纪，为他测字批命：

“‘樺’字是木字旁，把木分开即是十八，日本人做到第十八任总督就结束对台湾的统治”。

屈指一算，算到安藤利吉末代总督，刚好第十八任。

“测中了，真灵验啊！”

他要大家看“華”字。

“有五个十又多一画，”讲戏先生在红纸上批文，“倭寇据台五十一年是也。”

众人叹服，直称先生不愧为神算。

日本人战败，事先有了预兆，本来在艋舺装艺阁，失了业才加入戏班的，谈到投降那一年庆祝六月十七日始政纪念日，和往常大张旗鼓的神道庆祝方式截然不同。八年皇民化运动，庆祝日本种种节日的祭典一年比一年隆重盛大，每次天还没亮就放烟火，神社祭司手持杨柳枝对神轿举行驱邪仪式，然后将神位恭恭敬敬地移到神轿上，两名神官做先导，四个人抬神轿，鼓手跟在后面，引领一大群穿着法衣的信徒击鼓巡行市街，前来参拜的愈来愈多，表演给神看的能剧狂言，艺伎手拿小鼓，穿着草鞋跳着舞翩然出场，把祭典的气氛带到高潮。

日本统治台湾第五十年，全岛各地展开大规模的庆祝活动，总督公开宣称，岛上六百五十万居民为日本天皇的子民，勖勉台湾人要培养日本的“大和魂”。

才隔一年，五月初，台北艋舺、大稻埕传出始政纪念日要演歌仔戏、妆艺阁游街，回到从前台湾人迎神庙会的方式，戏班、艺阁店没有人敢去接头，虽然战争困难时期大家都很需要这个外快。

台湾人的庙会游行，早被严令禁止了八年，怎么会在战争最紧要的关头，突然解禁，贴出布告，要市民冒着美军投弹紧密的空袭危险彩街，庆祝五十一年的统治？

结果销声匿迹了八年的庙会游街，真的出现了，有如从天而降似地突然出现在艋舺、大稻埕，队伍在被轰炸过荒凉的废墟中蜿蜒穿过，天兵神将、艺阁美女穿行破砖败瓦的景象，光是听讲不用眼看也令人毛骨悚然。

“日本仔知道要败了，自暴自弃，不要台湾人拜神社，讲什么大和魂了！”

话题转到批评国民党。

“狗走了，现在换了猪来，说我们是‘同胞’，是啊，是‘糖包’！”

烟不离手的讲戏先生把纪念光复后取名“宝岛”、“新乐园”牌的香烟，说成“吃宝岛”、“失乐园”。

管伙食的总铺师双手一摊：

“米仓的台湾无米可吃，成什么世界？”

其他的人纷纷压低声音，议论政府的贪污腐败。

官商勾结，走私白米运到上海，美其名支持内战，从中赚取几十倍的暴利，结果米价一日三市，旧台币贬值，买一斗米，必须提一整布袋钱。

“买东西，五十块，收据要一百块，连抱狗过门槛也要钱！”

“听说过吗？阿山仔死了人，抬上山埋葬，空棺材抬回棺材店，要老板退钱。”

入戏班之前，在大稻埕阵头店做事的，也说了刚光复台北的一些见闻：

阿兵哥一辈子没走过平铺的柏油路，看到菊元百货公司的电梯自动升降，以为是什么稀奇怪物，吓得拔脚就跑。

抢了人家的自转车，不会骑，扛在肩上找人脱手。

把香烟按在电灯上，想把香烟点燃。扇扇子要把电炉的火扇大，发现行不通，气得把扇子一甩：

“这种东洋制的火炉真差，还是中国的炭炉比较好用！”

看到自来水从水龙头汩汩流出，到五金行要金属水龙头，随便在墙壁上打一个洞，扭开水龙头，水不出来，气得找五金行理论。

“日本话铁锤叫金锤，阿兵哥闯到人家家里找金锤，草鞋也不脱，直接踩在榻榻米上，金锤没找到，抢衣服、毛毯充数。”

演丑角的也说他的亲戚就碰到这种土匪，进门抢劫，扒去人家手上戴的戒指、手表，命令掏出口袋里所有的钱，拉开主妇的领口，扯断脖子上戴的金链子，最后扛着留声机的金色喇叭扬长而去。

施朝宗也听说国民党的接收人员，在移交清册上动手脚，征收日本人留下的土地、房舍，当作“敌产”充公。撤退来台的公务员，到从前日本人居住的高级住宅区，选中意的房子，贴上封条，俨然成为房子的主人。

大场原老师被遣返日本，朝宗有次路过青田街，看到他从前住过的宿舍被人用两条三四吋宽、二呎来长的封条交叉封住。他差一个学期毕业的高等学校，被阿兵哥进驻，把学生的课桌、椅子当柴火烧饭，玻璃撬开偷走。

国民党军人摆出一副“没有老子八年抗战，你们哪有今天”的气焰，口口声声台湾光复是“死了三千五百万的中国人换来的”。

演老生的用养鸡来作比喻：

“阿本仔管台湾人，养鸡建鸡舍，给水给饲料，阿山仔养的是放山鸡，不但不给饲料、饮水，还要杀鸡兼取卵。”

国民党来了以后，讲戏先生编了一出借古讽今讥评时政的《土地公漫游记》，让老生用四句联唱土地公出巡，眼见老百姓困苦度日的惨状，引起观众共鸣，连演不辍。

没卸妆的小丑苦着脸，用京腔道白念道：

“陈仪是大虫，大陆人是蝗虫，日本人是臭虫，台湾人是可怜虫！”

平常不加入谈话的戏班老板，也忍不住凑近前发表议论：

“台湾人众人骑，也不是个个可怜虫，当年迎接日本人进城的那些台湾人，国民党来了，不是马上跑过去和他们合作？”

仰天叹了一口长气，戏班老板语重心长地说：

“唉，一切都是天意！你们知道吗？战争到了末期，日本人计划，如果国军或盟军登陆台湾，他们准备把一些心向中国的民族主义人士捕杀做血祭，幸亏日本人投降，台湾没有流血接收，结果，哼！”

讲戏的先生面色沉重、拉长声调附和：

“日本、美国没有在台湾开战，像菲律宾、琉球那样破坏惨重，光复后台湾比日本岛还好，老天看不过去，所以让国民党来，这是天意！”

3.

“二二八”事变后，胜光歌仔戏班笼罩在极端愤怒、伤恸却又不敢公开发作的情绪中，本来一上台就从头哭到尾，台南哭、彰化哭、艋舺哭、大哭调、小哭调哭得昏天地暗的苦旦，事变后怕招来国民党宪兵的干涉，只敢默默流泪，不敢放声号啕，台下观众也一齐饮泣。

演樊梨花、孟丽君的武旦，用肢体动作来发泄她压抑的悲痛，春寒犹重的三月，只见她在戏棚上踢飞翻滚，非发泄全部精力不能解气似的，一场戏下来，大汗淋漓，身上的战袍从里面湿到外头，几乎可绞出水来。

下戏后，愤愤地脱下戏服，可惜台上威风凛凛的樊梨花是假的，做戏而已。武旦恨不得她真有本事，那她就可以跟那些阿山兵拼个你死我活，她自恨比不上十四五岁的女学生而深深自责。

“二二八”事变爆发时，戏班正好在南部演出，高雄省立一中的学生组织起来，准备以血肉之躯阻止二十一军入侵，学校附近的主妇到学生宿舍煮饭给他们吃，看到学生只有向警察抢来的几支手枪、步枪，武器少得可怜，就带他们到日本军队埋藏武器的地点，挖出好多枪支。

学生开始武装斗争，兵分两路，一路围攻高雄火车站的宪兵，一路抵制从凤山来镇压的二十一军，结果伤亡惨重。

嘉义的情势更为惨烈，民众控制了电台，拿着夺取来的武器包围机场，阻止军队入侵市内，十四五岁的女学生做饭团送到机场，一路唱日本军歌鼓舞士气。

军队从机场开入市区，被枪杀的男女学生的尸体用卡车载回，堆在市中的喷水池边示众，军人在街上一见到人立即开枪扫射。

嘉义市变成鸡不啼狗不吠的死城。

讲戏先生不忍戏班沉浸在哀恸中，他编了朱一贵、林爽文起义的故事来振奋人心，又和戏班的小生合编《国姓爷郑成功》一出大戏。小生出身殷富的人家，小时候迷上歌仔戏，跟着戏班走，被祖父千山万水找到，要他回家读书，不肯回去，最后还是日本警察用手铐铐住强迫他回去。祖父去世后，他又回戏班了。

小生受过日文教育，也学过汉文，郑成功的故事就是他参考日本作家鹿岛樱巷所著的《国姓爷后日物语》编的，戏从日本母亲生下他那晚灯火齐明，远近异之，演到国姓爷反清复明可歌可泣的功业为止。

本来戏班的传统剧，剧中人经过一番离散波折，到最后总是苦尽甘来，以大团圆收场。“二二八”事变后，苦旦苦情戏的结局，每一出常都被小生改编成以悲剧结尾，剧终时，苦旦跪在戏台上，泪眼仰望冤情笼罩的天，叫一声：

“苦哇！”

台下观众跟着吞声饮泣。

戏班巡回到乌日，讲戏先生提议搬演冤魂显灵、包公伸张正义的《乌盆计》，他仔细地讲解剧情：出门经商的旅人，投宿一人家，半夜被谋财害命，尸体丢进窑里烧成灰，骨灰和泥做成乌盆，卖给一个姓王的，王老夜里起来对着乌盆撒尿，乌盆竟然开口叫屈。

大惊之余，王老带着乌盆向包公报案，第一次审问时，乌盆自觉赤身裸体，见官不雅，而在公堂外徘徊。第二次，王老用衣裳裹着乌盆去见包公，才将被谋财害命、挫骨扬灰的惨事全盘托出。

饰演包青天的净角演出之前斋戒沐浴，开锣上台的第一夜，睡梦中好像梦见来到一个海角，正欣赏海景，突然一群兔子无声无息地朝他的方向奔跑而来，他发现兔子只只神色凄惨、两眼含悲，更奇怪的是每一只头上都戴了帽子，静静地围绕在他的脚前，似乎有所乞求。

净角知道这群兔子来托梦。

“可是，兔子戴帽，从没见过呀！”

他向讲戏先生请教。

“而且，动物中只有和人最亲的狗不开心时，尾巴下垂，眼露悲愁，从没见过兔子也有这样的表情呀！”

见识广博的讲戏先生听了，叹了一口长气，用手指沾着唾液，在戏箱上写了一个“兔”字。

“‘兔’字戴了帽，”讲戏先生加多了个宝盖头：“这不就成了‘冤’字？亡魂来找清官诉冤，要求为他们雪冤呀！”

隔天晚上净角又在梦中看到满身浴血的鬼魂，前仆后继，潮水一样向他涌过来，涌过来。

《乌盆计》演到第三个晚上，云阴月暗，虫鸣唧唧，过了半夜台下观众稀落，戏班酬神演戏一定要演通宵。台上锣鼓有一阵没一阵，厚厚的乌云遮天，周遭黑如墨水，过了下半夜，黑暗的角落闪着微光，一阵阵衣服窸窣声，一群白衣人，都是女人，有的身边带着很小、很小的孩子。白衣女人排成一排，来到戏棚下，静静地跪下。

白衣女人个个神色凄惨，两眼含悲，台上扮演包青天的净角想到梦中那群兔子。

4.

“拢是命，命中注定。”

苦旦哽咽。

跪在戏棚下的未亡人，她听说当中有一个的丈夫是当地有名望的律师，太太上街买东西不够钱，从丈夫西装口袋拿出钱包，用过后忘了放回去，隔天丈夫出门，发现忘了钱包，回家拿，碰到宪兵上门来抓他，结果一去不回。

“婆婆怪媳妇害死儿子，恨她，那种恨……”

另一位的丈夫是学校的训导主任，当天不必上课，却替别的老师当值。

“一出门，当街被打死，好心的人把尸体埋在路边，他骑的自转车放在一旁，雨伞插在坟头，他母亲认出那把黑伞，当场晕死过去，老师的儿子才五岁……”

一位文化协会的积极分子，批评日本人，反对卖鸦片给台湾人，躲过日本警察的追捕，逃到大陆去，光复后才回来。

“他懂北京话，当协调代表，”苦旦为他惋惜，“大陆不好好待，跑回来送死。”

这人被枪决的前一天，偷偷在香烟盒里写下：

“今天是我在世上最后一天……”

尸体运回家后，家人在他的衣服里发现他的绝笔。几年后，他的女儿在日记上想念她的父亲：

“……牵着一双小手，到原野、山冈到处走，一面告诉我人间的一生事，还没讲完你就走了……”

这群遗族跪在戏棚下之前，她们已经用尽种种方式尝试与冤死的亲人取得联系。亲人走得那么猝然，抚摸着体温犹存的枕席，闻嗅他衣服残存的气味，总以为只是暂时离开一下，随时会回来，于是夜夜坐在灯下，等待亲人推门而入，她们相信一定会回来的。

期待终于成空。家属把被枪杀、刑求至死、支离破碎的尸体领回家，细细地清洗，换上簇新干净的衣裤，梳理好头发，万分不舍地放入棺木，却无法永别。

她们透过灵媒，千方百计想与亲人再见一次面，说一回话。“二二八”后被带走就没有回来的亲人，下落不明，找不到遗体，没能把尸体安置在棺材内，埋在地下让他入土为安，未亡人心怀愧疚，也透过灵媒到阴间寻夫，穿过漫天黄雾，白光满地，来到奈何桥，脚下滚滚黑水，对岸望乡台似乎有亲人的影子乍隐乍现，却是阴阳殊途，不可企及。

在那肃杀恐怖的空气下，遗族不敢为死者举行葬礼，也不敢找道士招魂、超度亡魂，她们多么想偷偷地到地藏王庙烧金塔前，给死去的亲人烧纸衣。有的坐在家中，感觉到眼前飘过一团又轻又冷的气流，看到死去的亲人回来打开衣橱找衣穿；有的梦见死者身无寸缕，含冤抱屈，躲在一角羞于去见阎王，托梦让阳间的生者给他们蔽体之物，好到地府申冤。

这明明是一桩桩有头公案，可是却告不进去，有冤无处诉，比包青天在世时还凄惨，哭诉无门，最后只有乞求戏台上的包青天主持正义，为她们申冤。丈夫下落不明的，请包大人指点迷津，已被处决的，请天帝颁圣旨，让这些无辜牺牲者死而复生，他们全都夙缘未尽，不该这么早就死于非命，一缕缕清魂在四十九天之内还可能还阳，即使借尸还魂，变成另一个人，也总比死了好，甚至死不瞑目，因难消之恨而变成鬼魅，她也要他来做伴。

戏班不忍违逆遗族们无语的乞求，出动所有的演员，扮演金甲神人从天而降，手捧黄帛圣旨宣读，大赦世寿未尽的幽冥还阳，赤面长髯、身着绿袍的关公现身，光射数尺，联袂包青天为戏棚下的遗族伏魔除弊。

5.

逃避宪兵追捕，回到洛津老家躲在屋后防空洞的施朝宗，长时间的禁闭隔离，加上无止尽的恐惧，使他陷入焦虑沮丧的不稳心绪，开始想象捏造自己从未曾犯过，甚至不可能发生存在的种种罪行，其中一项准备向侦察人员招供的，就是保护日本神社的神器。

日本投降后，施朝宗承认他害怕圆山官币大神社的圣器遭台湾人报复泄愤，担心亵渎神物，他把自转车骑得飞快赶到圆山保护神社，免遭破坏。

事实上这是不可能的。日本军队封锁投降的消息，当志愿兵的他，还是在观音山脚下捡到美军从飞机撒下来的传单才知道的。那已是日本投降后的好几天。

恐惧令他的思绪零碎，拼凑不出任何条理，心脏好像整个被拉起，扭转到另一边，意识解离，开始无中生有幻想未曾犯过的罪行，诸如保护日本神社圣器，台湾光复后，他还向一个日本技工卑躬屈膝地行礼，等等。

他好像在梦中从外面看自己，看到一个人，体格和自己差不多，戴了黑框眼镜，穿着卡其布上衣。

那个人不会是他吧？

乌日离开歌仔戏班的那个晚上，三月末的天气反常地闷热，白天还很凉爽，到了夜里却燠热难当。施朝宗没带走他的卡其布上衣，说是因天气太热穿不下，其实他是故意留下的，他要与过去的他割绝，那个参加“若樱敢死队”的自己，卡其布上衣绣有他的名字，他不想做施朝宗，他要变成另一个人。即使宪兵从他留在戏班的衣服名字追踪到他，他也会否认那件衣服是他的，而声称自己是别人，他是用假的名字投靠歌仔戏班的。

他是谁？

裤袋摸出国民身份证，南下逃亡时，他怕自暴身份，“二二八”事变后，本省人没有它却寸步难行。还很新的身份证，照片戴了眼镜、 脸上光滑的年轻人，那不会是他吧！为了改变容貌，让追捕他的宪兵不易辨识，逃难的那天晚上，他摘下眼镜，把它扔到五股的稻田里。

抚摸着没有眼镜的脸，长久不刮的下巴，满腮胡须，他绝对不是身份证上的那个人。拿出为了自卫从不离身的菜刀，把那张国民身份证切割成两半，再细细撕成一小块一小块的碎片。撕着撕着，他记起这不是第一次撕毁自己的身份证，他还毁过另外一张，先用墨水涂掉身份证上的日本姓氏，然后撕成碎片，丢到厕所里，就此与那个名叫太郎、台北高等学校差一学期毕业的学生永远告别。

他在几种不同的身份里变来变去。

“这个人是我吗？”

“这个人不会是我吧！”

我从本来的臭樟，摇身一变，变成芳香袭人的芳樟，日本人在我身上提炼芬芳的脑油再制试验成功后，从文山堡试制所把我当做样板，挖掘移植到新建立的南门工场。

早期在山林中将樟木削成薄片，经过初步的蒸馏所生产的粗制樟脑，必须送到神户加工；台北南门工场设立后，成为加工调制粗制樟脑的官营工场，自此山林生产的粗货不必再送到日本，而是装在竹笼、布袋中直接运到台北就地进行加热蒸馏熔解，使樟脑与夹杂的不纯之物分离，再升华制造纯度高的再制樟脑。

总督府土木局为了配合南门工场的新建计划，雇用一百九十个工人将拆除台北城墙的哄哩岸石搬运过来，在工场旁边建了一栋两层石造方形屋顶的仓库，囤积制好的樟脑及香油，这建筑因用白色岩石所造，被称为小白宫。和日本人在台湾所有的公共建筑一样，西洋式的外观，里面总要加点日本的味道，小白宫方形的屋顶，铺的是日本黑瓦。

几年后，日本人才在距小白宫不远的地段建了一栋壮观、文艺复兴式的砖造建筑，作为专卖局办公大楼。

我被移栽在小白宫旁的庭园，水池旁有一丛长得十分茂盛、生命力很强的台湾竹子，应该是日本人建工场前就立在那儿了，整地时没把它连根拔掉，留下来点缀庭园风景。

除了我，还种了两棵日本种的樟木，如果说专卖局利用我来表现制造脑油技术的骄人成就而引以为傲，那么，我旁边这两棵分别来自九州、四国的樟木，似乎是为了提醒林务局的失败，看着它们记取教训吧！

总督府有鉴于台湾天然樟木经过不断砍伐，日渐减少，脑产量也随之日减，于是积极造林，选用价格比较便宜、品质大大不如台湾樟木、产量却很多的九州及四国的种子，来种植在本岛山坡地上，结果水土不服，造林不成，栽植日本樟的政策有疾而终。不得已，林务局还是用回台湾的种子，采取混合种植的方式，每隔一行樟树，栽植一行相思树或台湾马尾松，等到樟树生长到适当状态，再将相思树、马尾松伐除。

每天工场休息时间，工人们到我树下乘凉，他们跳起脚，扯下九州、四国那两棵日本樟的叶子，揉碎它放在鼻下闻一闻，立即嫌弃地丢掉，不屑地低声嘟囔：

“坐在那边办公室的那几只二撇胡子的狗，骑在我们台湾人头上，台湾什么都赢不过日本仔，就只有樟树，长得又高又大，让矮日本仔采种困难！”

工人们仰望我参天的树枝，拍拍我的树干：

“台湾樟，算是帮我们出了一口气啊！”

说着，踢了两脚日本樟泄愤：

“矮冬瓜，人矮连树都长得一丁点。”

日据时期，南门工场曾经发生过两次大火灾，第一次是大火烧毁新建的厂房，三年后樟脑油再制工场重油分馏室失火，那天凶猛的火焰把天空染得赤红，浓烟呛得我喘不过气来，眼看水池畔的那丛竹子差点就有燃眉之急，幸亏最后安然无险。

我实在由衷赞叹这丛生命力旺盛的竹子，不要说熊熊大火，工场的试验作业都不得不中止，这丛竹子发肤无伤，就是无数次强烈台风豪雨的侵袭，它们也没仆倒，依然挺立在水池畔，竹节从未断过一根。

光复后，陈仪政府一来，大声疾呼要立刻抹去台湾人被日本奴化的影响，光复一周年，报纸去除日文版，规定人人必说国语。没有风也没有雨，我发现水池畔的台湾竹，缺乏养分往上输送，生气萎缩，变得褴褛不堪，奄奄一息。

有如晴天霹雳，光复后不到两年，一场台湾人的浩劫悲剧，从距离南门工场不远的公卖局引起！

二〇一〇年四月二稿

六月定稿于纽约

代后记

与和灵魂进行决斗的创作者对谈

——陈芳明、施叔青

陈芳明（以下简称“陈”）：从《行过洛津》、《风前尘埃》到这册《三世人》，可以看见你对台湾历史的解释。先不进入你的小说，我比较好奇的是，涉猎这么多的掌故野史之后，你对台湾历史从清朝到日据，以至战后的演变，最能够冲击你的力量是什么？经过那样丰富而辛苦的阅读，你最大的收获又是什么？

施叔青（以下简称“施”）：回答之前我想先向你这老友表示深深的谢意，当初是受了你的激励，要我这个台湾的女儿用小说为台湾史立传。十年下来，头发写白了，日子却没有白过，对自己、对你有了交代，心里觉得踏实。

“创作过程本身就是总在与自己的灵魂进行一场决斗，在即将被击败之前，发出恐惧的尖叫。”

这是本雅明对波德莱尔写诗时的形容，我把它用到自己身上，写作过程中不断地发出尖叫，最惨烈凄厉的叫声还不是对自己创作力的质疑，而是“二二八”事件对我的冲击。阅读这段历史资料时，往往看了几页就掩卷不忍往下看，太惨了！我向白先勇前辈讨教，他建议我不要把事件发生时的台湾孤立来看，而是应该放开视野，放到当时整个中国的状况宏观地来看这事件，就不会那么难过了。

可惜我无法那么超然。明知小说是艺术，太一面倒的叙述，太感情用事无法把小说写好。夏志清先生在评鲁迅的小说，有一句话极为中肯：

“个人的喜怒哀乐已经净化，所以好。”

我再是淡化情绪，还是把“二二八”和纳粹的屠杀写在一起，“伤逝”一章，我用一个被囚禁在集中营的犹太人向卫兵要水喝被拒绝作为开头。

“为什么？”

“在这里，不需要理由。”

“二二八”杀台湾人不需要理由。

最大的收获是把台湾史（正史、野史）大致读了一遍。

陈：如果从现代化历程的观点来看，你这部小说其实是在描述台湾社会在一九二〇年代至一九四〇年代的生活变化。其中的女性角色王掌珠，似乎是撑起整个故事的一个注脚。从养女到自我解放，从书店店员到模仿日本女性，从一位电影爱好者变成中国白话的爱好者，处处都可看到台湾历史的转折。在小说中掌珠以五个片段出现，似乎与前面两部曲的手法不太一样，不再以女性角色作为故事主轴。为什么会有这样的变化？

施：我一直有个愿望，想好好描写一个充满了生命力、浅识可爱，最具台湾味道的女性，她出身农家，充满泥土味，可又不能让她局限于乡土，必须走出去，见识都会文化，打开视野，才可能提升。

我刚到香港参加文学节，演讲文学作品中的城市质感，近代中国文学作品中，乡村往往被形容为简朴、单纯，却同时也狭隘、愚昧，都市虽充满野心欲望，却也是进步、文明现代化的象征。

掌珠参加文化协会的妇女运动，开始觉醒，到台北文化书局当店员，蒋渭水的卫生手册，使她不再视女人的身体为不洁，自食其力经济独立的她，迷上电影后，想当女辩士站在女性的立场来说明剧情，找回诠释自我的权利。

掌珠先后穿过大裀衫、和服、洋装、旗袍，“二二八”之后又变回穿大裀衫，这二十多年的台湾她走了全过程。每个时期她都告诉自己：

“我就是我所穿的衣服的那个人。”到底她是谁？一个大问号。

掌珠要用自己的身世写一部小说，小说中的小说，在历史与虚构之间，什么才是真实？

陈：你的历史小说，往往可以发现真实的历史人物，例如从事文化运动的蒋渭水，参与农民运动的李应章、简吉都成背景人物。这次故事的主线则是以虚构的施寄生、施汉仁、施朝宗的家族三代为中心，分别代表日据三个时代的典型。你以男性为中心来说故事，是不是企图转换你的语言技巧？

施：我倒没蓄意，也许不自觉吧！

这段历史太过复杂，我决定用主题式的方式来处理，不想架构单一情节故事，由一个家族来串联，而是创造了几组有代表性的人物，利用服饰、博览会展览、事件、观念，单独以章节处理，人物不一定有相互之间的关联，像拼图一样，拉开这二十年台湾社会的展轴，探索台湾人的生存情境，历史状况不是一种背景，而是一种人类情境，昆德拉说的。

几组人物最先想到施寄生，这个前清秀才，坚称要做他自己，用文言文写汉诗，不学日语，不用白话文。卢沟桥事变后，被压抑久矣的汉文被日本当作促进日华亲善的语言工具，替日本宣扬军国主义政策，被东洋殖民主义渗透嫁接，扮演兴亚文学的角色。

施寄生的旧诗重又找到发表的园地，他以为汉文起死回生而沾沾自喜，突然从百无一用的弃材变成栋梁，却不知道其实只是被利用而已。

陈：小说分为三卷，每一卷都以樟脑的拟人化独白作为楔子。曾经被嫌恶的臭樟，由于具有脑腺，而被发现可以制成樟脑、樟油，突然翻身成为香樟，受到日本统治者重视而成为独占的专卖事业。以樟树作为整册小说的隐喻，是不是在强调台湾历史充满太多隐晦的意义？

施：樟树拟人化，台湾命运的隐喻。

砍下来的樟木片，焚熬得到含有杂质的樟脑，必须经过连续蒸馏，将不纯的夹杂物分离，杂质驱逐殆尽后，升华成为纯度高的精制樟脑，将色如白雪的粉压榨成结晶块。小说中的医生，他的日本化过程等于樟脑制作的过程。

台湾的樟树小兵立大功，赛璐珞成为制造摄影的底片，卓别林风靡全球的喜剧是以无数在台湾山林遭原住民出草的汉人脑丁的生命换来的。

陈：小说中相当精彩的部分，是描写一九三五年的台湾博览会。在建构这段场景之前，你是否读过日据台湾作家朱点人的小说《秋信》。他的小说也是写一位汉诗儒者。对日本带来现代化的政策表达不满，与你小说中的施寄生可以对照。你的构思是否与朱点人有关，还是不谋而合？

施：斗文先生和我小说中的施寄生应该属于同类人。如果施寄生参观博览会，他和斗文先生一定心有戚戚焉。

公元一九三五年的博览会，日本展现对台湾日本化、现代化的经营成果，殖民者向岛上的人民骄示帝国雄厚的实力，也让全世界看看殖民台湾的成绩。博览会在这部小说中占极重要的分量，我把重点放在新公园（现今“二二八”公园）的第二展览馆，日本当局用日语教育、神道思想、现代化的科学、医疗知识，来对台湾人进行同化，扫除所谓落后、闭塞的岛民信仰习俗，强制改变台湾人的思维及生活方式，与过去历史切断，把台湾人塑造成为没有过去，没有历史，只知有大和民族的一群。

日本殖民的终极目标，我以为是想改变台湾人的心灵视野，最后用他们的眼光来看世界，极端的例子就是皇民化运动。

我安排两个台湾知识精英去参观博览会，一个是被日本人塑造成功的日本化的医生，一个是反抗，加入文化协会、农民组合社会运动，最后抗争失败，不得不屈服，变得颓废虚无的律师。

医生一心一意想成为日本人，无话可说。肯定现代化、世界化的律师却不愿意同化于日本民族，他的妻子还是日本人，可是，像他这种不肯屈从殖民者，只认同现代化的知识分子，被日本语言、文化熏习，不断渗透，也会不自觉地受到影响，动摇了自主性，我想我要表达的是自我与异己之间的混杂所造成的暧昧性。

陈：汉诗人与艺伎的故事，在日据时期的报纸俯拾可见。不过，施寄生与月眉相遇的那段故事，在小说中写得很传神，你对月眉有某种程度的同情，但是用力不深。月眉的角色不像过去你的小说受到深刻描述，你的用意何在？

施：我好像特别喜欢描写身份地位卑微、社会边缘的女性，"香港三部曲" 的黄得云、《行过洛津》里的阿婠、珍珠点，演旦角的许情也是吧！我由这几位娼妓、艺妲、伶人来暗喻被殖民的香港、台湾的处境，一路写来，到了月眉，觉得够了。这本书中，这个被"大国民"从洛津接到台北来唱南管曲给日本人听的艺妲，随着时代变迁，听曲艺的听众品位的变化，我描写她跟随时尚，放下琵琶，不再唱优雅的南管曲，改学音调高亢的北管，甚至抛头露脸去演戏。北管、京戏取代了南管，受当时士绅的喜爱，我只是很好奇，听不懂北京官话的台湾观众，是如何欣赏京剧的？还称它为"正音"。

为了呼应总督的放足政策，也以为脱掉三寸金莲可以赢得"大国民"的欢心，她没想到会表错了情，原来"大国民"表面上支持放足运动，骨子里还是个有小脚癖的传统自私的男人。不过，月眉后来不愿意委身"大国民"拉线的日本人，不肯卖身给异族殖民者被称作"番仔酒矸"，显示台湾女人的气节，我觉得她很可爱。

陈：《三世人》是台湾进入现代化运动以后三个世代的故事。始于文化协会的启蒙运动，止于"二二八"事件的爆发。在整个历史过程中，台湾人的批判力道似乎显得衰弱，这是不是暗示你对台湾命运抱持某种悲观。

施：台湾人是很悲哀的。在不同的政权统治下，命运掌握不在自己手中，一直都是身不由己，无法自主，真的是一种宿命。

平情而论，草莽强悍、族群意识强、具移民性格的台湾人，历史上出现过好汉，反清的朱一贵、林爽文，抗日的简大狮、陈秋菊等，都很轰轰烈烈过。一九二〇年代文化协会、农民组合更是人才辈出，只有到了“二二八”后，才完全噤声。

台湾人的反抗总是被动，官逼才民反，每一次运动都很短暂，像东部的河流，台风一来，山洪暴发，溪水暴涨，一下雨过天晴，溪底石头清楚可见。台湾民主国，亚洲第一个共和国，昙花一现，“二二八”事件，九天就结束了，被形容短得像拨一下开关，就把电灯熄灭一样迅速。

陈仪接收台湾，口口声声批评台湾人被日本奴化，这两个字很不中听，往深处想，在异族统治下苟活，无形之中形成被殖民者的性格，为了求生存，活得很卑微。

日本据台后，先以同文同种收买人心，接下来强制日语教育，汉文从选修到了满洲事变后废止，中日战争爆发，积极推行皇民化运动，企图把台湾人变成日本人，殖民高压下当二等国民的台湾人，接触到日本统治带来的现代化、科学知识，走出封建狭隘的儒家思想，把认同有邮电、铁路、卫生设施的现代化与屈从殖民政策混为一谈，从早期的抵抗到晚期的屈服被改造，使台湾人的日本化扭曲暧昧。

陈：小说中的“大国民”，影射的是鹿港辜氏，几乎有关他的传说都出现在你的故事里。“大国民”作为一位反面教材，则又彰显你的批判立场，历史过程中正与邪的消长，是不是你重要史观？

施：正邪消长，邪不胜正，是吗？可悲的是，不只历史里，现实世界中往往更是邪恶当道。

有人会说“大国民”引日军入城，减少伤亡，应记一功，然而，日人据台后，他的种种负面作为，却是不争的事实，像是出卖抗日的义勇同胞，打压文化协会的民主人士，创“公益会”，纠结一批台奸钳制林献堂、蒋渭水，晚年又当日本人的特使，到中国大陆游说军头反抗中央，欲使中国四分五裂。“大国民”的为虎作伥替他换得荣华富贵，被封官赐爵。

一个一无所有的罗汉脚，可以变成好几届总督、民政长官跟前的红人，代表台湾人参加大正天皇的葬礼、昭和天皇的即位大典，最后还被日本封为贵族，这个传奇人物，好像不是只有改朝换代，碰对了时机，加上善于逢迎巴结日本人这么简单吧？

如何在小说中塑造这个台湾人心目中的反面人物？我决定不让他正式出场，而把他安排成被反日的无政府主义者暗杀的对象，侧写他如何企图使自己变成上流社会的日本人，娶日本妻子教他日式的生活起居，从东京礼聘礼仪大师来教他穿和服、社交礼节应对进退之道，好让他得以周旋官场，不致闹出太大的笑话。“大国民”不说日语，他自知一开口罗汉脚的粗鄙无文立即使他原形毕露，外表装扮模仿比起“学舌”说话容易太多了，他听了策士的进言：“不说日本话，显得莫测高深。”这一点，“大国民”比起当年英国殖民地的印度、香港的本地精英，一口牛津腔英语的“学舌”，还要高招。不过，在总督面前凡事“尤罗须”（日语“ 好 ”的意思），不知害死多少台湾人。

侧写“大国民”，比较得意的是在罗汉脚的行径与日本武士道之间找到了共通之处。

陈：阮成义是最具有力量的小说人物，却是隐身在历史迷雾中，你对他在故事中的作用，是不是为了对照黄赞云的软弱，以及律师萧居正的动摇？

施：刚才谈到一九三〇年代三种知识分子的典型，我自己觉得阮成义这个人物比较有创意。这个出身富裕茶商家庭的阿舍，是台湾最早拥有照相机这种现代摄影机器的人，我让他在医学校学眼科，预示他将会用一种与众不同的眼光来看台湾这个殖民社会。

阮成义把自己比喻为单飞的漂鸟，都会中游闲的高等游民，他找不到生活的位置。日本人一方面教他理性，引进西方的科学知识，新的思想使他对民主、自我发挥充满了憧憬与幻想；另一方面，殖民者压制他，不让他自由，两种冲突之下，他苦闷不已。

后来他受克鲁泡特金互助论的影响，成为无政府主义者，他不像一般的知识分子，虽有理想，满怀不平，却又软弱踌躇，缺乏行动的勇气，特别是日本当局大肆逮捕民主人士左翼分子，大多数人都畏惧于强权，退缩妥协，甚至靠拢，阮成义却在这种风声鹤唳的时机决定行动暗杀“大国民”。

我想象出这个在历史中并没有真正出现的英雄，潜意识里是希望台湾人中会有这样有血性、勇敢好样的知识分子吧！

陈：台湾人的历史身份与国族认同，是你撰写台湾三部曲的重要意旨。《三世人》带有强烈的悲怆气氛，不同于《行过洛津》的批判，也不同于《风前尘埃》的抵抗。三部小说并置合观，你自认为哪一部最能揭示你的心情？

施：我不喜欢重复。

《行过洛津》史料庞杂，面面俱到，几乎是本方志小说，我以撒豆成兵的技巧来铺陈清领时的台湾（洛津），到了《风前尘埃》则是换了一种叙述方式，单一线性的情节，透过时空转换，以少胜多，用安静从容的语言来表现一家三代的日本女子，对我是一种挑战。和服作为象征，优雅的布料织上坦克、武器的图案，反映菊花与剑兼具的日本民族性。

我在学传统山水画，一个也许不十分恰当会让人笑话的比喻：《行过洛津》好像我临摹的宋画，崇山峻岭，布局繁复，苔点遍布，写实的巨幅山水画；《风前尘埃》则像元、明的文人画，疏朗的笔墨抒写心中逸气；《三世人》刚写完，像只刚出炉的馒头，需要沉淀。

陈：你说《三世人》完成后，就要宣告封笔。你果真如此肯定？你写的小说，确实已经有了稳固的地位。但是，我觉得你是一座火山，还会爆发能量，你确实从此封笔吗？

施：从十七岁的《壁虎》，写到现在，几乎半个世纪了，近二十年香港、台湾两部历史小说写掉我半条命，把史料、历史事件反刍成为小说艺术，事倍功半，完成《三世人》，我想好好休息，预备把余生用在修行上。

曾经有一个修行功夫很深的朋友跟我说：作家用文学写作，受五蕴（色、受、想、行、识）所限制，再怎么写也跳不出这个框框，早已被写完了，这一代人再也变不出什么新花样了。我一向把写作看得和命一样重要，听他这样贬低文学，气得差点动手打他。两年多来跟一位教原始佛教的师父学因缘法，渐渐体悟文学、艺术其实只停留在感官、情绪的转折，现在我对生命有另一种看法，试着超越对世间一切的欲望渴爱，不想继续流转文字障中了。

原本构想这部书是写到台湾钱淹脚目之后。我看了陈界仁拍的片子，加工厂荒废后，报废的缝纫机、电脑堆得满坑满谷，人去楼空，只有椅子的办公室，那种后工业的荒凉冷漠，令人触目惊心，怎么经济起飞才没多久，台湾就沦落到这个地步！

因缘迁流，世事无法预料，说不定大休息之后，会再提笔写第四部，谁知道呢！

对谈者简介：陈芳明，台湾政治大学中文系教授、台湾文学研究所所长。

图书在版编目（CIP）数据

三世人／施叔青著. —北京：生活 · 读书 · 新知三联书店，2012.10

ISBN 978－7－108－04025－1

Ⅰ. ①三… Ⅱ. ①施… Ⅲ. ①长篇小说－中国－当代 Ⅳ. ① I247.5

中国版本图书馆 CIP 数据核字（2012）第 026913 号

责任编辑 刘蓉林
装帧设计 蔡立国
责任印制 郝德华
出版发行 生活 · 讀書 · 新知三联书店
（北京市东城区美术馆东街 22 号）
邮　　编 100010
图　　字 01－2011－5323
经　　销 新华书店
印　　刷 北京隆昌伟业印刷有限公司
版　　次 2012 年 10 月北京第 1 版
2012 年 10 月北京第 1 次印刷
开　　本 880 毫米 × 1230 毫米 1/32 印张 9.375
字　　数 207 千字
印　　数 00,001－10,000 册
定　　价 36.00 元